Título original: *Nina e il Mistero dell'Ottava Nota*
Autora: Moony Witcher
Ilustradora: Ilaria Matteini

Dirección editorial: Isabel Ortiz
Proceso: Antonia M.ª Martínez
Traducción: Alberto Jiménez
Corrección: Ana Doblado + Equipo Susaeta
Tratamiento de imágenes: José de Haro + Equipo Susaeta
Maquetación: Juan Carlos Sánchez + Equipo Susaeta
Diseño de cubierta: más!gráfica / Ilaria Matteini + Equipo Susaeta

De la edición italiana
Proyecto gráfico: Simonetta Zuddas
Edición: Maria Chiara Bettazzi

Campezo, s/n - Madrid 28022
Teléfono: 913 009 100
Fax: 913 009 118

Este libro pertenece a:

A mi madre Liliana, que me ha dado una vida de amor.
A mi padre Renato, que me ha enseñado qué es la libertad.

Le doy las gracias de corazón a Bruna.

Moony Witcher

Nina y el MISTERIO de la Octava Nota

susaeta

Bando

A TODOS LOS CIUDADANOS

Se comunica a toda la ciudadanía que no existe ningún «virus» que pueda hacer volar las antiguas estatuas de nuestra ciudad: los monumentos y las esculturas han estado y están inmóviles.

Cualquiera que sostenga que el León Alado de San Marcos cobra vida gracias a la magia será acusado de subversión, alteraciones graves de la quietud lacustre e incitación al deterioro de Venecia.

Los transgresores serán encadenados, llevados a la cárcel de los Piombi y se les arrojará en las celdas oscuras y húmedas del Palacio Ducal, en espera del proceso que tendrá lugar en la plaza pública.

El alcalde de Venecia

LSL

Prólogo

Más de dos mil ejemplares del amenazador bando se habían fijado durante la noche del 3 de septiembre sobre todos los muros de la ciudad lagunar. Cuando se despertaron, gran parte de los venecianos no daban crédito a lo que leían. Por otra parte, el nuevo alcalde, el marqués Loris Sibilo Loredan (LSL) había indicado en los días precedentes que iba a tomar medidas drásticas, y la gente, cansada y atemorizada, no quería oír hablar ni una palabra más de aquella maldita estatua de mármol.

Sin embargo había gente que juraba haber visto al León mover la cola, y otros contaban que sus ojos emitían un extraño haz de luz violácea que iluminaba de cuando en cuando la noche, el Palacio Ducal y la plaza de San Marcos. Pero nadie tenía el valor de decir abiertamente que la estatua del León Alado estaba... ¡viva!

Cierto es que muchos habían asistido a la grotesca escena sucedida dos meses antes, cuando el León de mármol, desaparecido de improviso una calurosa mañana de junio, había vuelto pocas horas después a posarse en su histórica columna. Pero eran poquísimos, en realidad, los que creían que una estatua pesadísima pudiera volar como si nada: todo hacía pensar, por el contrario, en un acontecimiento mágico.

La increíble historia había dado la vuelta al mundo, suscitando un intenso malestar en la ciudad, y el alcalde anterior se había visto obligado a presentar la dimisión. En su lugar había sido nombrado, a toda prisa, uno de los nobles de más rancio abolengo de Venecia, el marqués LSL. De unos cincuenta años, carácter fuerte y decidido, cabellos lisos que ya mostraban algunas canas, rostro sin arrugas, tez olivácea y ojos verde fango. Había aceptado el nombramiento porque —se rumoreaba— un riquísimo personaje veneciano le había regalado a cambio una mina de oro.

El marqués, apoyado por una docena de aviesos personajes, había intentado en primer lugar calmar los ánimos, decretando una investigación de los misteriosos hechos. Los expertos, llegados de todo el mundo para estudiar el extraño fenómeno, no habían sido capaces sin embargo de ofrecer respuestas satisfactorias. Sólo un sesudo profesor inglés había arriesgado la hipótesis de que el León Alado hubiera sido atacado por una especie de «virus» que infectaba las estatuas antiguas: aunque sugestiva, tal idea había sido prontamente descartada, quizá porque no se quería crear otro escándalo. Y, por este motivo, Loris Sibilo Loredan, después de una reunión larga y absolutamente secreta con sus electores más poderosos y serviles, había hecho fijar sobre los muros de la ciudad los ejemplares de aquel bando, esperando de ese modo poner fin a las discusiones. Y lo había conseguido… o casi.

En realidad, el misterio que envolvía al famoso León continuaba estimulando la curiosidad de los niños venecianos, que recordaban perfectamente el vuelo del animal de mármol y no habían dejado de creer que fuese una criatura encantada, sino todo lo contrario; habían empezado a fantasear en secreto. Sí… sólo en secreto, porque cada vez que alguno hablaba en público de ello era contundentemente silenciado. Ni siquiera los profesores tenían ganas de tratar el asunto, sobre todo ahora que el curso estaba por empezar: temían que quizá tuvieran que hablar en clase de magia y alquimia, ¡materias severamente prohibidas!

Por tanto, a los chicos no les quedaba más que un camino: recurrir a una niña que tuviera poderes mágicos. ¿Y quién podía ser sino Nina de Nobili, la niña de la Sexta Luna, empeñada en combatir el mal para salvar, junto a sus amigos Dodo, Cesco, Flor y Roxy, un planeta de luz llamado Xórax?

Capítulo 1

La maléfica salvación y el Cubo de Plata

A las 11 de la mañana del 12 de septiembre, Ljuba, la tata rusa de Nina, conocida con el dulce apodo de Merengue, entró en Villa Espasia con mucho estrépito. Tiró por el suelo las bolsas de la compra y gritó:

—¡El frutero me lo ha contado al oído! ¡Dice que le vio mover la melena! ¡Y yo le creo! ¡Le creo! El frutero es una persona seria, nada pueril, y no tiene ningún interés en contar embustes.

Nina se tragó de golpe el trozo de chocolate que tenía en la boca, cerró el libro de alquimia, se levantó del sillón como impulsada por un resorte y miró estupefacta a su tata rusa:

—¿La melena?

—¡Sí, sí, la melena! El León Alado está vivo. El frutero no dice mentiras —respondió Ljuba como una ametralladora mientras recogía las manzanas, el apio y los tomates que se habían salido de las bolsas.

—Pero venga, Merengue, ¿qué dices? —Nina sentía curiosidad, pero no quería que la tata se diese cuenta.

—Escucha, Ninotchka, creo que sabes bien de lo que hablo —dijo la mujer alzando la voz—. No me digas ahora que no tienes nada que ver con esa extraña magia que ha hecho volar al León. Nunca te lo había preguntado antes pero ahora… bueno, ahora quiero saber de verdad si aquel animal… en fin… aquella estatua, es peligrosa o no.

—No lo sé. Quizá sea mejor no hablar de estas cosas… también lo ha dicho el alcalde. ¿No querrás terminar en la cárcel? —contestó secamente la niña.

La mujer, con toda su pesada mole, se puso frente a ella, se llevó las manos a las caderas y la miró con severidad:

—¿Quieres decir que estás de acuerdo con Sibilo Loredan?

—¡No, no! Para nada. Ese alcalde no me gusta. Es viscoso como un gusano —respondió prontamente Nina.

—¡Ah, entonces sabes algo de él! —exclamó Ljuba acercando su cara a la de la niña.

—Sé que no es buena persona y que no le gustan en absoluto la magia y la alquimia —contestó Nina retrocediendo.

—¡El asunto del León te debería espantar incluso a ti! —respondió un tanto airadamente Ljuba—. Y además, pequeña, procura escucharme de cuando en cuando. También tu abuelo, a quien siempre cuidé con amor, y que de alquimia entendía lo suyo, me hacía caso. Fíjate en lo que te digo: el León Alado es peligroso. Sigue tu camino, claro, pero no mires sólo a lo lejos; mira también lo que está junto a ti. También las pequeñas cosas, las más sencillas, pueden hacerte entender lo que es auténticamente importante en la vida.

Merengue nunca había estado tan firme y tan enigmática. Su largo discurso turbó a Nina que, bajando los ojos, le respondió con un susurro:

—Perdona, Merengue. No quería faltarte al respeto. Pero sabes… de ciertas cosas prefiero no hablar porque…

La tata la interrumpió al punto diciendo:

—No quiero saber lo que no me puedes decir. Pero debes aprender a escuchar las palabras de los demás. Ahora vuelve a tus libros, yo me voy a la cocina. Ya te he dicho lo que tenía que decirte.

Ljuba se alejó seguida de Adonis y Platón; el perro alano y el gato de Nina estaban visiblemente hambrientos y su amita permanecía demasiado concentrada en la regañina que le había echado la tata para satisfacer sus necesidades. La niña le daba vueltas y más vueltas a las palabras de Ljuba: en realidad, ¿quién mejor que ella, que siempre había cuidado de Villa Espasia, podía comprender el mundo secreto de la alquimia del abuelo Misha?

Nina estaba muy preocupada desde que el enemigo número uno, el conde Karkon Ca' d'Oro, había desaparecido entre las olas del mar. ¿Había muerto de verdad? No conseguía convencerse del todo. Y siempre surgía en su mente la misma pregunta: «¿Qué pasaría si de alguna forma se hubiera salvado y estuviera tramando una venganza terrible?».

El hecho de que continuaran circulando rumores y habladurías sobre la estatua del León Alado la inquietaba cada vez más, aunque gracias a aquel acontecimiento mágico, los niños habían empezado a pensar y a fantasear de un modo desconocido desde hacía mucho tiempo. Y esto tenía un significado bien preciso: ¡la salvación de Xórax, el planeta de la luz, había empezado verdaderamente!

A la pequeña alquimista, desde luego, no le era ajeno el asunto… al contrario: había sido ella, junto a su amigo Dodo, quien había salvado al León de las profundidades marinas y se las había arreglado para que volviese a su puesto. Sin embargo, algo no la dejaba estar tranquila: habían encontrado en la playa un extraño pergamino, que rubricaba un pacto eterno entre el animal y Karkon. Quizá el León Alado se había convertido de verdad en una criatura del conde, como le había anunciado Etérea, la gran Madre Alquimista de Xórax.

Y si esto se correspondía con la verdad, entonces… ¡Karkon estaba todavía vivo!

¡El maléfico alquimista podía golpear aún! Podía matarla, del mismo modo que había matado a su abuelo Misha por no dejarse arrebatar el Taldom Lux, el cetro mágico de la Sexta Luna; su abuelo había recibido una potente descarga del Pandemon Mortalis, la terrible espada de Karkon. En realidad, en el suelo de Villa Espasia sólo habían quedado los restos mortales del profesor Misha, que se había trasformado en luz y había «volado» a Xórax pronunciando la Frase Final. Nina no conocía el contenido de esta Frase: Etérea le había explicado, gentilmente pero con firmeza, que se trataba de un secreto inviolable.

La niña de la Sexta Luna tenía todavía tantas cosas que descubrir, que aprender, y la sospecha de que su gran enemigo no hubiera muerto la preocupaba bastante.

Tomó el móvil y llamó a Cesco:

—Vamos a ver, ¿tú y los demás habéis visto que el León se mueva?

—Oye, Nina, Roxy y yo hemos montado guardia junto a la estatua toda la noche. Nuestros padres creen que hemos dormido en tu casa... y no ha pasado nada. El León no se mueve y de sus ojos no sale ninguna luz violeta.

Cesco tenía la voz cansada y estaba más que harto de mantener fija la vista durante horas y horas en aquella estúpida estatua de mármol.

—De acuerdo, de acuerdo. ¡Pero aquí las habladurías son insistentes! Ljuba me ha contado que hasta el frutero de la Giudecca ha visto al León mover la melena. ¿No será que vosotros, durante la guardia, os habéis dormido y no habéis visto lo que sucedía? —insistió Nina.

—¡Si no te fías, puedes venir tú! —fue la seca respuesta de Cesco. Nina reaccionó prontamente:

—Vale, vale, de acuerdo. No te sulfures.

Cesco, entonces, le pasó el móvil a Roxy:

—¡Hemos estado despiertísimos! Pero ¿sabes que es peligroso? Si nos descubren nos meten en la cárcel. Y estamos muy cansados. En fin, que no sé qué decirle a mi madre. Estoy fuera de casa demasiadas horas y me arriesgo a que me descubran. ¿Entiendes?

—Claro, claro. Tienes razón. ¿Pero no han ido vuestros padres a trabajar? —preguntó Nina.

—Sí, sí, los padres de Cesco y Dodo tienen muchísimo que hacer. En la Bottega della Bauta los negocios van viento en popa: deben prepararlo todo para el próximo carnaval y, aunque estamos en septiembre, los pedidos son ya abundantes. Figúrate que la mamá de Cesco debe confeccionar mil trajes de dama del siglo XVIII, mientras los padres de Dodo tienen que hacer más de tres mil moldes de yeso y cartón para las máscaras.

En aquel momento se puso nuevamente Cesco:

—¡En suma, están todos muy atareados, pero eso no les impide vigilarnos! ¡Nos preguntan dónde porras nos metemos todo el día! Y, además, saben que no estudiamos y que el colegio empieza dentro de pocos días.

—Sí, sí. Tenéis razón, no nos podemos saltar las clases. Pero recordadlo: debemos averiguar si Karkon está todavía vivo y si el León es peligroso. ¡Xórax debe ser salvado y no podemos quedarnos de ningún modo mano sobre mano! —les exhortó Nina, intentando esconder su preocupación.

—Antes de volver a casa esperamos que lleguen Dodo y Flor para el cambio de guardia; quizá podríamos dar una vuelta y acercarnos a ver cómo van las cosas por el palacio Ca' d'Oro. Después te lo hacemos saber. —Y con esto Cesco dio por concluida la conversación.

La pequeña alquimista se dejó caer en un sillón de la Sala de las Naranjas, una de las numerosas estancias de Villa Espasia, y se puso a pensar en qué hacer. Por otra parte, sus aventuras habían empezado hacía pocos meses, cuando el profesor Misha había «abandonado» la Tierra dejándole una pesada herencia alquímica a su nieta. Cierto, los cuatro amigos de la Giudecca habían ayudado a Nina a encontrar el Primer Arcano, es decir el Atanor, el Fuego Eterno que contenía el Ánima Fuerte del Universo, que Karkon había intentado aprisionar en una de sus máquinas infernales. ¡Pero faltaban otros tres! Y si el conde no había sido derrotado, entonces el riesgo de fracasar era muy grande. Demasiado grande…

Nina se levantó de golpe y corrió hacia la Sala del Dogo, se sacó de un bolsillo del pantalón la esfera de cristal y la acercó a la concavidad excavada en la puerta del laboratorio del abuelo Misha: la puerta se abrió y Nina entró en la estancia. La chimenea estaba encendida como siempre, los alambiques y las retortas colocados en perfecto orden, del mismo modo que las piedras preciosas y la pirámide de dientes de dragón. Se dirigió a la mesa de los experimentos, rozó con la mano el Jambir, el medallón que permitía viajar al pasado y, alzando un puño amenazador, exclamó:

—¡Maldito Karkon, has conseguido hacer una copia exacta de mi Jambir con el que puedes ir donde yo vaya! ¡Pero te detendré… juro que te detendré!

La pequeña alquimista se metió la mano en el bolsillo y apretó con fuerza el Taldom Lux, que el pérfido mago quería robarle para descubrir los secretos de la Sexta Luna y arrebatarle el poder de la Alquimia de la Luz y del Universo Mágico:

—¡No te permitiré jamás hacerte con él, maldito conde! ¡El Taldom era de mi abuelo y sólo con este cetro se puede llegar a Xórax! ¡Sólo nosotros, los alquimistas y los magos buenos, tenemos el derecho y el honor de usarlo! —dijo Nina pronunciando estas últimas palabras en susurros y con los dientes apretados.

La pequeña alquimista observó todos los detalles del laboratorio: nada parecía haber cambiado, todo estaba al alcance de la mano. Como siempre, al mirar el mapa estelar colgado del muro, el que indicaba la posición de Xórax, le vinieron a la mente las bellezas de la Sexta Luna y todos los animales fantásticos que había visto allí en su primer viaje. Xórax entera estaba hecha de luz, de una luz brillante e irisada; era un mundo maravilloso que corría peligro de desaparecer. En realidad, sólo los pensamientos de los niños, sus fantasías, su capacidad de crear, podían salvar al planeta. Y el Mal continuaba bloqueando estos pensamientos... Nina debía encontrar los Arcanos que faltaban: sólo así la fantasía de los niños volvería a la Tierra y la Sexta Luna se salvaría.

La misión de Nina se hacía más complicada y peligrosa cada día que pasaba. La niña oyó dentro de su corazón la voz telepática de Etérea que le repetía:

—El profesor Misha está entre nosotros. Morir no significa no existir. Sólo queda el pensamiento, porque es lo que cuenta. Pensar es Crear.

La pequeña alquimista recordó entonces el rostro dulce del abuelo y la tarea que le había confiado:

«Libera a los niños del No Pensamiento. Libéralos del Mal y no permitas que Karkon Ca' d'Oro descubra todos los secretos de la Sexta Luna».

La pequeña alquimista sabía perfectamente que para hacer eso era necesario volver al pasado y recuperar el Pensamiento de la Vida.

Ya había dado el primer paso: había viajado a la Isla de Pascua, y había logrado conquistar el Primer Arcano; las golondrinas, que habían echado de nuevo a volar, llevaban otra vez a Xórax una parte de los pensamientos de los niños. De este modo había podido alimentar el Mirabilis Fantasio, el gran laboratorio alquímico donde el abuelo y el escritor Birian Birov, junto con tantos otros xorasianos, trabajaban sin descanso para hacer vivir a la Sexta Luna.

Que se trataba de una tarea especialmente compleja era ya más que evidente, pero Nina sabía bien que no podía detenerse y que sus amigos estaban dándolo todo, arriesgando la vida y desafiando la prohibición del severo alcalde Sibilo Loredan.

Pocos meses antes, la pequeña alquimista había derrotado a Karkon en el fondo del mar y había logrado que el León Alado volviera a su sitio, pero no bastaba. Nina había intentado varias veces saber si aquel mago diabólico vivía aún. Con tal propósito había interrogado al Libro Parlante custodiado en el laboratorio del abuelo Misha, pero el *Systema Magicum Universi*, que así se llamaba el libro, no había ofrecido respuestas inteligibles. En otras ocasiones, Nina había apoyado la mano derecha, la que ostentaba una característica mancha de nacimiento de color fresa con forma de estrella, en la página líquida del Libro Mágico, y había recibido la ayuda solicitada. Esta vez, sin embargo, el *Systema Magicum Universi* respondía siempre con enigmáticas frases más o menos rimadas. Sí, rimadas, porque los libros mágicos contestan así para poner a prueba a los alquimistas y comprobar si son capaces de resolver velozmente los enigmas.

La niña de la Sexta Luna se acercó nuevamente al Libro, levantó la cubierta con la imagen del Gughi de oro, el pájaro mágico de Xórax, posó la mano derecha en la hoja líquida y preguntó por enésima vez:

—Libro, ¿está Karkon vivo aún? ¡Respóndeme, te lo suplico!

La hoja líquida se iluminó con un resplandor verde y apareció en ella lo siguiente:

Sólo tú puedes descubrir
la verdad que puede servir;
al misterio del León
le encontrarás solución.
¡No me preguntes lo mismo siempre,
que cansada tengo la mente!

De nuevo, el Libro le había dado a Nina una respuesta incomprensible.

—¡Dos meses! Hace dos meses que me responde lo mismo, pero... ¡por todo el chocolate del mundo! ¿Qué debo hacer? ¿Qué? —farfulló la niña. La pequeña alquimista no se daba descanso... no conseguía calmarse. Recorría el laboratorio como un animal enjaulado y decía en voz alta:

—Ninguna ayuda... ninguna pista...

La llama de la chimenea atrajo entonces su mirada: en el caldero hervía como siempre la mezcla base para preparar las pociones alquímicas, compuesta de zafiro y oro. Después observó el Libro Mágico y agachó la cabeza pero, para su gran sorpresa, se dio cuenta de que un folio salía de sus páginas:

«No estaba antes, estoy segura», pensó muy agitada. Cogió delicadamente la hoja y vio conmovida que se trataba de una carta de su abuelo.

CARTA SOBRE LA INCERTIDUMBRE

Moja djevocka (niña mía):

No es posible conocerlo y saberlo todo. Sólo la investigación y la curiosidad pueden ayudarte a encontrar certezas. Y puede que, mi pequeña Ninotchka, la incertidumbre sea a veces necesaria. Sólo cuando no se sabe bien qué hacer se puede encontrar por fin la solución mejor.

Me explico: el no saber lleva a pensar. Y, así, después se descubre que la solución era fácil. Estaba allí, dentro de tu corazón, dentro de tu mente. Pero la prisa por decidir y la presunción de tener siempre razón no son cosas buenas. Es necesario observar bien los detalles para entender lo que se puede hacer. Tú, por ejemplo, no sabes si has derrotado a Karkon y estás nerviosa. No estás segura de haber ganado la batalla. Si piensas y usas toda tu sabiduría, si razonas con calma, verás que encuentras la forma de entender. A tu alrededor está todo lo que necesitas.

En fin, lo que pretendo decirte es que de la incertidumbre nace la vía hacia la certidumbre. ¿Y sabes por qué? Porque es sólo una cuestión de elección. Elige lo que te dicte tu intuición. Usa la inteligencia y la alquimia, y todo te resultará más claro.

Te quiere mucho,

1004104 

Abuelo Misha

Con la carta todavía en la mano, Nina levantó los ojos y observó intensamente el mapa del Universo Alquímico: pensó que el abuelo estaba lejos, pero que también se hallaba muy próximo. Con sus cartas conseguía transmitirle todo su amor y ayudarla en su difícil tarea:

—Certeza... sí, debo pensar en lo que tengo que hacer para saber verdaderamente si Karkon está aún vivo —susurró la pequeña alquimista. Se metió la carta en un bolsillo, cogió la llave con la cabeza en forma de estrella, la apoyó sobre la trampilla que llevaba al pasaje secreto, pronunció con decisión la frase mágica «Quos Bi Los» y la trampilla se levantó sola. Bajó velozmente la escalerilla y volvió a encontrarse en el túnel que transcurría por debajo de Villa Espasia, saltó a la vagoneta, accionó la palanca y, en un abrir y cerrar de ojos, se encontró frente a la puerta del Acqueo Profundis, el laboratorio que el abuelo Misha había construido bajo la laguna. Se sabía de memoria el procedimiento para entrar. Puso el Anillo de Humo en la cavidad que reproducía la forma de la joya mágica que había sido de la abuela Espasia y pronunció las frases de ritual:

—Alma del Anillo, abre el camino del verde rocío. Alma del Anillo, dispara la flecha que rompe la roca. Alma del Anillo, dame la armonía que me impulsará un día. Si no haces lo que te he dicho, la magia del Anillo desaparecerá.

Cuando la pequeña alquimista terminó de pronunciar estas frases, del fondo de la galería partió una flecha larga y fina que golpeó el obstáculo, de la esmeralda del anillo salió un hilo de humo que disolvió toda la masa de piedra y por fin la roca se abrió.

—¡Xalud, Nina! ¡Qué contento extoy de verte! —dijo Max 10-p1, el fiel androide que el abuelo le había dejado como compañero de aventuras y custodio del laboratorio.

—¡Hola, Max! ¿Cómo está ese montón de chatarra? —la pequeña alquimista le señaló un cuerpo metálico inmóvil: era un androide, semejante en todo a Andora, la tía de Nina. Se trataba de una máquina construida por Karkon para sustituir a la

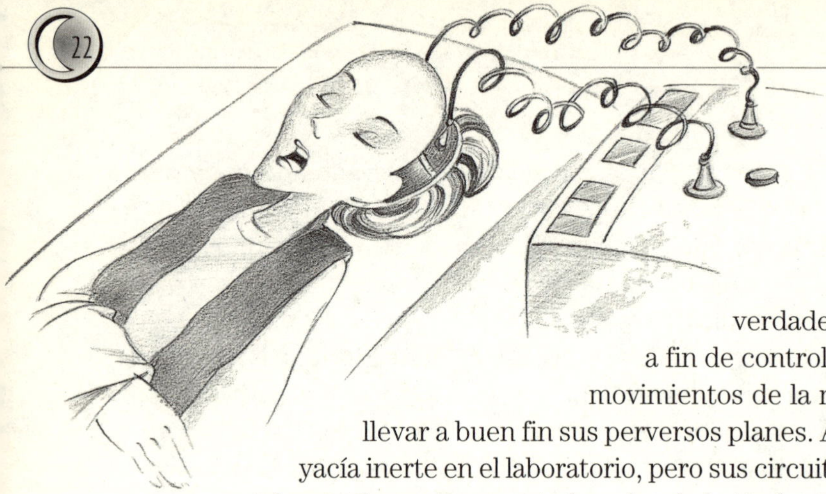

verdadera tía a fin de controlar los movimientos de la niña y llevar a buen fin sus perversos planes. Ahora yacía inerte en el laboratorio, pero sus circuitos vitales estaban aún conectados a los de la tía de carne y hueso y, por tanto, no se podían ni desconectar ni destruir.

—¡Extupendo! Bien, debo decir que últimamente recibe impulxox extrañox del exterior —respondió Max medroso.

—¿Impulsos? —preguntó la pequeña alquimista preocupada.

—Xí, xí, impulxox eléctricox —explicó Max—. Fíjate, Nina, cuando llegan, el microchip del cerebro de exte androide xe activa, y temo que antex o dexpuéx cualquier alumno de Karkon dexcubra dónde extamos.

La niña de la Sexta Luna frunció el ceño y miró a la falsa tía Andora, inmóvil sobre la mesa de experimentos:

—Pero sólo el Pandemon Mortalis, la espada maléfica de Karkon, o el ordenador que usa pueden mandar los impulsos. Entonces… eso significa que… está vivo… ¡Karkon está vivo aún! ¡Ahora tengo la certeza! ¡Gracias, abuelo! ¡Gracias! —exclamó la pequeña alquimista apretando contra sí la carta.

Nina le echó un vistazo a la estrella que tenía en la mano, pero no se había ennegrecido, lo que quería decir que no había peligro inminente. Corrió entonces a abrazar a Max, y levantando el Taldom Lux, gritó:

—¡Me enfrentaré con Karkon una vez más! ¡Ahora mi Taldom es más potente porque contiene el Atanor, el Fuego Eterno! ¡El mago ya ha sido derrotado! ¡Sus diabólicas estratagemas no tendrán ningún efecto!

Max 10-p1 se cubrió los ojos despavoridos y agachó la cabeza:

—¿Karkon vivo? ¡Ex terrible! ¡Terrible! ¿Pero no lo habíax eliminado? ¿No xe había ahogado?

—¡Eh, querido Max, quizá no muriera de verdad! Yo lo vi desaparecer en las profundidades marinas. Y si sobrevivió, entonces todo encaja, todo se explica. Karkon puede ponerse en contacto con la falsa Andora para hacer una réplica del Acqueo Profundis. ¿Entiendes?

Max hizo oscilar el cuerpo adelante y atrás; sus rodillas chirriaron. Cogió entonces unas grandes tenazas para seguir trabajando y dijo:

—Xí, xí… haré todo lo que pueda. Karkon no xe xaldrá con la suya y la verdadera tía Andora no extará jamáx en peligro.

Nina acarició el rostro metálico de Max y le plantó un beso en la frente:

—Tú controla a la falsa Andora mientras yo me preparo para enfrentarme nuevamente a Karkon. ¡La misión de salvar a la Sexta Luna no debe interrumpirse ni un momento!

La pequeña alquimista salió del Acqueo Profundis con una leve sonrisa en los labios. Comprobó que en el laboratorio del abuelo todo estaba en orden, y se preparó para retirarse a su habitación. Cuando estaba a punto de subir la escalera de caracol de mármol azul que la llevaba hasta ella, oyó las voces de sus amigos que cruzaban el puente próximo a la villa.

—¡Nina, Nina, aquí estamos!

Roxy gritaba como una loca y Carlo, el jardinero, abrió inmediatamente la cancela para dejarles entrar.

—¿Qué hacéis aquí? ¿No teníais que marcharos a casa? ¿Hay novedades del León Alado? —preguntó Nina preocupada corriendo a su encuentro.

—Lo primero de todo, cálmate. Escucha bien lo que tenemos que decirte —respondió Cesco muy serio. Después se quitó las gafas, las limpió con la camiseta, se quedó mirando de hito en hito los ojos azules de Nina y añadió:

—Nos hemos acercado al palacio de Karkon y hemos visto entrar a Visciolo, su ayudante, y a tres niños androides: Irene,

Gastilo y Sabina. Llevaban enormes jaulas llenas de gatos callejeros. Pobrecillos, maullaban desesperadamente; cuanto más se debatían, más felices parecían esos desgraciados sicarios de Karkon —continuó Cesco.

—Sí, sí… fe... fe… felices —repitió Dodo moviendo nerviosamente las manos.

—Ellos, sin embargo, no nos han visto —precisó Flor que, todavía alterada, se dejó caer sobre los mullidos cojines de la Sala de las Naranjas.

Si Visciolo, apodado el Tuerto, el ayudante de Karkon, y sus niños mecánicos estaban contentos, eso significaba que en el palacio Ca' d'Oro todo iba estupendamente. Y si las cosas estaban así, eso quería decir que seguramente Karkon había vuelto… ¡que estaba vivo! Quizá aquellos pobres gatos servían para realizar algún encantamiento diabólico, y su destino estaba escrito.

Nina abrazó a sus amigos y les dijo:

—Chicos, no nos debemos dejar llevar por el pánico. Tengo un plan alucinante. Max está bloqueando las conexiones eléctricas de la falsa Andora, para que Karkon no pueda averiguar el emplazamiento del Acqueo Profundis. Ahora nos toca a nosotros descubrir si el pérfido mago ha vuelto de verdad y si ha recuperado todos sus poderes maléficos. Quizá haya asesinado ya a los gatos… ¡debemos actuar cuanto antes!

—¡Cierto! —respondieron sus amigos a coro.

—¿Pero qué debemos hacer? ¿Qué hacemos? —preguntó Roxy muy contundentemente mirando a los demás uno por uno.

—Debemos neutralizar a Karkon y vigilar el León Alado —sentenció Nina sin dudarlo un momento.

—¿Y los gatos? ¿No piensas en ellos? —barbotó Roxy.

—Claro que pienso en ellos —respondió la pequeña alquimista—. Neutralizar a Karkon significa salvar a los gatos. O más bien salvar a la Sexta Luna… salvar los pensamientos de los niños.

—Sí, los pensamientos de los niños… sería muy bonito si todos nos echaran una mano. ¡Karkon sería derrotado!

Flor era considerada la niñata del grupo y resultaba extraño que fuese precisamente ella la que se hubiera percatado de un gran problema: ¿por qué los demás niños tenían que ignorar lo que pasaba?

Nina la calló con una mirada:

—¿Quieres que terminemos todos en la cárcel? ¿Quieres provocar un desastre? ¡Los niños no están preparados para enfrentarse a Karkon y a su pérfida magia! Y menos aún tenemos nosotros la posibilidad de explicarles lo que está pasando. Es pronto… demasiado pronto. Antes necesitamos encontrar todos los Arcanos; sólo entonces los niños serán libres para pensar. La fantasía y la creatividad volverán y nos infundirán a todos la felicidad que ahora nos falta.

Flor se quedó inmóvil, Roxy hizo una mueca, Dodo bajó la cabeza y Cesco… Cesco quería decir algo, pero fue interrumpido por el sonido del timbre.

¿Quién podría ser? Pasaban unos minutos de las dos de la tarde y la pequeña alquimista no esperaba a nadie. Ljuba abrió al portón y, con enorme sorpresa, vio en el umbral a un hombre vestido de oscuro, con gafas de sol, y a una señora de cabellos rubios que llevaba un gracioso sombrerito amarillo.

Eran Vera Michajlovna y Giacomo de Nobili. Sin avisar, como una aparición, los padres de Nina, científicos del Ferk, el Centro de Investigaciones Extraterrestres de Moscú, acababan de llegar a Venecia.

—¡Mamá, papá! —exclamó Nina, que no daba crédito a sus ojos.

Vera y Giacomo abrazaron fuerte a su niña, y Ljuba se puso a llorar como una fuente por la emoción. ¡Cuántas cosas tenían que contarse, padres e hija, de la muerte del profesor Misha! ¡Cuántas veces había querido abrazarlos Nina!

Los cuatro amigos se presentaron y Cesco, con su habitual aire desenvuelto, anunció:

—También nosotros vamos ahora a reunirnos con nuestros padres. A estas horas ya habrán terminado de hacer máscaras y de coser disfraces.

—¿Máscaras? ¿Disfraces? —preguntó Vera mientras se quitaba el sombrerito.

—Sí, mamá, los padres de Dodo y de Cesco tienen un taller donde confeccionan maravillosos disfraces para el carnaval veneciano; se llama Bottega della Bauta y está cerca del puente de la Academia —explicó Nina al punto.

—¡Felicidades! —exclamó Giacomo—. Es un trabajo precioso.

Adonis, contoneándose, escoltó fuera de la villa a los amigos de la pequeña alquimista, que se quedó finalmente sola con sus padres. ¡Cuántas cosas tenían que decirse! Nina hubiera querido congelar aquel momento para guardar en su memoria la mirada amorosa de sus padres y recurrir a ella cuando se encontrara sola o sintiese miedo.

Se sentaron en los divanes de la Sala de las Naranjas, justo bajo el enorme retrato de la abuela Espasia, la madre de Vera, y se pusieron a charlar. Después de tres horas estaban todavía allí y aún quedaban cosas por contar. Ljuba, mientras servía el té, contó nuevamente cómo había muerto el profesor Misha; luego sacó el testamento y, sin lograr contener las lágrimas, entre sollozos, añadió:

—Un infarto... su corazón no resistió.

Los padres de Nina no podían saber la verdad de ningún modo. No podían siquiera imaginar que el profesor Misha vivía actualmente en otro mundo, en la Sexta Luna. La pequeña alquimista bajó los ojos: ansiaba contarles todo a sus padres para no hacerles sufrir, pero sabía que no la habrían entendido. No podían entenderlo... y sobre todo no debían saber...

Vera abrazó con fuerza a su hija y le susurró:

—Yo no soy alquimista; no era yo la elegida. Eres tú la que ha heredado todo de mi padre. Estoy orgullosa de ti. Pero no hagas nada peligroso; no hagas que me preocupe.

Giacomo cogió la mano derecha de Nina y miró la mancha de nacimiento en forma de estrella:

—Pues sí, lo has heredado de tu abuelo. Como esta marca.

Papá se puso serio de repente y le preguntó a Nina:

—Mírame a los ojos y dime la verdad: ¿Qué historia es ésa del León Alado? Se cuenta que la estatua se fue volando, que está viva. En cuanto tu madre y yo hemos llegado a Venecia, hemos leído el manifiesto, ese bando firmado por el alcalde. ¿Tú sabes algo?

La niña de la Sexta Luna se puso roja como un tomate. No quería mentirle a su padre... pero tendría que contarle una trola. Giacomo y Vera intercambiaron una veloz mirada, mientras Nina contenía la respiración por miedo a ser descubierta. Pasaron unos segundos más... y los padres sonrieron. Nina exhaló un gran suspiro, apoyando la frente en las vidrieras de las grandes ventanas góticas: ¡había faltado muy poco!

Giacomo encendió un cigarrillo y cambió de tema:

—Como sabes, tu madre y yo estamos trabajando en un proyecto muy importante.

Vera acarició la cara de su hija y continuó:

—El Ferk, donde hace tantos años que trabajamos, nos ha concedido muy poco tiempo para visitarte. Tenemos solo veinticuatro horas; después debemos volver a Moscú y durante tres meses estaremos muy ocupados. Nos veremos en Navidad.

—¿Y mi cumpleaños? ¿No estaréis? —exclamó decepcionada Nina.

—No, pequeña mía —respondió Giacomo—. El veintiséis de octubre no estaremos en Venecia. Te escribiremos y te llamaremos por teléfono. No puedes imaginarte lo que daríamos por estar más cerca de ti. Pero ahora es del todo imposible. Sabes muy bien que te queremos infinitamente.

—Lo sé, papá, lo sé. Os echo tantísimo de menos, pero no os preocupéis por mí. Aquí estoy muy bien y tengo a Ljuba que se ocupa de todo... pero hay momentos en los que daría cualquier cosa por teneros conmigo.

Los ojos de Nina se llenaron de lágrimas; su madre la abrazó con fuerza.

—Seguro que muchos niños me envidiarían: tengo unos padres que se dedican a estudiar a los extraterrestres —consiguió balbucir forzando una sonrisa.

Por fin fue posible un momento de serenidad. Vera y Giacomo, que sonreían a su vez, habían contagiado a la dulce Merengue.

—Bueno, se ha hecho tarde, me voy a la cocina —anunció la tata levantándose cansinamente del sofá.

En cuanto Ljuba hubo salido de la estancia, Vera sacó de su bolso una cajita azul y dijo:

—Toma, Nina, quiero que este objeto sea para ti. Me lo dio el abuelo hace muchísimo tiempo. Es una bagatela muy bonita. Un regalo por tu decimoprimer cumpleaños.

La niña de la Sexta Luna besó a su madre, cogió la cajita, la abrió con cuidado y…:

—¡Oh, pero si es precioso! —exclamó sorprendida.

Era un pequeño cubo de plata.

La niña lo hizo girar entre las manos y preguntó:

—¿Es un amuleto?

—Creo que sí —le respondió su madre—. Si lo lanzas al aire emite sonidos, concretamente las cuatro primeras notas: do, re, mi, fa. Creo que lo inventó el abuelo.

Nina no perdió un segundo y lanzó al aire el pequeño cubo, que inmediatamente emitió las notas mencionadas. En cuanto el objeto volvió a su mano el sonido se interrumpió.

—Extraño, este cubo es muy extraño —dijo metiéndoselo en el bolsillo—. Muchas gracias, mamá. Lo llevaré siempre conmigo.

La tarde pasó sin sentir. Ljuba había preparado una estupenda cena y la sirvió en la suntuosa Sala del Ángulo de las Rosas. En la mesa brillaba la antigua cubertería de plata, la que había utilizado la princesa De Righejra, la bella abuela Espasia; la vajilla era de porcelana rusa y los vasos eran de brillante cristal rojo y oro de Murano. Todo resultó perfecto. La familia, después de tanto tiempo, estaba por fin reunida. La pequeña alquimista se sentía feliz. Hablaron del abuelo, de su extraordinaria vida, del difícil trabajo en Moscú, y también del cambio que había experimentado tía Andora.

—He hablado hace poco con Carmen y me ha dicho que todo va bien —dijo Vera—. Después he hablado un poco con Andora, que tenía una voz muy serena. Me ha producido un enorme placer que las hermanas de mi madre vivan finalmente en armonía.

—Sí —dijo Nina—. Ya era hora. Andora ha sido rematadamente mala durante un largo periodo. ¡Tía Carmen no podía más! Pero ahora todo vuelve a ser como antiguamente. En la casa de Madrid reina la serenidad.

La niña de la Sexta Luna miró a Ljuba, que bajó los ojos y se dirigió a la cocina con los platos sucios. La dulce Merengue conocía bien la historia del androide maléfico y de la auténtica tía que había sido encarcelada en Toledo. Aún recordaba vívidamente al androide tendido en el suelo de la villa. Pero no podía hablar de ello con Vera y Giacomo: se lo había prometido a Nina.

La cena terminó con tarta de chocolate y zumo de grosella. Nina se acurrucó entre los brazos de su padre, mientras que Platón daba vueltas debajo de la mesa, acariciando con la cola las piernas de Vera. Adonis, tendido sobre la gran alfombra persa, bostezaba mostrando sus aguzados dientes.

De cuando en cuando, mientras hablaba con su padre, la niña de la Sexta Luna se metía la mano en el bolsillo y palpaba el Cubo de Plata. Le encantaba tener entre los dedos aquel extraño objeto; «¡lo he visto antes!», se decía una y otra vez. Este pensamiento la había acompañado durante toda la cena y, mientras saboreaba el último pedazo de tarta, le había vuelto a la mente de improviso la imagen exacta de un cubo muy semejante a aquel que acababa de recibir, pero todo de oro.

Tampoco en su habitación, donde se había retirado para concederse un merecido y sereno descanso bajo las frescas sábanas de seda turquesa, conseguía quitarse de la cabeza aquel objeto. De golpe se encontró sentada en la cama y, en plena oscuridad, exclamó:

—¡Ya recuerdo dónde estaba! ¡En la Sala de los Espejos! ¡Lo vi entre las joyas de la abuela Espasia!

¡Por fin, por fin se había acordado!

A la mañana siguiente, la familia se acercó al cementerio. Vera depositó un ramo de rosas sobre la tumba de Misha y se quedó unos minutos en silencio. Nina estaba triste, aunque supiera que el abuelo no había muerto de verdad. Antes de marcharse, besó levemente la foto de la lápida.

Pero, mientras se erguía... ¡la foto se movió!

Durante un instante, apareció el rostro oscuro y gesticulante de Karkon en lugar de los afables rasgos del abuelo.

—¡Ahhh! ¡Está vivo! ¡Está aquí! —gritó la niña.

Vera y Giacomo se dieron la vuelta al punto y preguntaron:

—¿Qué? ¿Quién está vivo? ¿Qué dices?

—Nada, nada, perdonadme... estoy... confusa. Vamos a casa —respondió la pequeña alquimista cubriéndose los ojos.

—¿Seguro que estás bien? —preguntó Giacomo.

—Sí, papá. Ahora estoy bien.

Vera estrechó con fuerza a Nina contra su pecho y dijo:

—Sólo está un poco alterada.

Por suerte, los padres de la pequeña alquimista no se habían dado cuenta de nada y la niña, a pesar del terror, consiguió recuperar su expresión serena, como de costumbre. Pero la visión de Karkon le había producido auténtica inquietud.

Cuando volvieron a Villa Espasia, su madre le manifestó el deseo de conocer mejor a sus cuatro amigos, y poco más tarde Cesco, Dodo, Flor y Roxy llegaron a merendar. Se comportaron a la perfección y Nina se sintió muy satisfecha, aunque no veía la hora de contarles a sus camaradas lo que había visto en el cementerio. Pero sin duda aquél no era el momento adecuado.

Vera y Giacomo se dirigieron contentos a los cuatros niños:

—Nos sentimos muy felices de que nuestra hija tenga amigos con los que jugar.

Cesco les miró directamente a los ojos y exclamó con seguridad:

—No se preocupen, está en buenas manos.

La niña de la Sexta Luna lo fulminó con la mirada y todos se echaron a reír a mandíbula batiente.

A la caída de la tarde llegó el momento de la despedida: Vera y Giacomo tenían que marcharse a las siete.

Delante del portón, la madre abrazó una vez más a Nina:

—Te escribiremos en cuanto lleguemos. Acuérdate de que estás siempre con nosotros, en nuestros pensamientos, y además, en cuanto tengamos un poco de tiempo...

La pequeña alquimista la interrumpió con una mueca divertida y dijo:

—El tiempo sirve pero no existe.

Giacomo se la quedó mirando atónito y preguntó:

—¿No existe? Pero... ¿cómo que no existe? ¿Dónde has aprendido esas cosas?

—Estudio muchísimo, papá. Y además el abuelo me ha dejado libros muy interesantes...

—Fantástico, estudia —recomendó la madre—. Y telefonea al profesor José. Quizá pueda venir una temporada a echarte una mano. Sabes bien que este año tendrás que estudiar mucho. Ya no estás en el ciclo elemental: a tu edad, las materias empiezan a no ser fáciles.

—Ya lo sé. Dentro de poco cumplo once años. ¡Ya no soy una niña pequeña! —respondió de carrerilla con expresión pícara.

—Pórtate bien y no estudies sólo alquimia. En la vida son necesarias otras cosas —le precisó Giacomo con rostro serio.

—Claro que sí. Lo sé muy bien. Ahora marchaos o de otro modo perderéis el avión de Moscú.

Y diciendo esto le enseñó a su madre el Cubo de Plata y lo besó

—Lo tendré siempre conmigo.

Y dicho esto, cerró el portón.

Ljuba miró desde la ventana cómo se alejaba la pareja, secándose las lágrimas con un gran pañuelo blanco. Platón y Adonis se acurrucaron en un rincón sin hacer el menor ruido.

La niña se quedó inmóvil; si por un lado estaba triste por la marcha de sus padres, por otro tenía prisa en continuar con su misión.

Se frotó los ojos brillantes y suspiró profundamente, pensando en todo lo que tenía que hacer...

¡Karkon había dado la primera señal de su vuelta!

La visión del maléfico mago había sido de verdad terrible. La niña de la Sexta Luna les contó a sus cuatro amigos lo que había sucedido en el cementerio y, en un instante, un silencio espectral cayó sobre Villa Espasia. Después, Cesco se aclaró la voz y propuso:

—Vamos a espiar los movimientos del Tuerto. Seguramente descubriremos algo.

—¡Los gatos! Debemos sacarlos de aquel palacio de muerte —dijo Roxy poniéndose en marcha.

—Id vosotros. Os suplico que vigiléis también al León, pero que no os descubran —rogó la pequeña alquimista—. Yo me quedo aquí; tengo una tarea que realizar.

—¿Qué tarea? —le preguntaron curiosos.

—Os lo diré mañana —les respondió Nina acariciando el Cubo de Plata que tenía en el bolsillo.

—¿Es que no vienes con nosotros? —le preguntaron sorprendidos.

—No, esta vez no. Mañana os lo explicaré todo. Ahora marchaos, es tarde.

Nina cerró la puerta. Sus cuatro amigos intercambiaron miradas interrogativas, pero no lograron darse una explicación del comportamiento de su amiga: ¡a veces la pequeña alquimista se mostraba bien misteriosa y no era precisamente simpática!

La pequeña alquimista se precipitó en la Sala de los Espejos para ver si lograba encontrar el otro Cubo. Sentía que debía hacerlo.

Apenas había metido la llave con la cabeza en forma de media luna en la puerta de la estancia, cuando fue invadida por una extraña y oscura sensación. ¡Peligro! Pero ya era demasiado tarde para retroceder.

La media luna se iluminó y sus destellos se reflejaron en los espejos. Nina acarició suavemente las pulidas superficies, que se movieron, deslizándose a izquierda y a derecha, abriéndose hacia el interior de los armarios.

—Aquí están las joyas de la princesa Espasia —murmuró la niña.

La pequeña alquimista se puso a rebuscar entre los collares y brazaletes de oro y de diamantes y después, justo en el punto donde había encontrado el cofre con el Anillo de Humo, vio el Cubo de Oro:

—¡Aquí está! ¡Sabía que lo había visto aquí!

Nina lo cogió y lo lanzó al aire. El objeto dejó escapar tres notas musicales: Sol, La, Si. Las tres notas musicales que faltaban.

Por consiguiente, entre los dos cubos emitían las siete notas.

La pequeña alquimista se dio cuenta en aquel momento de que la estrella que tenía en la mano derecha se estaba oscureciendo a toda velocidad. Estaba, por consiguiente, en peligro.

—¡Karkon! —gritó intuyendo que el pérfido mago se hallaba cerca.

Y era exactamente así: el conde había vuelto. Estaba allí, con ella. ¡Como en su primer encuentro, cuando se había presentado entre las imágenes reflejadas por los espejos!

Nina se metió el Cubo en el bolsillo, sacó el Taldom Lux y se puso en posición de combate. A los pocos segundos, todos los espejos se habían vuelto amarillos y rojos. Entre las altas llamas despuntó el horrible rostro del mago: sus ojos eran como dos puñales y su carcajada retumbó como un trueno.

—¡Ahhh, brujita estúpida! ¡Creías que te habías librado de mí! ¡Ingenua! ¿Cómo pensaste que podías eliminar al Diablo? ¡Ahora prepárate, ha llegado tu hora!

Karkon parecía más fuerte y decidido que nunca. No se había ahogado en el mar; se había salvado milagrosamente.

Su imagen desapareció de pronto de las pulidas superficies. La media luna se apagó y la pequeña alquimista se quedó completamente a oscuras.

Tras algunos segundos explotó de golpe una llamarada frente a ella. Entre las lenguas de fuego vio a su enemigo: ¡el conde!

—¡La tuya es una salvación maléfica! No se puede negar que lo has conseguido. ¡Pero no tengo miedo de ti! —gritó la pequeña alquimista con todo el aliento que le quedaba en el cuerpo.

Mentía descaradamente, y los dos lo sabían. Karkon levantó el Pandemon Mortalis y, de un salto, se plantó junto a la niña. Nina oprimió la empuñadura del Taldom Lux, que tenía en un extremo la cabeza del Gughi, y apretó tres veces los ojos del pájaro mágico, hechos de goasil, la piedra rosa de la Sexta Luna: un rayo láser partió al punto del cetro y golpeó la túnica violeta de Karkon. El mago se giró de golpe, abrió la boca y escupió un líquido negro que cayó sobre el pavimento de madera. Era un ácido venenosísimo, tan fuerte que corroyó la madera. Un instante después, con un ágil gesto, se hizo con el Taldom que en la agitación del momento la niña había dejado caer al suelo. La niña de la Sexta Luna se sintió perdida. La estrella se había ennegrecido del todo; el miedo aumentaba y el corazón le latía como un tambor.

—¡Ahora el Taldom es mío! ¡Soy el Magister Magicum y me convertiré en el amo del Universo! —gritó el conde convencido de su victoria.

Pero la pequeña alquimista no había perdido el ánimo del todo: se agachó, agarró los nudosos tobillos de Karkon y tiró de ellos con todas sus fuerzas, haciéndole perder el equilibrio. El mago se tambaleó y soltó el Taldom, que la niña recuperó rápidamente. Acto seguido giró tres veces sobre sí misma y empezó a disparar ráfagas de luz contra el Maligno.

—¡Toma esto! ¡Y esto! ¡Y esto! ¡Muere, maldito mago! —exclamó Nina dando terribles gritos.

Uno de los rayos del Taldom impactó en el Pandemon Mortalis. Karkon se cubrió el rostro con su capa, se elevó del suelo y echó a volar como un enorme murciélago violeta.

Mientras daba vueltas sobre la cabeza de Nina, Karkon exclamó:

—¿Creíste que ibas a poder derrotarme sólo porque me habías robado los Apuntes de la Estancia de los Encantamientos, no? ¡Ah, ah, ah, te equivocas! ¡Para ti son completamente inútiles: no los has entendido hasta ahora, y nunca comprenderás mis fórmulas alquímicas y la magia oscura! ¡Veremos… veremos si consigues vencerme!

—¡Lo conseguiré! ¡Ya verás si soy capaz o no! ¡Soy Nina, la nieta del profesor Michajl Mesinskj! ¡Soy alquimista! —respondió la niña observando atentamente los movimientos ondulantes del mago y teniendo siempre el Taldom entre las manos.

—¡Bien, bien… no te faltan redaños, muchachita mía! Pero acuérdate de que obra en mi poder un Jambir igual que el tuyo y de que puedo alcanzarte en cualquier lugar que te encuentres e impedirte encontrar los demás Arcanos. Y, aunque ya no tenga el Atanor, debes saber que mi magia es tan potente que le he encontrado sustituto. ¡Ah, ah, ah! ¡Tengo cien, mil Fuegos Eternos! ¡Poseo cientos, miles de fuerzas que desconoces!

La voz ronca de Karkon era cada vez más terrorífica.

—¡No lo creo! ¡Ahora el Atanor es mío y el Fuego Eterno está dentro del Taldom! El Primer Arcano está ayudando a la Sexta Luna y los niños han vuelto a pensar, a imaginar. Y tú lo sabes muy bien. No creo en absoluto que tengas armas tan poderosas. Yo salvaré a Xórax y tú morirás. ¡Encontraré los otros tres Arcanos y tu magia no podrá detenerme! —exclamó Nina agitando el Taldom para golpear a su adversario.

—Sé que tienes prisionera a mi androide preferida, el clon de tu tía Andora. Haz con ella lo que quieras; a mí ya no me sirve.

La voz de Karkon era cada vez más chillona y Nina comprendió perfectamente que estaba mintiendo como un bellaco. ¡El clon le interesaba, y de qué forma!

Nina no entendía por qué Karkon no intentaba alcanzarla. Hubiera bastado una descarga de llamas para incinerarla. En aquel lugar cerrado no tenía escapatoria. El comportamiento del mago era muy extraño: más que luchar, parecía querer hablar y meterle miedo.

—¿Y qué piensas del León Alado? ¡El bando del alcalde Loris Sibilo Loredan les ha cerrado la boca a todos, pero la estatua está allí. ¡Y está viva! —exclamó el pérfido conde haciendo visajes. De su boca escapaba una baba grisácea; era un espectáculo horrendo.

—El bando, sí. ¡Vaya cosa! ¡LSL se ha limitado a obedecer tus órdenes! —exclamó la pequeña alquimista, buscando confirmación en el terrible rostro de su adversario.

—LSL ha cumplido con su deber —sentenció el conde.

—Sé también que el León está sometido a un encantamiento tuyo. He leído el pergamino que perdiste en el mar. Pero ese animal no me parece muy peligroso... —continuó la pequeña alquimista temblando como una hoja. La niña no perdía ripio de los movimientos de Karkon, que daba vueltas en torno suyo, amenazándola.

—¡Peligroso! ¡Ah, ah, ah! ¡Ya verás, ya verás, ya!

El mago voló hasta la ventana, se apoyó en la vidriera, se envolvió en su gran túnica violeta y, mirando fijamente a los ojos de la pequeña alquimista, dijo:

—¡Malvada brujita mía, no sabes todavía que tengo un arma invencible!

—¿Un arma invencible? No te creo. Sólo la magia y la alquimia de la Sexta Luna son invencibles —replicó Nina cada vez más nerviosa.

—Verás, verás… y además oirás… —respondió el mago.

—¿Oiré qué? —preguntó la pequeña alquimista sin dejar de prestar atención a sus movimientos.

Karkon abrió la boca y lanzó su fétido aliento hacia la niña, pronunciando muy despacio SUASIO. La bocanada de aire de color rojo llegó directamente a las narices de Nina, que lo inspiró. La niña sintió inmediatamente que la cabeza le daba vueltas pero, mirando de nuevo al conde de hito en hito y haciendo acopio de las fuerzas que le quedaban, exclamó:

—¡Qué aliento más fétido tienes! ¡Eres un mago podrido!

—¡Oirás la Voz de la Persuasión! Nada se le resiste. ¡Ah, ah, ah!

La risa satánica del conde resonó en la Estancia de los Espejos y entonces, tragado por un torbellino de humo y llamas, Karkon desapareció de golpe dejando tras de sí un acre olor a azufre.

La niña de la Sexta Luna se arrodilló. Estaba exhausta, aterrada. Se llevó el Taldom al corazón y respiró profundamente; aquel aliento fétido le había trastornado. La media luna volvió a brillar y la estancia se iluminó de nuevo. La imagen de la pequeña alquimista se reflejaba en todos los espejos; la niña siguió su imagen con la vista, pensando en las palabras de Karkon y en el papel que tenía el nuevo alcalde. Pero ya se ocuparía del marqués LSL: el desafío que el mago le había lanzado era demasiado importante y debía concentrarse en él. Haciendo girar incesantemente entre los dedos el Cubo de Plata que le había dado su madre y el de Oro que acababa de encontrar, se preguntaba:

«Las siete notas… ¿para qué servirán?».

Se puso de pie cansinamente y miró la estrella que tenía en la mano: se había vuelto roja. Mil ideas se agolpaban en su cabeza y, pensando en el arma invencible de Karkon, descendió a la carrera por la escalera de caracol y penetró en el laboratorio. Apenas estuvo frente al *Systema Magicum Universi*, puso la mano derecha en la hoja líquida y preguntó:

—Libro, ¿qué es la Voz de la Persuasión?

Insidiosa y peligrosa es la Voz,
sólo la voluntad juega a tu favor.
Te entrará en las venas
como el canto de las sirenas.
Pero fuerte tú serás
y a Karkon combatirás.

—Libro, pero ¿no existe una poción alquímica contra la Voz de la Persuasión? —insistió Nina.

Una carta te salvará,
y la poción justa te dará.
Paciencia debes tener,
porque primero otras cosas has de saber.
Coge las hojas que has descuidado
y haz lo que has jurado.

Las hojas que indicaba el Libro Parlante eran los Apuntes de Karkon. ¡El *Systema Magicum Universi* le había indicado por fin el camino que debía seguir! Pero no tenía nada que ver con neutralizar la magia de la Voz de la Persuasión, de la cual Nina no sabía ni una palabra. Los Apuntes del mago eran sin embargo importantísimos, ya que contenían todo el saber de Karkon: la Alquimia de la Oscuridad, el sistema mágico del Mal que se contraponía a la Alquimia de la Luz, que se practicaba en la Sexta Luna.

Capítulo 2

El Verbum Tinta y Platón azul

—Corto lox dox últimox tornillox del cráneo metálico, dexplazo lax plaquitax de cobre y xecciono lox hilox. Dexpuéx enciendo el ordenador. Exte androide no dará máx problemax.

Max 10-p1 estaba muy atareado. Se encontraba en el Acqueo Profundis y hablaba solo. La escena era contemplada únicamente por los habituales peces de la laguna que, con el hocico pegado al cristal, observaban con curiosidad. Max, a quien no turbaba en absoluto su presencia, tenía una expresión satisfecha: la solución para bloquear los impulsos eléctricos dirigidos a la falsa Andora estaba cerca. Había trabajado una semana entera en ello y se sentía ansioso por anunciarle su éxito a la niña de la Sexta Luna.

Entretanto, en el laboratorio de la villa, Nina les contaba a sus amigos cómo había encontrado el Cubo de Oro, les narraba la amenaza de Karkon y les ponía al corriente de la posible implicación en todo el asunto del alcalde Loris Sibilo Loredan.

Las reacciones de los miembros de la pandilla eran, como de costumbre, de lo más variado.

Flor estaba escuchando música clásica con aire abstraído en su *walkman*, lo que irritaba sobremanera a Roxy, que le quitó los auriculares y le soltó con muy malos modos:

—Pero ¿estás tonta? ¡Siempre escuchando esa música absurda! ¡Sinfonías, cosas de *snobs!*

Flor, ofendida, retrocedió y, volviéndose hacia Nina, dijo:

—En el alcalde ya pensaremos más adelante. Sé que trata sólo con personas muy ricas, y que por otra parte es marqués.

—¡Marqués de mis narices! —exclamó Roxy—. No tenemos ni un segundo que perder con gente de esa índole. Dicen que ha aceptado convertirse en alcalde porque un ricachón le ha regalado una mina de oro. ¡Sin comentarios!

Después se volvió hacia Nina y continuó:

—Ahora hablemos de cosas importantes. ¡De cosas que te ponen la carne de gallina!

Eran las 16 horas, 3 minutos y 4 segundos: el reloj era superpreciso. La niña de la Sexta Luna escuchó con mucha atención la terrorífica narración de Flor y Roxy:

—¡Los han matado! Tenemos las pruebas: esos dos gemelos, Alvise y Barbesa, han tirado un saco negro en el canal. El agua se tiñó de rojo, de sangre. Mucha sangre. El saco, antes de hundirse en las profundidades, se abrió, y las cabezas cortadas de los pobres gatos flotaron unos segundos en la superficie del agua. ¡Ha sido terrible!

Las dos niñas, que momentos antes discutían, se abrazaron alteradísimas, y Nina juró que nunca volvería a pasar algo parecido:

—Detendremos esta matanza. Pero, para hacerlo, debemos entender primero por qué matan a los gatos.

La niña de la Sexta Luna estaba muy nerviosa. Cesco se volvió hacia ella y, casi gritando por la rabia, dijo:

—¡Matan por el gusto de hacerlo! Son malos. En ese palacio reina el Mal.

Nina mostró las páginas de los Apuntes que Karkon había escrito en el transcurso de cinco años:

—Fijaos, aquí está seguramente todo aquello que necesitamos saber de este fétido mago. ¡Pero cuanto más leo menos entiendo! Hay páginas que explican la Alquimia de la Oscuridad y unos cuantos dibujos de extrañas maquinarias y secuencias numéricas: del 0 al 9. Pero ¡también hay otras páginas completamente blancas, sin nada escrito!

La pequeña alquimista jugaba nerviosa con sus cabellos enrollándolos y desenrollándolos; y tenía toda la razón. Por otra parte, el *Systema Magicum Universi* había hablado claro: antes de descubrir qué era la Voz de la Persuasión, era necesario comprender los Apuntes del mago. Pero no era asunto sencillo, porque las páginas escritas eran muy pocas y las que estaban en blanco podían esconder quién sabe qué enigmas.

Cesco le puso una mano en el hombro a Nina para confortarla:

—Entonces vuelve a leer con calma de la primera línea a la última. Ya verás como encontramos la solución.

Roxy, Flor y Dodo se sentaron en el suelo, junto a la pirámide que contenía los dientes de dragón, y escucharon atentamente:

Lo que está arriba es igual que lo que está abajo. Y lo que está abajo es igual que lo que está arriba. Por medio sólo del SABER se puede llegar a cancelar la CREACIÓN. El viento lleva los pensamientos y las ánimas se secan al sol. Los niños se marchitan y la luz desaparece. El Mal vuelve a reinar. Cuatro son los enemigos que hay que derrotar, y cuatro los Arcanos que hay que desvelar para poder REINAR.

Después de esto, Karkon se había puesto a describir, consignando horarios, fechas precisas y posiciones de los planetas, su alquimia demente. El GRAN INICIO, que de tal modo lo llamaba, había tenido lugar a las 23 horas 45 minutos del 7 de mayo del Primer Año Karkoniano, había plenilunio, Marte estaba en equilibrio inestable, Plutón oculto y Júpiter estaba en alineación. Ésa era la fecha del nacimiento de la ALQUIMIA DE LA OSCURIDAD.

Nina leía con calma y repetía en voz alta las frases escritas por el conde:

—Mirad, aquí nombra a mi abuelo Misha y al escritor Birian Birov: dice que los matará y que se apoderará de la Sexta Luna —leyó Nina con la voz helada.

—¡Y así lo ha hecho aquel maldito! —la interrumpió Flor torciendo el gesto.

—Sí, lo ha hecho. Ha esperado mucho y después se ha vengado. Primero ha matado a Birov y después al profesor Misha.

Roxy, que miraba fijamente a las páginas, levantó la vista hacia Nina y con expresión tierna añadió:

—Cuando pienso que Karkon ha matado a tu abuelo exactamente aquí, en esta villa, me siento mal. Pero estoy contenta porque sé que el profesor Misha vive ahora en la Sexta Luna, ¿verdad?

La pequeña alquimista bajó la mirada, rozó con la punta de los dedos la mancha color fresa en forma de estrella que tenía en la mano, y volvió a centrarse en los apuntes:

—¡Fijaos, hay páginas blancas y otras con dibujos y números!

En la parte superior de una hoja, en el centro, estaba escrito:

NUMEROMAGIA Y MECAGEOMETRÍA

—¡Por todo el chocolate del mundo! —exclamó la niña—, ¿y qué demonios será la Numeromagia? ¿Qué significará Mecageometría?

—Ni lo he oído ni lo he estudiado nunca —dijo Flor, que estaba perpleja. Dodo añadió:

—El profesor Misha ni siquiera las men... men... men... mencionó una sola vez.

—Pues tampoco a mí. Ni me ha dejado un solo papel donde hable de ellas, ninguna pista —respondió la niña de la Sexta Luna sacudiendo la cabeza. Después, posando los ojos en el Libro Parlante, preguntó:

—¿Cómo puedo entender la lógica de Karkon? Estas páginas blancas deben tener un sentido.

Cesco cogió los Apuntes y tocó las páginas blancas:

—Parecen más gruesas que las páginas donde sí hay algo. Y, además, las pocas frases que hay están escritas con pluma y tinta. Tinta violeta.

Y era exactamente así. Las hojas en blanco eran más gruesas y tenían un color grisáceo.

—Qui... qui... qui... quizá el conde ha usado un pa... pa... pa... papel especial donde no se puede leer lo que se ha es... es... es... escrito.

La idea de Dodo suscitó reacciones fulminantes. Nina cogió los Apuntes y dijo:

—Ahora se lo pregunto al Libro Parlante. Él me ayudará.

Puso entonces la mano con la estrella en la hoja líquida y formuló la pregunta:

—Libro, ¿cómo se puede leer lo que no se puede ver?

El *Systema Magicum Universi* se iluminó y ofreció inmediatamente la respuesta:

Una buena magia coloreada
sirve para la hoja encantada.
Hay que buscar aquí un elemento:
«Verbum Tinta» y la palabra aparece al momento.
Etérea después te dirá
para lo que servirá.

—¿Verbum Tinta? —repitieron todos a coro mirando el Libro que se cerraba.

En el Cuaderno Negro del abuelo no había explicación alguna sobre el Verbum Tinta. El Libro, sin embargo, había dicho que había que buscar «aquí», es decir, en el laboratorio. Roxy se puso a hurgar entre los montones de piedras preciosas, Dodo miró entre las probetas y las botellitas de líquidos alquímicos y Flor se agachó para buscar bien por debajo de la mesa de los experimentos.

Nada. No encontraron nada.

La pequeña alquimista fue abriendo los cajones de la mesa uno por uno. Contenían lápices, plumas, tijeras, pinzas, cordeles... por fin abrió el último y exclamó:

—¡Qué sucio! ¡Está lleno de telarañas! —dijo torciendo el gesto. Pero el cajón parecía tener un fondo raro. Nina intentó levantarlo y al conseguirlo vio, con gran sorpresa, que bajo él había una hoja amarillenta plegada en cuatro. La niña la abrió, vio que había dos palabras escritas con el lenguaje de la Sexta Luna y las leyó en alta voz:

Libro III, de Tadino de Giorgis.

Dodo se acercó lentamente a Nina y rozó la hoja con el dedo:

—¡Ta... Ta... Ta... Tadino de Giorgis fue uno de los grandes! Ahora debemos encontrar su libro y averiguar qué es el Verbum Tinta.

Cesco y los demás sonrieron, mientras la niña de la Sexta Luna sujetaba la hoja con fuerza:

—Ánimo, chicos, salgamos de aquí y vayamos a la Sala del Dogo; allí encontraremos lo que necesitamos, estoy segura.

Pero la biblioteca de la Sala del Dogo era inmensa; cubría completamente las paredes del suelo al techo. Dar con un título concreto era una auténtica aventura.

Los niños empezaron primero por los volúmenes que quedaban más abajo y fueron subiendo hasta que Nina, que estaba en lo más alto de una escalera, lanzó un grito:

—¡Lo he encontrado!

Se trataba de un volumen fino en cuya cubierta aparecía estampado el título con caracteres rojos: Scribere Subitus-Libro III. ¡Coincidía exactamente con el título que estaba consignado en la hoja!

Pero en cuanto la pequeña alquimista cogió el volumen para sacarlo de la biblioteca, se deshizo en mil pedazos. Del imprescindible libro de Tadino de Giorgis quedó sólo un montoncito de pequeños fragmentos de papel sobre el suelo.

—¡Que nadie se mueva, de otro modo lo pisotearemos! —dijo Cesco en tono conminatorio.

Los cinco niños se congregaron en torno a los restos del libro mirándolos fijamente. De improviso, los trocitos de papel empezaron a brillar con una intensa luz roja que poco a poco fue formando una extraña figura sobre el suelo: parecía un bastón con la punta redonda.

Cesó el resplandor, Nina se acuclilló y, en cuanto puso la mano con la mancha en forma de estrella sobre los fragmentos del libro, éstos se unieron y la figura se convirtió en un pincel como de cera roja. La niña de la Sexta Luna aferró el extraño objeto:

—¡Parece un pincel! —exclamó sorprendida. Mientras lo tocaba se dio cuenta de que el calor de las manos lo fundía.

—¡Por todo el chocolate del mundo! ¡No puedo cogerlo! —gritó Nina.

En aquel instante oyeron un extraño rumor que provenía de la parte alta de la biblioteca. Con los ojos clavados en los libros, los niños empezaron a girar la cabeza lentamente como si siguieran el vuelo de una mosca. Pero aquello que daba vueltas por la estancia no era un insecto, sino... ¡un librito con alas blancas!

La alas se movían rítmicamente y el extrañísimo volumen, cuyo tamaño no era superior al de una paloma, fue a posarse al lado mismo del curioso objeto con forma de pincel. Las alas se cerraron y el libro se abrió. En la primera página había escrito en rojo:

No me toquéis y leed en silencio.

La pequeña alquimista y sus amigos retrocedieron estupefactos. En ese momento las páginas del libro volador empezaron a pasar solas.

—Mirad, las páginas se mueven, tenemos que leer… —susurró Nina. Las páginas pasaban lentamente; el texto que había en ellas, escrito con una hermosa caligrafía, explicaba algo más bien abstruso: la Geometría Cósmica.

Flor y Dodo tenían la boca abierta de par en par y Roxy y Cesco se abrazaron con fuerza.

Nina les indicó por señas que se sentaran en el suelo, sin hacer ruido, para leer el libro que exponía de modo sencillo aquel asunto tan complicado:

Cubo, triángulo, pirámide, líneas y puntos. Todas las formas pueden ser buenas o malas. Depende de los números.

—¿Los números? —gritó la pequeña alquimista en cuanto leyó la frase. Pero el librito se cerró en cuanto oyó la voz de la niña. Cesco y Roxy taparon la boca a Nina, casi sofocándola. Cuando se hizo de nuevo el silencio las páginas volvieron a pasar:

Formas y números están unidas por un destino único. Para salvar el Universo Alquímico hay que controlar su uso. También la mecánica puede transformar las formas y los números. La Geometría y las Matemáticas son las fuentes de la Alquimia de la Luz. Los encantamientos para mantener el equilibrio de números y formas son muchos. Los líquidos y los sólidos, las pociones y los metales, sirven para mantener alejado el Mal. Pero también el Mundo Oscuro puede vencer y modificar el uso de los números.

Nina leía ávidamente y también sus amigos estaban muy interesados, aunque no entendieran del todo lo que el libro decía de la Geometría Cósmica.

La pequeña alquimista metió la cabeza entre las manos y recordó los Apuntes de Karkon, que citaban la Mecageometría y la Numeromagia, dos asuntos que seguían siendo del todo misteriosos:

—¡Anda, es verdad! Entonces es imprescindible entender el uso de los números —murmuró totalmente concentrada. Le vino entonces a la mente una frase que el abuelo Misha le había escrito muchas veces en sus cartas y la dijo en voz alta:

—En las palabras, en los pensamientos, en los colores, en los sonidos, en los números, está el origen del Universo. No dejes que la oscuridad devore la luz. Cancela el tiempo y vuela.

Los niños permanecieron inmóviles; en cuanto Nina terminó la frase, el pequeño libro volador se disolvió en el aire, formando una pequeña nubecita que se desvaneció al cabo de pocos segundos.

—¡Ooohhh… ha desaparecido! —exclamaron todos a coro.

¡Las palabras de Nina habían surtido efecto! La solución para descifrar el enigma de Karkon estaba, pues, próxima.

—Ésta es una frase de mi abuelo. También en los números está el origen del Universo y, si queremos descubrir lo que son la Mecageometría y la Numeromagia de Karkon, debemos saber usar los números. ¿Entendéis? —preguntó a sus cuatro amigos.

—No, no entiendo ni papa —respondió Flor. Dodo sacudió la cabeza y Roxy extendió los brazos, mientras Cesco se quitaba las gafas y soltaba un resoplido.

—De acuerdo, de acuerdo, no es fácil. Tenéis que confiar en mí. Ya veréis como dentro de muy poco los Apuntes del conde dejarán de tener secretos para nosotros —les aseguró Nina.

La niña de la Sexta Luna quiso probar nuevamente a sostener en la mano el extraño objeto de cera roja que aún yacía en el suelo. Por fin logró sujetarlo entre los dedos sin que se derritiera; parecía un pincel, ni más ni menos. Sujetándolo con delicadeza se dirigió al laboratorio seguida de sus inseparables amigos, que continuaban totalmente desconcertados.

—¿Crees que se trata del Verbum Tinta? —le preguntó Roxy.

—Creo que sí. Pero vamos a saberlo ahora mismo —respondió Nina dejando el extraño pincel de cera sobre la mesa de los experimentos, junto al *Systema Magicum Universi.*

—Libro, ¿es éste el Verbum Tinta?

Échalo sobre mí y espera con paciencia.

El objeto fue absorbido por la hoja líquida, que se encrespó como si experimentara un oleaje. Salió entonces del Libro Parlante una nubecita de humo rojizo y poco después apareció, exactamente en el centro de la estancia, un gran pincel de oro que giró tres veces sobre sí mismo y luego se quedó suspendido en el aire.

—¡Es precioso! —exclamó Roxy.

—Es el Verbum Tinta. Ahora intentaré cogerlo —dijo la pequeña alquimista con un hilo de voz.

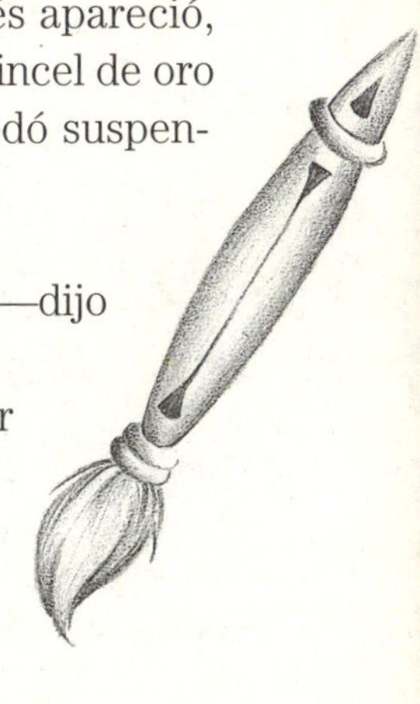

Las manos de la niña se aproximaron con temor al pincel, que de repente empezó a moverse haciendo ondular la suavísima punta. La niña de la Sexta Luna primero retrocedió, después alargó nuevamente la mano y por último consiguió agarrar el objeto dorado. Era resplandeciente, ligerísimo y tenía una longitud de al menos treinta centímetros. Sujetándolo como si fuera una varita mágica, la pequeña alquimista empezó a moverlo primero a la derecha y luego a la izquierda. En el aire quedaron suspendidos vestigios luminosos, pequeños puntos de luz, durante algunos segundos: parecía casi como si de la punta del pincel salieran extrañas estrellitas doradas.

—Bien, ahora que tengo el Verbum Tinta debo preguntarle a Etérea. El Libro Parlante ha dicho que sólo ella sabe para qué sirve —explicó Nina metiéndose el pincel en el bolsillo. Después tomó la llave con la cabeza en forma de estrella, pronuncio la fórmula «Quos Bi Los», atravesó la trampilla junto a sus amigos y se dirigió al Acqueo Profundis.

—¡Hola, Max, mira lo que he encontrado! —dijo mostrándole el Verbum Tinta al androide.

—Extupendo. Pero también yo tengo una xorprexa para ti —respondió el buen androide Max 10-p1, señalando con el dedo al clon de tía Andora, que tenía los ojos cerrados y había dejado de parecer peligroso.

—Mira, ahora cualquier impulxo que llegue para exte androide ex regixtrado y bloqueado por el ordenador del laboratorio; de exte modo, aunque Karkon intente ponerxe en contacto con el clon, jamáx obtendrá rexpuexta —explicó Max muy satisfecho.

—¡Pero eres fantástico! ¡Un verdadero genio! —la pequeña alquimista lo abrazó con fuerza y después preguntó:

—Entonces, ¿mi auténtica tía ya no corre peligro?

—No, abxolutamente. Extoy extudiando un xixtema para interrumpir para xiempre la conexión que hay entre el clon y tu tía. Ya veráx como lo conxigo. Pero necexito máx mermelada de frexa, xabes que xin ella me apago —respondió Max.

—De acuerdo, te voy a traer un montón. Ahora tengo que ponerme en contacto con Etérea. ¿Está conectado el ordenador? —preguntó Nina.

—Todo lixto. Puedex llamarla.

Max se sentó en el taburete de costumbre y observó con atención que el procedimiento fuera exactamente el debido.

Cesco apretó la mano del buen androide para felicitarle por el trabajo desarrollado y después fue a sentarse ante el teclado del ordenador a esperar a que la niña de la Sexta Luna le dictase las frases para entrar en contacto con Etérea. La niña se preparó en unos instantes. Sacó del bolsillo de los pantalones el pincel, lo levantó frente a la pantalla y dijo:

—Mensaje para la Madre Alquimista de Nina 5523312. He encontrado el Verbum Tinta. Tengo necesidad de saber para qué sirve. Y sobre todo, ¿cómo puedo leer las páginas blancas de los apuntes de Karkon Ca' d'Oro?

En la pantalla gigante del Acqueo Profundis apareció al cabo de pocos segundos Etérea en toda su luminosidad, que empezó hablar telepáticamente con Nina:

Te esperaba, Nina 5523312.
Veo que has encontrado el Verbum Tinta,
el mágico pincel de oro.
Has de saber que su vida es muy corta:
sólo puede funcionar durante veinticuatro horas.
Hay que sumergirlo en los colores de la Sexta Luna,
sólo así las páginas blancas de los Apuntes de Karkon
revelarán su enigma.
Atención, Nina, debes encontrar el color preciso
para cada folio.
Esta alquimia no puedes realizarla acompañada
de androides o seres humanos.
Pero quizá no estés sola...
¡Si te equivocas no podrás leer nunca esas páginas!
Ahora teclea «Magnesio Follis 7471111».

La voz de Etérea entró en la mente de la pequeña alquimista, que sentía un poco confusas las ideas y que le formuló otra pregunta:

—Madre Alquimista, ¿dónde encuentro los colores de la Sexta Luna? Y además ¿qué significa que quizá no esté sola si no puedo contar con la compañía de mis amigos ni de Max 10-p1?

Usa la Pluma del Gughi.
Te hará encontrar catorce pequeños cristales.
Después el Systema Magicum Universi te ayudará.
A las demás preguntas te responderás tú sola.
Ahora debo marcharme.
Pronto, muy pronto te llamaré.
Recuerda: ¡debes encontrar el Segundo Arcano!

En ese momento la imagen de Etérea se esfumó, dejando sólo un fulgor plateado en la pantalla gigante.

Nina hubiera deseado con todo su corazón preguntarle cómo estaba su abuelo, qué hacía. Necesitaba oír su voz una vez más. En fin, hubiera querido recibir otras aclaraciones. Pero si la Madre Alquimista había estado tan enigmática, había seguramente razones para ello, pero... ¿cuáles? La niña estuvo paseando nerviosamente por el Acqueo Profundis durante unos minutos, y terminó por decidir que la tarea de salvar a Xórax era muy importante y que requería mucha paciencia.

—Venga, Cesco, teclea «Magnesio Follis 7471111». Esta sustancia nos servirá para los colores.

La pequeña alquimista debía descubrir lo que contenían las páginas de los Apuntes de Karkon, sin olvidar que el Verbum Tinta seguiría siendo mágico sólo durante veinticuatro horas.

—Pero ¿para qué sirve el Magnesio? —preguntó Cesco.

—El Magnesio Follis cambia los colores. Su fórmula está en el Cuaderno Negro del abuelo, lo recuerdo bien —dijo Nina de un tirón.

Su amigo hizo lo que se le pedía. Tecleó lo que la pequeña alquimista había dicho y un instante después apareció en la pantalla del ordenador la siguiente fórmula:

Magnesio Follis, compuesto por magnesio puro y diamante pulverizado. Cambia los colores. Retorta gris número 74; debe abrirse sólo durante la prueba alquímica.

Antes de buscar la retorta número 74, Nina devolvió a su bolsillo el pincel de oro y sacó la Pluma del Gughi, la frotó y, de golpe, apareció frente a ella una esfera verde esmeralda: ¡Xórax, la Sexta Luna!

En medio de los misylos, las flores de la Sexta Luna, la niña descubrió un saquito de tela negra: era el que Etérea había dejado. Metió la mano sin miedo dentro de la esfera y lo agarró. En cuanto retiró la mano la esfera se volatilizó. Los niños se acercaron para ver lo que contenía el saquito.

—Deben de ser los catorce cristales de los que hablaba Etérea —explicó Nina mientras intentaba abrirlo.

Pero Max se levantó como un rayo del taburete gritando:

—¡No, no lo hagax! ¡Etérea te acaba de decir que exta alquimia la debex hacer tú xola, xin noxotrox, xin nadie!

La pequeña alquimista se puso colorada, agachó la cabeza y se metió el saquito en el bolsillo, con gran decepción por parte de sus amigos.

Dodo, Roxy y Flor se pusieron a buscar inmediatamente la retorta entre los estantes del Acqueo Profundis pero, entre los miles de recipientes de vidrio, el número 74 no aparecía por ninguna parte. Cesco miró junto a la chimenea y tampoco encontró nada; Max observaba a los niños y sonreía.

—Max, tú sabes dónde está, ¿no? —preguntó la niña de la Sexta Luna mirando al androide con aire suspicaz.

—Xí, xé dónde extá, pero no lo digo. Etérea ha xido clara: exta alquimia la tienex que hacer xola. Ninguno de noxotrox puede ayudarte. Vete al laboratorio de la villa y haz lo que xea necexario —Max cruzó los brazos y se quedó quieto.

—Pues bueno. ¿Nos vamos entonces? —preguntó Flor.

—Supongo que sí. Os acompaño. Quizá convendría que mientras yo trabajo en el laboratorio del abuelo y busco el Magnesio

Follis vosotros vigiléis los movimientos de Karkon. Nunca se sabe. No perdáis de vista al León Alado, no nos podemos fiar de él, y contadme si han metido ya a alguien en la cárcel de los Piombi…

Nina había tomado la mejor decisión. Dodo, acercándosele, le dijo entonces:

—Ma… ma… mañana empezamos el colegio. Pero yo me levantaré an… an… antes, porque quiero ir fre… fre… frente al palacio Ca' d'Oro, porque no pue… pue… puedo permitir que ma… ma… maten a más gatos.

Dodo, el tímido del grupo, se había ofrecido para enfrentarse a la tarea más peligrosa, dejando a todos de piedra:

—¡Bravo, Dodo, así se hace! —le dijeron los demás dándole palmaditas en la espalda.

—¡Un momento! —terció la pequeña alquimista—. ¡Enseñadme los rubíes de la Amistad Duradera que os he dado!

Nina estaba mortalmente seria.

—¿Rubí? Ah, sí, lo llevo siempre en el bolsillo —respondió Cesco sacando la piedra preciosa. Porque cada uno de los niños había recibido, después de haber bebido una poción, un rubí que confirmaba el vínculo existente entre los miembros de la «banda».

Roxy y Flor mostraron también sus rubíes. Dodo, sin embargo, era presa del pánico: buscaba y rebuscaba en los bolsillos del pantalón… ¡maldición! ¿Dónde se había metido el rubí? Por fin dejó escapar un suspiro y exclamó:

—En… en… encontrado.

—Como sabéis, los rubíes se calientan y se iluminan al mismo tiempo si uno de nosotros corre peligro. No os separéis nunca de ellos —indicó la niña de la Sexta Luna dirigiéndose hacia la salida del Acqueo Profundis.

Subieron juntos del laboratorio a la villa, donde Nina los despidió a toda prisa. Mientras cerraba la puerta del laboratorio, se le coló Platón.

—¿Pero qué haces? ¡Platón, sal de aquí! —le gritó la niña. El gato saltó sobre un montoncito de minerales y maulló—. No puedes estar en el laboratorio. ¡Sal ahora mismo!

La niña de la Sexta Luna estaba furiosa; entonces, justo cuando intentaba agarrar a Platón para echarlo, el *Systema Magicum Universi* dejó escapar un hilo de humo verde. Nina se quedó inmóvil y después, en voz baja, preguntó:

—¿Eres tú, Libro?

El Libro se abrió solo y respondió con voz grave:

Inicia tu alquimia.
Necesitarás al gato más tarde.
Mete la mano con la estrella dentro de mí,
y pronuncia estas palabras:
«La retorta grisácea, ventosa y misteriosa,
ventosa y airosa la retorta vidriosa».

Nina miró al Libro y después a Platón. Nunca le había pasado que para realizar una operación de alquimia necesitase un gato. No lo había leído en ninguna parte, ni siquiera en el Cuaderno Negro del abuelo y mucho menos en los textos de Tadino de Giorgis. Después de un momento de estupefacción siguió las órdenes que el Libro le daba: puso la mano derecha dentro de la hoja líquida y pronunció la frase mágica.

El hilo de humo verde se hizo negro y después blanco, mientras un olor de jazmín y de alquitrán se extendía por todo el laboratorio. La mano de Nina estaba todavía metida en el Libro cuando, de improviso, la pequeña alquimista sintió que cogía algo; era la retorta 74. El Libro, entonces, siguió hablando:

Deja la retorta en la mesa. Abre después
el saquito que te ha dado Etérea
y echa los cristales dentro de mí.
Sólo entonces podrás abrir la retorta
y verter el Magnesio Follis hasta la última gota.

Cuando la niña de la Sexta Luna abrió el saquito vio los cristales: eran brillantes, luminosos, fluorescentes. Los echó con cuidado en la hoja líquida, que los absorbió. Después destapó la retorta y vertió también todo su contenido en la ondulante superficie. El Libro desprendió entonces una llamarada dorada seguida de catorce pequeñas saetas.

La pequeña alquimista, despavorida, cerró los ojos y se dio la vuelta. El Libro volvió entonces a hablar en rima: eso significaba que la solución, aunque complicada, estaba cerca:

¡Bravo! Los ojos cerrados debes tener,
hasta que los colores puedas ver.
Yo sólo puedo crear
el arco iris del mágico laborar.
Por la impaciencia no te dejes llevar,
pronto el pincel de oro podrás usar.

Nina sabía que a su espalda se estaba realizando una magia extraordinaria. Siguió en la misma posición y, después de haberle echado un vistazo a Platón, cerró los ojos. Sentía en la espalda rápidas bocanadas de viento cálido y después chorros de aire frío. Por último no sintió nada y esperó a que el Libro hablase de nuevo:

Gírate lentamente
y relaja tu mente.
Aprisa has de recordar
el nombre de los colores que debes usar.
El Verbum Tinta listo estará
para el gato, que paciente ayudará.

La niña se dio la vuelta y vio que, en el aire, sobre el *Systema Magicum Universi*, oscilaban catorce cuenquitos. Cada uno de ellos contenía un color. Agarró el del rojo y pronunció el nombre del color en la lengua de la Sexta Luna: «foyat». In-

mediatamente se le escapó del bolsillo el pincel de oro y voló hacia el cuenco con la punta hacia abajo, preparada para absorber el color.

Nina dijo entonces «bisyof» y el Verbum Tinta se dirigió velozmente hacia el cuenco del verde.

—¡Por todo el chocolate del mundo, es muy divertido! —dijo Nina riendo.

La pequeña alquimista prosiguió su extraño juego alquímico, haciendo volar el pincel de aquí para allá, que cada vez se dirigía a un cuenco de color diferente. Al cabo de un rato cogió los Apuntes de Karkon y preguntó al Libro:

—Libro, ¿puedo empezar?

Sí que puedes,
pero en guardia debes estar
y el color no errar.
Para ayudarte una cosa puedo decir,
que del claro, no del oscuro, debes partir.
Dentro de veinticuatro horas la magia terminará
y el Verbum Tinta de cera se volverá.
Pero…

—Pero… ¿qué? —exclamó sorprendida Nina.

Pero el gato ya no tiene rojo el pelo,
porque azul lo quiere el misterio.
Míralo y no digas ni pío

él sabe cómo salir del lío.
Con el pincel es más que competente,
si de Verde Mantequilla se da un banquete.

La pequeña alquimista se dio la vuelta velozmente y se encontró con una cosa increíble:

—¡Por todo el chocolate del mundo! ¡¡¡Platón, te has vuelto azul!!!

Nina cogió en brazos al gato, lo acarició y se aseguró de que estaba bien. Platón parecía en perfecta forma, pero la niña de la Sexta Luna no conseguía entender aún cómo demonios se había vuelto azul su pelo. Un gato… ¿sería capaz de utilizar el Verbum Tinta? Y, sobre todo, ¿por qué tenía que comerse el Verde Mantequilla?

—Sí, el Verde Mantequilla… y ¿cómo se hace? —dijo la niña en voz alta.

El gato azul dio un salto y se puso junto al *Systema Magicum Universi* como si supiese que las respuestas a todas las preguntas de Nina estaban allí. Olisqueó los cuencos de colores que se balanceaban en el aire y empezó a ronronear feliz de estar junto a la pequeña alquimista.

Nina, entonces, preguntó:

—Libro, ¿cómo encuentro el Verde Mantequilla?

Siete gotas de leche de dragón,
dos esmeraldas y un litro de oro colado.
Bastan tres minutos y tres segundos para crearlo.
Sólo el gato azul, sin embargo, puede degustarlo.

Nina miró el reloj del laboratorio: eran las 20 horas, 38 minutos y 45 segundos de la tarde. La pequeña alquimista se sobresaltó y exclamó:

—¡Vaya! ¡Se me ha olvidado la cena! Merengue estará furiosa. Pero no puedo dejarlo de ninguna manera.

Se puso a buscar entonces en los estantes repletos de retortas, probetas y botellas, y encontró casi de inmediato la leche de dragón; cogió luego dos esmeraldas del montón de gemas que estaba junto al caldero de cobre y, por último, aferró con unas enormes pinzas una gran pepita de oro y la puso al fuego hasta que se fundió.

—Bien, ya tengo los ingredientes. Ahora vierto todo en el cuenco y cuento tres minutos y tres segundos —se dijo la niña para sí.

Después de haber preparado la poción, se dio cuenta de que la mezcla se endurecía rápidamente:

—Se ha convertido en un bloque de color verde… parece cremoso… como si fuera mantequilla… —dijo tocándola con un dedo.

Justo en aquel instante el Libro habló de nuevo:

Junto al gato azul coloca el cuenco,
verás como lo lame contento.
Sólo cuando se haya comido la mitad,
alzará la cola y preparado estará.

Platón observaba a la pequeña alquimista y al cuenco con gran curiosidad: cuando sintió el perfume del Verde Mantequilla levantó la cola y empezó a olfatear la extraña sustancia; en un abrir y cerrar de ojos se comió la mitad. Justo en el momento en que terminaba de lamerse los bigotes, su pelo azul se volvió luminoso y el Verbum Tinta realizó un corto vuelo para posarse exactamente delante de él. Como si fuese la cosa más natural del mundo, el gato sacó las uñas y aferró el pincel con una zarpa.

Nina estaba estupefacta, porque jamás de los jamases se habría esperado una escena similar. Tomó los Apuntes de Karkon y se puso a pensar qué color elegir para aplicar sobre la primera página blanca.

El enigma del conde tenía las horas contadas: ¡la niña de la Sexta Luna había descubierto rápidamente la increíble fuerza de la Alquimia de la Oscuridad!

CAPÍTULO 3

Los Numeromágicos de Karkon y el Cero Brumoso

—El Libro ha dicho que debo partir de lo claro y no de lo oscuro. Tengo que usar, por tanto, los colores siguiendo la gradación que va del blanco al negro.

Nina estaba muy concentrada: no podía permitirse el lujo de equivocarse, porque las blancas páginas seguirían manteniendo sus secretos si no utilizaba los colores adecuados. Los catorce cuenquitos continuaban suspendidos en el aire y Platón aferraba con su zarpa derecha el Verbum Tinta, preparado para pintar las hojas.

La pequeña alquimista, que tenía miedo de no recordar demasiado bien los nombres de los colores de la Sexta Luna, decidió coger el Cuaderno Negro del abuelo y leerlos uno por uno.

El reloj marcaba ya las 23 horas, 22 minutos y 14 segundos; sobre la mesa de los experimentos estaba todo lo necesario.

—Ahora, Platón, estate muy atento. Vamos a empezar con el blanco: el pincel de oro volará hasta el cuenco adecuado, después volverá hacia a ti y entonces podrás pintar la primera hoja. ¿Has entendido bien lo que tienes que hacer?

La niña de la Sexta Luna le hablaba el gato y estaba segura de que éste entendía perfectamente cada una de sus palabras.

Platón entrecerró los ojos hasta que no fueron más que una rendija y con un rápido movimiento de cabeza pareció asentir. La niña lo acarició dulcemente y después miró la página que había que pintar: sólo se veía en ella la hora, el día y la disposición de los planetas (Segundo Año Karkoniano, 0:30 horas del 30 de diciembre, Luna creciente, Saturno en rotación lenta, Venus os-

curecido y Marte estable, y después había espacios blancos bajo los cuales empezaban los números, del cero al nueve; seguían a lo largo de muchas más páginas sin explicación alguna.

En resumen, lo único que estaba escrito en ellas eran los números, pero no su significado.

Nina empezó a hablar y pronunció el nombre del primer color, el blanco:

—Assaf.

El Verbum Tinta voló de golpe hacia el cuenco del blanco, mojó su punta en él y se volvió hacia el gato azul. Platón cogió el pincel y comenzó a pintar diestramente la página. En cuanto el Pincel pasó sobre los espacios vacíos de la hoja, surgieron como por ensalmo las frases escritas por Karkon.

—¡Lo hemos conseguido! ¡Platón, eres estupendo! —gritó

alegremente la pequeña alquimista, aunque el gato no movió ni un bigote. La niña leyó las frases de inmediato.

—Mira, mira, aquí dice que Karkon ha usado la Charta Mater, un papel especial, un precioso papiro egipcio, y después ha escrito con el Grafito Violeta la secuencia de los Numeromágicos. Para realizar el encantamiento de los números es necesario pronunciar tres veces «Numerus Noctis». Tengo que acordarme de estas palabras; son importantes. Pero vaya, Karkon es auténticamente diabólico: las hojas están en blanco porque ha usado el papel y los colores mágicos adecuados para esconder las frases. Bien, estamos en el camino correcto. Terminaré averiguando para qué sirven la Mecageometría y la Numeromagia.

Después del blanco le tocó al amarillo, «olys»; después al naranja, «zuki»; al rosa, «noisi», y así hasta llegar al negro, «vyly».

El pincel bailaba de un cuenco a otro y se deslizaba sobre las páginas de los Apuntes, desvelando así los secretos del pérfido mago. Nina miraba fascinada a Platón, que utilizaba el Verbum Tinta sin dudar ni un momento y sin verter ni una pizca de color fuera de las hojas.

—Vaya, mira, aquí está escrito que el cero es el inicio de los Numeromágicos y que corresponde al motor de todos los mecanismos. Los motores están alimentados por agua… pero qué extraño… ¡los Numeromágicos corresponden en realidad a partes mecánicas y formas geométricas! —la niña de la Sexta Luna leía con curiosidad aquella alquimia extraña e incomprensible.

—El 2 corresponde al gancho, y cada gancho tiene a su disposición las cuerdas de Tensium… —repitió en voz alta—, es un material que no conozco. Karkon escribe que es superresistente. Después, veamos, el 4 corresponde a las ruedas, que son engrasadas con el Ombio. ¿Ombio? Tampoco he usado nunca esto.

Cuando el pincel coloreó una página de turquesa (eisy), la pequeña alquimista pudo leer todo lo que había escrito Karkon: ¡además del abuelo Misha, el maléfico mago quería eliminarla también a ella, y por eso había creado el clon mecánico de la tía Andora! La página llevaba la fecha del 2 de febrero del Cuarto Año Karkoniano: hacía poco más de un año, cuando la pequeña alquimista había salido de Moscú para irse a vivir con sus dos tías de Madrid.

—¡Así lo hizo! —exclamó la niña—. Raptó a mi tía porque sabía que yo llegaba a Madrid, la recluyó en la Torre de Toledo y en su lugar mandó al androide Andora a casa de Carmen. ¡Sinvergüenza! Pero ahora el clon es mío. Y mi auténtica tía está sana y salva con Carmen.

Aunque Nina estaba muy nerviosa, leía con gran cuidado cada hoja; sus ojos azules brillaban de alegría al descubrir los maléficos secretos de su enemigo.

—¡Todo está aquí… todo! Estos Apuntes son valiosísimos, y aunque recuerdo que el conde me dijo que tenía un arma infalible, la Voz de la Persuasión, estoy convencida de que seré más fuerte que él. Conozco sus secretos, su alquimia. No puede derrotarme.

Cuando llegó a las fórmulas de la Alquimia de la Oscuridad experimentó escalofríos. Consistían en una relación detallada de todas las pócimas que Karkon había inventado. Empezó a leer en alta voz mientras Platón la miraba fijamente:

—Oro Tácitus, sirve para encantar el Numeromágico Cero, que crea el motor; Sangre Mendaz, para imprimir la fascinación de la mentira; Topacius Cornante, usado como imán; y Vidrio Blando, para los engranajes de las máquinas encantadas.

Eran elementos, minerales y metales que Nina conocía sólo parcialmente, y muchos le resultaban un absoluto misterio.

Diseños, bocetos, líneas y figuras geométricas: el Verbum Tinta, manejado diestramente por Platón, corría veloz por las hojas poniendo de manifiesto las ideas geniales y diabólicas de Karkon. La pequeña alquimista iba de sorpresa en sorpresa.

El capítulo dedicado a los Arcanos resultó el más interesante. Por fin, la niña de la Sexta Luna se enteró de que la Estancia de los Encantamientos del Palacio de Karkon había sido construida para contener las máquinas que custodiaban tres Arcanos. Cada máquina tenía una combinación numérica: la Estufa de Carbón contenía el Arcano de la Tierra (6065512), el Horno, el Atanor (6065513), el Fuego Eterno, del que Nina ya se había apoderado y, por fin, en la tercera máquina con forma de Misil se custodiaba el Arcano del Aire (6065514).

—El Atanor ya es mío, ahora me faltan el Aire y la Tierra, pero… ¿y el agua? —susurró la pequeña alquimista mientras el gato se desentumecía recorriendo la mesa de los experimentos. La pequeña alquimista alzó los ojos y exclamó:

—Sí, el Cuarto Arcano, el Agua: ¿dónde está?

Recorrió velozmente las líneas de los Apuntes y descubrió que Karkon la había escondido en un lugar secretísimo y lejano:

—¡Por todo el chocolate del mundo! Pero ¿dónde la habrá metido? —se preguntó la pequeña alquimista. Entre tanto Platón se lamía la zarpa con que estaba empuñando el pincel de oro.

Así pues, la niña de la Sexta Luna podía desbloquear otros dos Arcanos con los Apuntes, pero aún no tenía ningún indicio para el Agua.

El reloj marcaba las 5 horas, 25 minutos y 6 segundos. Despuntaba ya el alba y también el gato empezaba a dar signos de nerviosismo, moviendo los bigotes y entrecerrando los ojos resistía heroicamente.

—¡Ánimo, gato azul! ¡Faltan sólo un par de páginas y habremos terminado! —exclamó la niña. Platón se puso de nuevo manos a la obra y Nina, en cuanto leyó las nuevas frases, dio un salto que hizo caer el taburete:

—Quinto Año Karkoniano, hora 1:02 del 3 de junio, Nebulosa de Andrómeda a la vista, Luna menguante y Marte iluminado. ¡He matado al profesor Misha!

Nina estaba leyendo la fecha del asesinato de su abuelo. La niña sintió tanta ira que cogió el folio para arrancarlo, pero Platón dio un salto y se acurrucó entre sus brazos frotándose la cabeza contra las manos de la niña y maullando tiernamente.

—¡Sinvergüenza, desgraciado! ¡Así es como has matado al abuelo Misha!

De los ojos de Nina empezaron a brotar enormes lagrimones que caían sobre la hoja. Leía y lloraba, y en un momento tuvo ante sí la cruenta escena, la lucha entre Karkon y Misha. Había sido una batalla entre Grandes Magos con saetas y llamas, con luces y destellos que iluminaban la Sala de la Chimenea. Por fin, el cuerpo del abuelo rodando por tierra y Karkon dándose a la fuga.

La pequeña alquimista se secó el rostro con las mangas de la sudadera y respiró profundamente. Después paseó su mirada por el mágico y fascinante laboratorio alquímico que había heredado de su abuelo, acarició a Platón y asintió con la cabeza. El gato pintó la última página. El argumento era irresistible y el título hablaba por sí mismo: «El secreto de mis androides». La niña se quedó sentada en el taburete y leyó velozmente las explicaciones. Descubrió que Alvise, Barbesa, Irene, Sabina, Gastilo y los otros niños mecánicos que habitaban en el palacio Ca' d'Oro tenían corazones de gato y sólo podían vivir hasta los once años.

—¡Pero es una locura! —gritó la niña poniéndose en pie de un salto—. ¡Por esa razón matan a los gatos! Karkon les arranca el corazón para trasplantárselo a los androides. Esos niños mecánicos tienen poca vida… ¡son de mi edad y están a punto de morir! Así pues, el conde hace escabechinas de gatos para construir nuevos androides o para que los que ya tiene vivan más tiempo.

Nina, descompuesta, leyó las últimas líneas con manos temblorosas. Había una breve descripción de la existencia de otros androides adultos desprovistos de corazón y que viven cien años gracias al Magma Sulfato, el líquido que corre por sus venas.

—Además del clon de tía Andora… hay otros tres. ¡Tres androides varones! —susurró la niña de la Sexta Luna con un hilo de voz. No se decía dónde vivían, pero sí se especificaba con claridad que estaban en la fase «durmiente» y que para activarlos Karkon había desarrollado unos códigos, que obviamente no constaban en los Apuntes. Eran secretos. La niña se tumbó en el suelo dejando caer los folios ahora coloreados, Platón apoyó el Verbum Tinta en la mesa y se estiró apoyando el hocico en el *Systema Magicum Universi*, pero no tuvo tiempo de cerrar los ojos para descansar un poco porque el Libro se iluminó de golpe.

Una gran mano rugosa salió de la hoja líquida: tenía la piel de color verde oscuro y las uñas violetas y negras relucían como bombillas. El gato, aterrorizado, bufó y maulló como un auténtico tigre. Arqueó el lomo y quiso arañar y morder la monstruosa mano, pero los

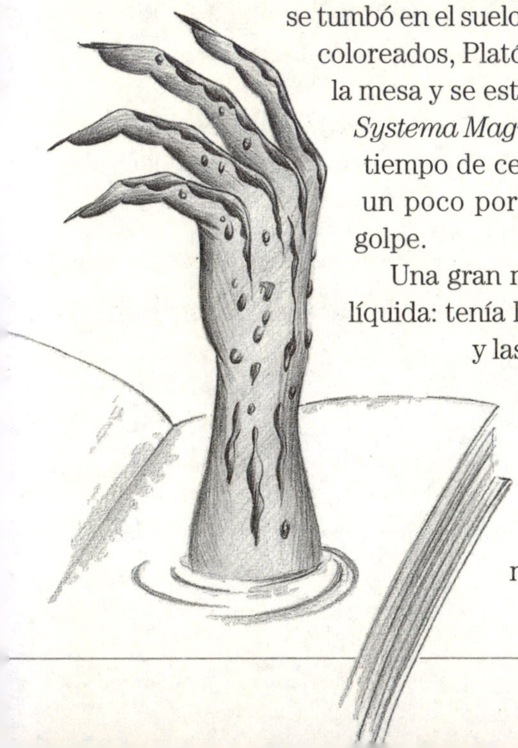

reflejos de las uñas lo tenían hipnotizado. El felino se quedó con los ojos en blanco, como vacíos. De improviso, el índice de la mano monstruosa señaló el cuenco del Verde Mantequilla y el gato, presa del encantamiento, se acercó a la preparación y se comió de un bocado lo que quedaba de ella.

La pequeña alquimista, que estaba tumbada en el suelo, contemplaba la escena sin moverse. El gato, justo en el momento en que terminaba de lamer el último pedacito de mantequilla, recobró su pelo rojo. La mano fue entonces absorbida lentamente por el Libro, y el Verbum Tinta concluyó su magia volviéndose nuevamente de cera. Los catorce cuenquitos que habían contenido los colores de la Sexta Luna desaparecieron en el aire dejando una estela de color rosa. De repente, el Verbum Tinta se agitó y escaparon de él dos estrellitas plateadas y varios filamentos de oro que bailaron unos segundos sobre la cabeza de Nina.

—¡Ha desaparecido! —exclamó la niña. En ese momento, el gato se dejó caer al suelo ronroneando a más no poder.

—¡Potente alquimia. Poderosa magia. Jamás he visto cosa parecida! —susurró la niña de la Sexta Luna levantándose despacio. Acarició a Platón, que dormía ya como un tronco.

—¡Fórmulas, máquinas encantadas, Arcanos que revelar, androides que combatir y, además, la Mecageometría y la Numeromagia! Vaya colección de cosas que tengo que comprender y que tengo que hacer.

Y diciendo esto, se llevó las manos a la cabeza y posó de nuevo la mirada en el Libro.

No se sentía a la altura, no se sentía preparada para esta gran prueba:

—Además, no entiendo bien las matemáticas. Estos números de Karkon que se transforman en objetos y partes mecánicas son complejos como ellos solos… no importa: sea como sea tengo que neutralizar la Alquimia de la Oscuridad y entender cómo usar las máquinas encantadas que contienen los otros dos Arcanos.

La pequeña alquimista, confusa y atemorizada, volvió a leer los Apuntes y se concentró en los códigos de los Arcanos: sabía que tenía que usar aquellos números para cambiar el destino. Pero no sabía por dónde empezar. Aunque el asunto del Atanor había sido sencillo, los otros Arcanos parecían bastante más complicados. En resumen, era necesario entender las matemáticas de Karkon.

Platón, al sentirla farfullar, se despertó: soltó un bufido, abrió primero un ojo y después el otro, se estiró, levantó la cola y, como si no hubiese sucedido nada, arañó la puerta. La pequeña alquimista le dio un beso en la cabeza y le dejó salir, quedándose sola en el laboratorio.

En cuanto se dio la vuelta hacia el *Systema Magicum Universi,* vio que sobre el Libro había una hojita. Era del abuelo y la leyó con avidez.

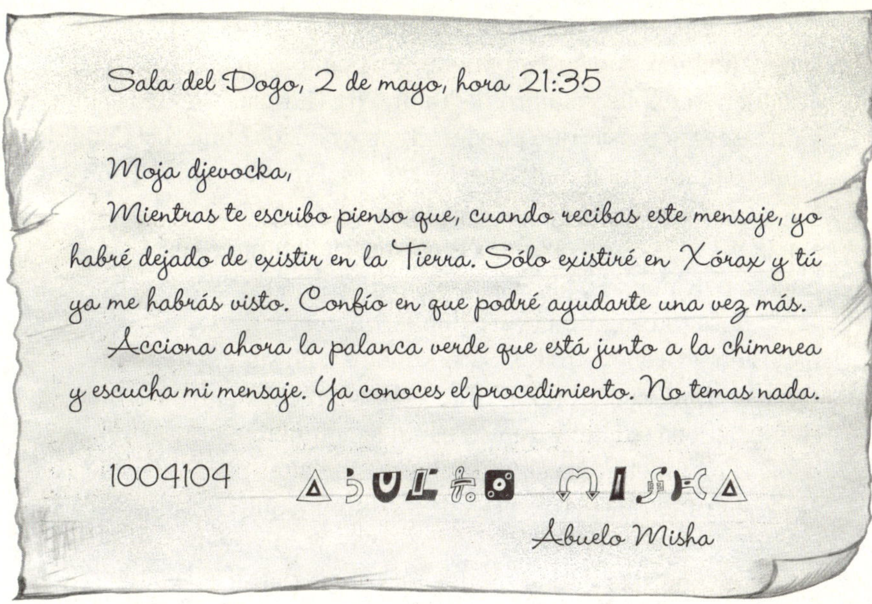
Sala del Dogo, 2 de mayo, hora 21:35

Moja djevocka,

Mientras te escribo pienso que, cuando recibas este mensaje, yo habré dejado de existir en la Tierra. Sólo existiré en Xórax y tú ya me habrás visto. Confío en que podré ayudarte una vez más.

Acciona ahora la palanca verde que está junto a la chimenea y escucha mi mensaje. Ya conoces el procedimiento. No temas nada.

1004104

Abuelo Misha

Nina se acordó inmediatamente de que, al accionar la palanca la vez anterior, había aparecido la imagen del abuelo poco antes de que Karkon lo asesinara; sentía miedo de descubrir otras cosas terroríficas. Se aproximó despacio a la palanca y la accionó con cuidado: la pantalla salió del muro y las imágenes aparecieron de inmediato. El profesor Misha, sentado en la poltrona de la Sala del Dogo, hablaba serenamente y sonreía. La grabación se había efectuado un mes antes de su muerte:

«Ninotchka, las matemáticas no son una materia muy difícil, basta sólo con saber jugar con los números. Ahora te explicaré algunas cosas. Ten paciencia, siéntate en el taburete y escúchame con atención. Como sabes, los números, así como el tiempo, sirven pero no existen. Sirven, por ejemplo, cuando creas las fórmulas alquímicas, porque debes poner en ellas una cierta cantidad de gramos, kilos o litros, si empleas líquidos. De este modo, la cantidad la calculas mediante los números. Esto está claro. Por tanto, la matemática sirve a la alquimia y a la magia porque los números son la clave para comprender el Universo. Ya sabes que encontrarás números mágicos, pero debes saber también que su uso puede ser bueno o malo, depende. También lo explica el libro de Tadino de Giorgis. ¿Recuerdas? ¡Son tantas las cosas que pueden crearse con los números! Cada número puede contener todos los demás. Por ejemplo, el 1 contiene el 2, y ¿sabes por qué? Es fácil: 1 más 1 son 2, y 1 más 2 son 3, y 1 más 3 son cuatro. Como ves, cada número está compuesto por muchos, muchísimos, infinitos unos.

»Ahora te preguntarás de dónde viene el 1...

»Bien, el 1 viene del 0. Sí, porque el 0 no significa la Nada, el vacío. El 0 es el Todo. El 0 es como la niebla: se ve pero no se toca. ¡Pero existe! y dentro están los números.

»En resumen, parece un número sin valor, pero no es así. Decimos pues que el 0 es el Universo Infinito que contiene a todos los demás números.

»¿Te acuerdas de lo que decía Etérea cuando hablaba del Todo, de la Nada y del Siempre? Ahora te lo recuerdo yo: si la Nada absorbe el Todo entonces la Sexta Luna muere, porque no puede existir para siempre.

»Y la Nada es el Mal. Karkon con su Alquimia de la Oscuridad quiere apoderarse de Xórax a través de la Nada. Y para hacer esto ha utilizado también los números: los ha trasformado negativamente, ha usado las matemáticas de forma diabólica. Éste es el motivo por el que debes entender el uso de los números. ¡Si sabes usar los números derrotarás a Karkon!

»Volviendo al significado del 0, debes entender que justamente de este número nace el 1, que del 1 se llega al 2 y que así se progresa hasta el 9. Después se recomienza, porque lo siguiente son el 1 y el 0 juntos, es decir, el 10, después el 11 y así hasta el infinito. ¿Entiendes?

»Por consiguiente, cuando uses los números tienes que saber que pueden ir hacia delante o hacia atrás, que pueden dividirse o multiplicarse, doblarse o demediarse.

»¿Cómo? Es muy fácil: con la división, la adición, la sustracción y la multiplicación. Sólo que, como ya te he dicho, la magia y la alquimia pueden transformar los números y hacerlos vivir. Los números pueden convertirse en cosas reales, en objetos. Pueden, en suma, tomar formas diversas.

»Karkon está usando la matemática y la geometría de forma maléfica. Estate atenta e intenta descubrir su Alquimia de la Oscuridad. Sus números son peligrosos.

»ENTRA EN EL CERO BRUMOSO Y DESCUBRE EL MUNDO DE LOS NÚMEROS BUENOS.

»Ahora cierra los ojos y date la vuelta despacio. El Cero Brumoso te espera.

»Concéntrate y haz lo que tienes que hacer. Recuerda: ¡Pensar es Crear!

»Te quiero mucho».

La pantalla se apagó y volvió al interior del muro, dejando a Nina con los ojos como platos. Los cerró velozmente, tal como le había indicado el abuelo, se dio la vuelta despacio y sintió en el rostro una ligera brisa que agitó sus largos cabellos. La pequeña alquimista volvió a abrir los ojos confiadamente y vio que, en el centro del laboratorio, entre la chimenea y la mesa de los experimentos, había aparecido un enorme cero de unos dos metros de alto y otro tanto de ancho. Todo alrededor tenía una especie de franja dorada sobre la cual se veían números esculpidos. En su interior se movía una extraña sustancia, una especie de vapor grisáceo que no permitía ver más allá. Era el Cero Brumoso.

Nina lo tocó con un dedo y sintió una corriente eléctrica que le hizo temblar todo el cuerpo; a los pocos segundos había sido absorbida al interior del Cero Brumoso y había perdido por completo el contacto con la realidad.

La niña de la Sexta Luna se encontró acto seguido en el interior de una niebla densísima, mientras a los lejos se oía el tañido de una campana. La pequeña alquimista avanzaba intimidada, extendiendo las manos hacia delante temerosa de darse contra quién sabe qué. De repente sintió una bocanada de aire

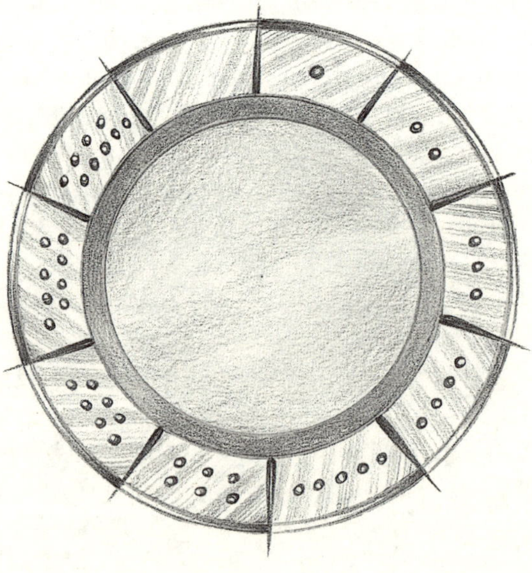

cálido, que dispersó los vapores grisáceos, y ante ella apareció un increíble espectáculo.

Vio una enorme extensión de agua suspendida entre dos cielos: el Cielo Alto estaba sustentado por cinco columnas gigantescas, y el Cielo Bajo estaba sostenido por otras cuatro columnas enormes. Eran unas columnas blancas hechas de un material extraño, que no era mármol ni desde luego acero. Parecían más bien estar compuestas de una masa especial de algodón nebuloso, y cada una mostraba un número negro.

El silencio que envolvía el mundo de los Números Buenos era sólo interrumpido por el sonido de una campana invisible. El agua mostraba los reflejos del arco iris y, en un momento dado, se encrespó: salieron entonces de la enorme extensión líquida, entre miles de burbujas de espuma blanca, dos manos enormes, monstruosas, idénticas a las que Nina había visto salir poco antes del *Systema Magicum Universi.* Las manos se convirtieron en dos puños, hasta que una de ellas alzó el pulgar señalando al número 1. De la columna que quedaba a la izquierda del Cielo Alto se despegó el número 1 y avanzó lentamente en dirección a la niña, rozando el agua. Cuando estuvo ante la pequeña alquimista, se plegó suavemente sobre sí mismo muchas veces, hasta convertirse en una estrechísima franja de un tejido negro muy brillante. La niña de la Sexta Luna lo recogió y, estupefacta, se lo guardó con delicadeza en el bolsillo del peto. Después, la rugosa mano levantó el índice y señaló al número 2. De la primera columna del Cielo Bajo se despegó el número 2, que hizo exactamente lo que había hecho el 1. La escena fue repitiéndose hasta que las dos manos levantaron los 9 dedos y las columnas se quedaron sin números. Sólo cuando el meñique de la mano derecha se levantó señalando el 10, el agua volvió a agitarse reflejando los colores del arco iris, mientras las gruesas columnas de algodón nebuloso empezaban a desmoronarse y la campana dejaba de sonar. Los dos cielos se desplomaron uno sobre otro tragados por el mar que parecía haber enloquecido y Nina fue transportada de nuevo al interior del

Cero Brumoso. Se había formado el número 10: el 1 y el 0 se habían encontrado.

La magia había terminado y habían empezado las matemáticas.

La niña fue arrojada de golpe del Cero Brumoso y se encontró en el suelo, de rodillas en el laboratorio de Villa Espasia.

Tanto sus cabellos como el peto estaban empapados; miró atemorizada a su alrededor, metió la mano en el bolsillo y sacó las nueve tiras de tejido negro: eran los números del 1 al 9. Le faltaba sin embargo el número 0.

—¡Por todo el chocolate del mundo! Tengo los Números Buenos y ahora debo usarlos para cambiar el destino de las máquinas encantadas de Karkon. ¡Pero no tengo el 0! —exclamó aturdida.

Una vez más su abuelo la había ayudado. Contra los Numeromágicos karkonianos era pues necesario usar estos nuevos números, con los cuales compondría los códigos de los Arcanos para llevar a cabo su misión.

Pero Nina no tenía el cero que servía para bloquear el motor de las máquinas encantadas. Y además, para transformar los Numeromágicos negativos en positivos necesitaba la Charta Mater y el Grafito Violeta, dos materiales que aún tenía que encontrar.

Exhausta, pero al mismo tiempo eufórica por lo que le había sucedido, la niña de la Sexta Luna se acercó al Libro, puso la mano con la mancha en forma de estrella sobre la hoja líquida y preguntó:

—Libro, he entrado en el Cero Brumoso y ahora tengo los números. ¡Pero me falta el 0!

Cuando haya necesidad,
el cero llegará.

—Pero ¿dónde encuentro la Charta Mater y el Grafito Violeta para anular los Numeromágicos de Karkon?

Pronto un viaje harás
y muy lejos los encontrarás.
En el desierto la respuesta está,
pero contigo los números no puedes llevar.
El Segundo Arcano espera,
y Etérea se impacienta.

El Libro se cerró y la pequeña alquimista se dejó caer en el taburete:

—Tengo que usar el Jambir para viajar al pasado y encontrar el Segundo Arcano. Seguramente Etérea está esperando la solución.

Nina dejó las nueve tiras de los números junto al *Systema Magicum Universi* y pensó que debía avisar a sus amigos cuanto antes; tenía también que saber si el León Alado había dado señales de vida.

Capítulo 4

El desafío de Dodo y el sueño de Nina

El reloj marcaba las 7 horas, 49 minutos y 8 segundos.

—¡Es tardísimo! ¡Esta vez Ljuba no me lo va a pasar por alto! —exclamó la niña.

Salió velozmente del laboratorio y tropezó con el pobre Adonis, que se había dormido delante de la puerta. La Sala del Dogo estaba pobremente iluminada: las cortinas burdeos dejaban pasar sólo una pálida luminosidad. Nina rodó por tierra y el gran alano le lamió toda la cara haciéndola retorcerse de risa.

De improviso unos rumores atrajeron su atención: parecían proceder de la Sala de la Chimenea.

La pequeña alquimista dobló la esquina y vio sobre el muro una sombra inquietante, proyectada por la mortecina luz de las velas. Apretó el paso y ante ella apareció la figura de un hombre de aspecto siniestro. Estaba de espaldas, iba embozado en una amplia capa negra y llevaba un extraño sombrero acabado en punta. Junto a sus pies había dos grandes bolsas de cuero y una pila de libros amarrados con una cuerda.

—¿Quién es usted? ¿Quién le ha dejado entrar? —preguntó la niña levantando la voz.

El hombre se giró despacio, se atusó el cabello y…

—¡Profesor José! —gritó Nina. Era su maestro, el enseñante que acababa de llegar de Madrid para proseguir sus clases con la pequeña alquimista.

En un periquete, los dos se encontraron sentados a la mesa donde tomaron un abundante refrigerio. La pequeña alquimista, después de haber preguntado cómo estaban las tías Andora y Carmen, le contó las cosas esenciales aunque, naturalmente, sin revelar nada de la existencia de la Sexta Luna.

—Soy feliz. Echaba de menos sus lecciones. Pero tiene que prometerme una cosa: no me pregunte jamás lo que estoy haciendo con mis amigos —dijo la niña mirando directamente a los ojos del profesor que, un poco turbado por la vehemencia de la pequeña alquimista, preguntó:

—¿Qué amigos?

—Se llaman Dodo, Flor, Roxy y Cesco. Me ayudan a… eehh, no, no puedo decirle más. ¿Me comprende, verdad? También usted es alquimista, y yo obedezco órdenes del abuelo… y por tanto…

La niña no logró terminar su discurso porque el profesor José la interrumpió:

—El profesor Misha, antes de morir, me escribió una carta que entonces no entendí. Después, cuando sucedió la tragedia, todo se aclaró. No te preocupes, no me entrometeré en tus cosas, pero tienes que prometerme que en caso de dificultad, me lo comunicarás. Vamos, preséntame a tus amigos y a sus padres.

Ljuba, que había entrado en la estancia con dos enormes trozos de tarta de albaricoque, se dirigió con simpatía al profesor:

—Ya está preparada su habitación. Ya verá como se encuentra muy bien en las dependencias de Carlo, el jardinero. Se encuentran a pocos metros de la villa y están rodeadas por los árboles del parque; Carlo Bernotti es además una persona tranquila y de confianza. No le molestará.

—Muchas gracias, Ljuba. Estoy seguro de que me encontraré estupendamente. Pero pienso quedarme sólo un par de días —respondió José mirando a Nina—. He traído conmigo unos cuantos libros y exámenes para cada asignatura, incluyendo la alquimia, obviamente.

—¡Perfecto! —exclamó Nina tragándose un buen bocado de tarta.

—Mira, aquí tienes el libro de los Alquidiseños. Resulta muy útil para entender la forma de los objetos y las fórmulas alquímicas unidas a ellos. El polvo de cometa lo hace brillar de noche, con lo cual se puede estudiar también en la oscuridad. Además traigo exámenes de geografía, de historia, de matemáticas y de ciencia. Ya he preparado el programa y se lo he enviado al director de tu colegio, que lo ha aprobado. Obviamente la parte dedicada a la alquimia no la he presentado. Sé que está prohibido… —concluyó riendo el profesor.

La niña de la Sexta Luna cogió los libros y le dio las gracias a José:

—Ahora llamo a mis amigos. O, más bien: vamos a acercarnos a casa de sus padres, así le presento a todos.

Pero justamente en aquel momento, mientras en Villa Espasia todo parecía ir sobre ruedas, en otra parte de Venecia estaba teniendo lugar una auténtica tragedia.

El timbre del teléfono sacudió la *Bottega della Bauta*, donde trabajaban los padres de Dodo y los de Cesco.

—¿Oiga? Le hablo desde el servicio de urgencias para avisarle de que tenemos aquí a su hijo Dodo; está en estado grave.

La voz del comunicante entró como un rayo en el oído del padre del niño, que sólo logró responder:

—¿Qué… qué… qué… qué ha sucedido?

—Mire, es mejor que venga aquí cuanto antes. Los médicos se lo explicarán todo.

¡Clic!

El padre del niño, que tartamudeaba y era tan tímido como su hijo, se volvió hacia su mujer y dijo:

—Va… va… vamos querida, vamos al hos… hos... hospital. Dodo está mu… mu… muy grave.

La mujer dejó caer al suelo el molde de yeso de la máscara que estaba haciendo y los dos salieron a la carrera, dejando a los padres de Cesco completamente descompuestos.

La alegre atmósfera que siempre se respiraba en la *Bottega della Bauta* se había esfumado en un instante.

La madre de Cesco telefoneó a las madres de Flor y de Roxy para contarles lo que había sucedido:

—Dodo está en el hospital; hay que hablar con el director y con los niños. Ellos sabrán darnos una explicación, porque hoy era el primer día de colegio y no entiendo qué puede haberle sucedido a Dodo.

El director confirmó que Dodo no había aparecido por el colegio... y en aquel momento Cesco, Roxy y Flor entendieron que su amigo se había metido en un lío terrible y que posiblemente era Karkon el responsable de ello.

Los niños sacaron de los bolsillos los rubíes de la Amistad Duradera, pero vieron que no estaban calientes ni relucían.

—Extraño, muy extraño —dijo pensativa Roxy—. Si Dodo hubiera estado en peligro estas piedras mágicas deberían habernos avisado.

En realidad, Dodo, antes de ir al colegio había ido a ver cómo iban las cosas en el palacio Ca' d'Oro, tal como les había prometido a sus amigos. Muerto de miedo se había escondido detrás de una columna para espiar los movimientos de los androides. Pero Alvise y Barbesa le habían descubierto y le habían agredido salvajemente. Dodo, viéndose perdido, había apretado en una mano el rubí de la Amistad Duradera... o al menos así lo creía... pero en realidad llevaba en el bolsillo... ¡una nuez! ¡Una estúpida nuez por la que había sustituido distraídamente la piedra preciosa!

—¡De... de... dejadme en paz... ho... ho... horribles androides! ¡Socorrooo! —había gritado el chico tímido y valeroso. Pero las gélidas manos de los dos gemelos sofocaron sus gritos. Con cuchillos y hojas de afeitar herrumbrosas lo raparon al cero, dejando en el suelo sus hermosos cabellos rojos. La violencia del procedimiento le provocó profundas heridas en la cabeza. El pecoso rostro de Dodo se había convertido en una máscara de sangre y, a causa del dolor, de las patadas y de los puñetazos, el niño se había desvanecido. Le había encontrado un barrendero que había llamado inmediatamente a una ambulancia.

Tumbado en la cama del hospital, con la cabeza cubierta de vendas y el gotero en una vena del brazo, Dodo, que estaba todavía en shock, seguía repitiendo:

—Ge... ge... gemelos con la K. Ga... ga... gatos muertos. Pa... pa... pararles.

Los médicos, naturalmente, no entendían qué estaba farfullando.

Sólo se calmó cuando llegaron sus padres e intentó explicar lo que había sucedido, pero sin desvelar el secreto de la niña de la Sexta Luna.

—¡Agredido por salvar a unos gatos! ¡Qué locura! Hay que encontrar a esos dos niños que llevan una sudadera con una gran K —le dijo la madre al alcalde Loris Sibilo Loredan que, advertido de lo que había sucedido y contra todo pronóstico, se presentó en el hospital.

—Mi querida señora, su hijo ha sido seguramente víctima de dos delincuentes, pero he sabido que no respeta las leyes —respondió secamente LSL.

—¿Pero qué... qué... qué es lo que dice? —protestó airadamente el padre de Dodo.

—Su hijo ha sido agredido porque ha ido diciendo por ahí una cosa extremadamente grave, que el León Alado está vivo y que es mágico. Y usted sabe muy bien que no es verdad. ¡El bando que he hecho público lo deja bien claro! Ahora tengo que interrogar a Dodo —concluyó pomposamente el alcalde, que se mostró inflexible y que ni siquiera se sentía conmovido ante el estado del pobre niño herido.

Los padres de Dodo le lanzaron una mirada tan furibunda a LSL que éste, temiendo que su forma de proceder pudiera dar lugar a más problemas, añadió:

—Bueno, bueno, está bien. Por ahora que se recupere. Ya decidiremos si tiene que ingresar o no en la cárcel de los Piombi. Sé bien que es sólo un niño y acepto que si negara la existencia de acontecimientos mágicos en Venecia le permitiríamos que volviera a casa. Pero si se resistiera a ello... ¡no tendremos más remedio que proceder! ¡La ley es igual para todos!

Y dicho esto, el marqués giró sobre sus talones y abandonó el cuarto, dejando atónitos a todos los presentes.

Cuando LSL salía de la habitación del hospital se encontró con Cesco, Flor y Roxy que lo miraron con desprecio y que corrieron inmediatamente a la cabecera de Dodo. Flor se echó a llorar como una Magdalena, Roxy acarició el rostro de su amigo y Cesco le apretó la mano afectuosamente.

Dodo hizo una señal a Cesco para que se acercara y le susurró al oído:

—So... so... sólo les he dicho una pa... pa... parte de la verdad. No he trai... trai... traicionado a Nina. No os he traicionado. Pero tenemos que pa... pa... parar a esos gemelos. El alc... alc... alcalde les cree a ellos y no a mí. Le han con... con... contado que ha... ha... hablo de magia.

—Pero ¿no tenías el rubí? —preguntó Cesco en voz baja.

Dodo, cerrando los ojos, levantó la mano derecha y le enseñó la nuez:

—Cre... cre... creí que era el ru... ru... rubí y mira...

Cesco lo contempló con ternura y meneó la cabeza.

Dos médicos se aproximaron al lecho, le tomaron la temperatura y comprobaron el estado de los vendajes. Uno de ellos dijo:

—Bueno, el niño puede volver a casa. Pero debe tomar los antibióticos durante dos semanas por lo menos. Cuando pase ese lapso, tráiganlo aquí para quitarle los puntos. ¡Y se lo digo muy en serio: reposo absoluto!

Los padres, todavía trastornados, cogieron a Dodo en brazos, retiraron sus pertenencias y se fueron con el niño.

Nina, a quien Cesco había avisado sin pérdida de tiempo, corrió a casa de Dodo con el profesor José para esperarle. Cuando llegaron, y tras poner cómodo a Dodo, sus padres se sentaron con el enseñante y se pusieron a hablar de lo que había sucedido. Mientras, los niños rodeaban a Dodo, que tenía aún la mirada aterrorizada. Cesco hurgó en el cajón de la escribanía de su amigo, encontró el rubí de la Amistad Duradera y se lo metió debajo de un cojín mientras le decía:

—No lo pierdas y tenlo siempre contigo.

La niña de la Sexta Luna, mirando la vendada cabeza de Dodo, se juró a sí misma que los gemelos lo pagarían caro. No se limitó a eso, sino que, bajando la voz, les dijo a todos:

—Dodo ha sido valentísimo y ha desafiado al Mal. Esta vez el maldito K ha vencido, pero se lo haremos pagar. He conseguido leer los Apuntes y ahora ya sé lo que son la Numeromagia y la Mecageometría. He entrado en el Cero Brumoso….

—¿Cero qué? —preguntó Roxy frunciendo el ceño.

—El Cero Brumoso es el lugar del que nacen todos los Números Buenos. Pero ahora no os lo puedo explicar, es demasiado complicado —cortó por lo sano la niña de la Sexta Luna.

—Ce… ce… Cero Brumoso, de… de… debe de ser bonito —susurró Dodo con un hilo de voz.

—Debes curarte pronto. Sin ti no podemos avanzar. ¡Y, además, no te imaginas lo que he descubierto sobre los androides de Karkon! Hay unos cuantos más en diferentes partes del mundo, que viven cien años; son modelos viejos pero potentes, similares al clon de tía Andora. Por otra parte, los que son como Alvise y Barbesa viven sólo once años y tienen corazones de gato, mientras que los adultos…

Flor interrumpió a Nina:

—¿Corazones de gato? Entonces ése es el motivo por el cual…

Dodo, con los ojos desorbitados, preguntó:

—¿Qué... qué… qué dices?

La pequeña alquimista no tuvo tiempo para seguir dando explicaciones, porque en ese momento entraron en la habitación los padres de Dodo y el profesor José; además, la madre de Dodo traía una buena noticia:

—El profesor va a ir hablar con el alcalde Loris Sibilo Loredan para evitar que interrogue a nuestro hijo sobre el asunto del León Alado. Después vendrá todos los días para estar contigo —dijo volviéndose hacia Dodo—. Te hará las curas y además te leerá muchos libros, con lo que, aunque no vayas al colegio, podrás seguir estudiando. ¿Contento?

Dodo asintió con la cabeza y esbozó una ligera sonrisa. Cierto que estudiar no era su mayor deseo en aquel momento, pero le complacía la idea de tener la compañía del extraño profesor español. Nina abrazó a José y le susurró en un oído:

—¿Pero no tenía usted que marcharse dentro de poco?

—He decidido posponer mis otras obligaciones. Es más importante quedarme aquí con vosotros —susurró José ajustándose la capa.

Dodo tenía que curarse y había que evitar por todos los medios que terminara en los Piombi, la cárcel de mazmorras húmedas y oscuras del Palacio Ducal.

El profesor José mantuvo su palabra. Se acercaba todas las tardes a casa de Dodo para hacerle compañía y le leía cosas muy variadas. El niño pasaba de la geografía a la historia y a la alquimia, y hacía notables progresos. Además había conseguido leer completamente el libro de los Alquidiseños y sabía usar el polvo de cometa. Su curación y su instrucción marchaban a ritmo parejo.

Pero la pequeña alquimista y sus restantes amigos tenían cosas bien distintas que hacer: la misión de la Sexta Luna continuaba inexorablemente.

Si bien por un lado había entendido que asesinaban a los gatos para que los niños androides pudieran vivir, por otro, el misterio de cómo usar los números que la pequeña alquimista había encontrado estaba todavía por resolverse.

Eran las 9 de la mañana del sábado 25 de octubre. Ljuba estaba ya en la cocina, Platón comía un buen plato de sardinas y Adonis saboreaba un hueso enorme. La tata se acercó al calendario que colgaba de la pared y exclamó:

—*¡Djen' rozhdjénija!* ¡Es su cumpleaños! ¡Mañana Ninotchka cumple once años!

Dicho esto, se quitó el delantal, se sentó y se puso a preparar la lista de ingredientes que iba a necesitar para preparar tartas, galletas y bebidas. Pero Nina no tenía humor para fiestas, no tenía ninguna gana de celebrar su cumpleaños. Dodo todavía no estaba en condiciones de moverse, los otros se pasaban las horas delante del León y ella necesitaba absolutamente entender el uso de los números, así que le dijo a la tata:

—Merengue, no te enfades. Basta un trozo de tarta y una buena taza de chocolate con nata. No tengo demasiadas ganas de fiesta.

Al oír esto Ljuba se quedó inmóvil con la lista en la mano y no abrió la boca. Entonces, la niña de la Sexta Luna la abrazó y añadió:

—Eres una tata estupenda. Insustituible, de verdad. Ya verás como organizamos montones de fiestas, pero ahora no es el mejor momento. El regalo más bonito que puedes hacerme es tener todavía un poco más de paciencia.

La pequeña alquimista salió de la cocina y se dirigió con paso decidido al laboratorio de la villa, donde se puso a hojear distintos libros en busca de una solución.

—Debo enterarme cuanto antes de cómo usar los números que he encontrado en el Cero Brumoso. Quizá me ayude una poción. ¿Pero cuál?

Mientras se hacía esta pregunta sus ojos cayeron sobre el Cuaderno Negro del abuelo. La poción del Potasio parecía la más adecuada:

El Potasio hace hablar en sueños y provoca alucinaciones y premoniciones: bastan 31 gotas para lograr tal propósito.

—Una premonición... eso es, lo he encontrado. Si en sueños consigo ver lo que tengo que hacer podré seguir adelante.

Nina había tomado una decisión. Cogió la retorta de cuello curvo que contenía el Potasio, vertió treinta y una gotas dentro de un cuenco y acto seguido las ingirió. No sintió ni pizca de miedo: era el abuelo quien había escrito la fórmula y no mencionaba contraindicaciones. Pero no se esperaba lo que sucedió.

El reloj marcaba las 23 horas 30 minutos y 5 segundos, una hora adecuada para ir a dormir y esperar el sueño revelador. Envuelta en la manta de suave lana turquesa, con Platón y Adonis junto a ella, la pequeña alquimista se durmió serenamente y entró en el mundo onírico acompañada de bellísimas imágenes de flores y plantas de mil colores. El Potasio comenzó a hacer efecto y las visiones y las premoniciones empezaron a poblar los sueños de la niña.

De improviso, toda la escena fue anulada por una cortina roja y Nina sintió que se le helaba la sangre. Ya no podía volver a la realidad, no podía despertarse. Sintió una vez más en la boca ese hálito fétido que le recordaba a Karkon, pero no consiguió abrir los ojos. Se le apareció entonces en el sueño una figura que llevaba una túnica negra y cuyo rostro estaba semiescondido por una capucha. Tampoco las manos eran visibles porque estaban cubiertas por las mangas del largo sayón. La figura caminaba lentamente por un prado de hierba verde y luminosa; después se sentó en una roca, cruzó las piernas, y teniendo siempre el misterioso rostro bajo para no dejarse ver, dijo:

—Ven junto a mí, espero tus pasos.

La voz era mórbida, persuasiva; parecía la de alguien muy anciano y muy paciente. Nina escuchó las palabras de aquel individuo tan tranquilo, pero que inspiraba poder, y preguntó:

—¿Quién eres?

La figura pareció erguirse y se dio la vuelta:

—Soy aquel a quien necesitas.

—¿Cómo te llamas? —preguntó la niña, que cada vez sentía más curiosidad.

—Mi nombre no se pronuncia. Soy aquel que necesitas —repitió el extraño monje.

—¿El que necesito? ¿Y cómo es que conoces mis necesidades? —preguntó Nina, que no entendía nada.

—Has sido tú la que ha venido a buscarme: ven por tanto junto a mí y sígueme —respondió la figura.

La pequeña alquimista sentía las piernas cada vez más pesadas y era incapaz de caminar; había algo que la bloqueaba. La atraía aquel viejo vestido de sayón, pero al mismo tiempo sentía que no debía acercarse a él.

—Espero tus pasos. Soy lo que necesitas —repitió la figura con una voz cada vez más persuasiva e insistente.

La niña vio que el monje se alejaba un poco y observó algo enormemente inquietante: su cuerpo no proyectaba sombra. Alzó los ojos al cielo, y vio que era azul y estaba despejado, pero que no había sol. «¿Cómo puede haber luz sin sol?», se preguntó Nina en silencio. Cuando volvió a mirar al prado, vio que en el lugar del hombre sin sombra habían aparecido decenas de palomas blancas que alzaban el vuelo. Nina estaba extasiada, pero su respiración se hizo jadeante, la cabeza le daba vueltas y sintió que la garganta se le agarrotaba como si la tuviera metida en un cepo: estaba a punto de asfixiarse. Entonces, la cortina roja la envolvió ocultando la escena y la niña se despertó de golpe.

Estaba en su cama, totalmente cubierta de sudor. Aún escuchaba aquella voz, como un eco. «Es el Potasio, me he debido de equivocar en la dosis» pensó la niña. Había tenido un sueño pero ninguna premonición que le sirviera, ningún número, ninguna explicación. Sólo la imagen que se alejaba de un viejo sin rostro ni sombra.

Ni siquiera bajo la ducha consiguió pensar en otra cosa. El miedo crecía dentro de su corazón y no entendía lo que estaba pasando. No comprendía sobre todo la razón por la cual había sentido el sabor del aliento fétido del conde.

—¡Ninotchka, Ninotchka! ¡Feliz cumpleaños!

Sonriente y con los ojos brillantes, Merengue entró en la habitación de la niña llevando una bandeja repleta de exquisiteces. Nina no quería que la tata se preocupase, así que en lugar de contarle el sueño, atacó con entusiasmo brioches y biscotes, y empezó a desayunar en compañía de la dulce Ljuba, que en seguida le dijo:

—Tienes una sorpresa.

—¿Sorpresa? —preguntó Nina.

—Eso mismo. Aquí está. Acaba de llegar de Moscú —añadió Merengue entregándole una carta de Vera y Giacomo.

—¡Oh, por fin! ¡A ver qué dicen! —respondió la pequeña alquimista emocionada; rasgó el sobre y leyó en voz alta:

Mockba, Centro de Investigación Ferk, Calle Dostoyevski, 16

¡Hola, señorita! ¡Feliz cumpleaños!

Cómo nos gustaría estar allí contigo para celebrarlo: pensamos mucho en ti.

Ahora estás creciendo y nos sentimos verdaderamente orgullosos de ti: eres el regalo más bello que nunca hemos tenido. Pásalo hoy muy bien con tus amigos.

Aquí hace ya mucho frío y tu padre y yo trabajamos hasta bien entrada la noche. Estamos cansadísimos, pero muy satisfechos.

¡Te echamos tanto de menos!

¿Escuchas el cubo que te regalé? Tenlo junto a ti cada vez que pienses en nosotros.

Estudia, te lo ruego. Sé que el profesor José iba a reunirse contigo; sé buena y no le hagas rabiar.

Besos

Mamá y papá

Ljuba, como de costumbre, se echó a llorar; Nina también se conmovió, apretó la carta contra el pecho y tocó los cubos que tenía en el bolsillo. En ese momento llegaron acompañados por el jardinero sus amigos.

—¡Pero mírala, hoy eres más vieja! —le pinchó Roxy abrazándola.

—¿Estás contenta? —preguntó Flor.

—Sí, claro que estoy contenta —respondió la pequeña alquimista mostrando la carta que acababa de recibir.

—¡Feliz cumpleaños, Ninotchka! —exclamaron a coro.

Cesco se adelantó y ruborizado le tendió un paquete diciendo:

—De Dodo y de nuestra parte.

La niña de la Sexta Luna lo abrió rápidamente y con gran sorpresa encontró un regalo muy original: una foto enmarcada de sus amigos. La habían firmado los cuatro y por detrás habían escrito una frase conmovedora:

«Para Nina, la mágica amiga que nos hace volar».

—Sois muy amables. Me encanta este regalo —susurró la niña bajando la mirada porque un velo de tristeza le cubría los ojos.

—Entonces ¿la fiesta? —preguntó Cesco nervioso.

—No, Cesco, nada de fiestas. No es el momento adecuado.

Los chicos se miraron pasmados, sin saber qué decir, mientras Ljuba extendía los brazos y el perro y el gato se tumbaban sobre la alfombra del vestíbulo resoplando.

—¿Será porque está triste por sus padres? —preguntó Flor en voz baja; Roxy, sin dudarlo se mostró de acuerdo, pero Cesco sugirió que en su opinión se trataba de otra cosa.

El niño tenía razón. La pequeña alquimista estaba todavía alterada por el sueño que había tenido, pero no quería revelar a sus amigos nada de lo que le había sucedido.

—Vamos al Acqueo Profundis, tenemos que hablar con Max. Quizá él nos dé las explicaciones que necesitamos sobre los números —dijo Nina y se encaminó velozmente al laboratorio. Sus amigos la siguieron sin dudarlo.

En cuanto entraron al laboratorio vieron que Max 10-p1 estaba muy atareado: trabajaba sacando brillo al androide Andora, que extrañamente no se oponía.

—Hola, chicox. Hoy

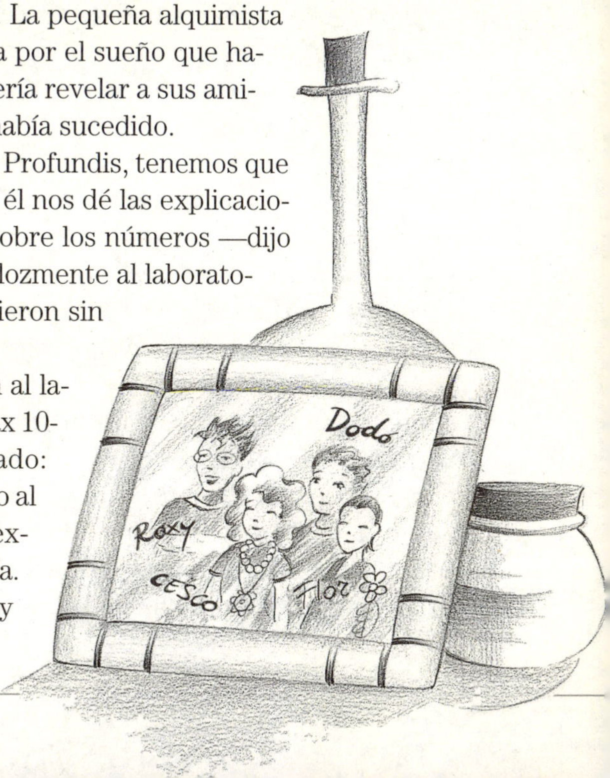

Andora xe porta muy bien —dijo Max —. Dexde que le he bloqueado el microchip del cerebro ¡extá caxi ximpática!

La pequeña alquimista se rió por fin, pero antes de tener oportunidad de empezar a formularle a Max mil preguntas sobre los números el androide le dio una noticia inesperada:

—Etérea te ha mandado un menxaje urgente. Debex viajar inmediatamente a Xórax. El Mirabilis Fantasio tiene gravex problemax. Vete a coger un diente de dragón, que yo inicio el procedimiento.

Nina se apresuró a hacer lo que el androide le había pedido; momentos después le tendía un diente de dragón a Max, que lo metió en el ordenador para darle energía y después, entre las miradas estupefactas de los otros niños, tecleó el nombre de Nina y el código 5523312.

Eran las 12 horas, 3 minutos y 8 segundos. Nina estaba sentada en el trono de cristal y aferraba el Taldom Lux:

—¡Adiós, chicos! Cuando vuelva vosotros estaréis exactamente ahí, inmóviles. No habrá pasado nada de tiempo. Y que sepáis que este viaje es sin duda un precioso regalo de cumpleaños.

Flor se agarró al brazo de Roxy, mientras Cesco observaba atentamente las acciones de Max. El trono de cristal empezó a vibrar y un torbellino de colores y de luz cegadora envolvió a la niña de la Sexta Luna. El Taldom se hizo transparente y un destello azul arrebató a la pequeña alquimista dejando a Max y a los otros con los ojos desorbitados.

El viaje había empezado. Nina recordaba bien las sensaciones que había experimentado la primera vez. Su cuerpo estaba rodeado por destellos y nubes salpicadas de pequeñísimos puntos brillantes, y bien pronto se encontró dentro de una esfera transparente que se desplazaba por el Universo. La pequeña alquimista, estupefacta, miró a su alrededor y vio la Tierra que se alejaba. También el sistema solar dejó de ser visible a los pocos segundos. Atravesó galaxias grandes y pequeñas, donde el Universo hervía de vida y el infinito firmamento negro se iluminaba de cuando en cuando con resplandores y colas de cometas. La niña entró por fin en una especie de marea gomosa desprovista de luces y de colores. Era la Nada llena del Todo. Recordó esta sensación estupendamente: había entrado en el Universo Mágico, donde el espacio y el tiempo son una única cosa. Mientras una música dulce llegaba a sus oídos se percató de que el Taldom Lux era todavía transparente y de que de los ojos del Gughi partía un rayo rosa que apuntó hacia la Galaxia de Alquimia. Ráfagas de viento le revolvieron los cabellos y frente a ella apareció Xórax, la Sexta Luna, con su color verde esmeralda y en torno a la cual giraban tres soles y millares de estrellas.

Sus pies oscilaban a un metro del suelo cuando Nina abrió los ojos y vio frente a sí un inmenso escenario de luces. Entre cien y doscientos xorasianos constituían la majestuosa orquesta de la Sexta Luna. Cada uno tenía un instrumento: violines y violas, contrabajos y flautas, arpas y tambores, fagotes y pianos brillaban como gemas preciosas. Tres directores de orquesta se movían en el centro de un podio y agitaban el Taldom Lux como si fuera una batuta. A su señal conjunta, la orquesta empezó a tocar una música que encantaba el alma, ondas armónicas que se propagaban por el aire penetrando en todas las cosas.

El espacio, la luz, los colores y los pensamientos se habían convertido en música.

Extasiada por aquellas armonías, Nina miró el cielo: los tres soles mezclaban sus rayos y las cinco lunas giraban entre las estrellas y los planetas. La Galaxia de Alquimia toda pulsaba al ritmo de aquella música tan extraordinariamente suave. La pequeña alquimista empezó a llorar ante aquella magia sin parangón. Las lágrimas corrían copiosamente por sus mejillas: era el agua de la felicidad la que bañaba su rostro. Sentía una inmensa alegría y era incapaz de poner freno a sus sentimientos. Por fin, un estallido de luz roja la cegó, la orquesta se desvaneció y la música cesó de golpe. Volvió el silencio.

Nina se encontró entonces ante el Mirabilis Fantasio. Era magnífico, luminosísimo. Junto a una de las grandes columnas de la construcción de luz sólida estaba la gran Madre Alquimista, que se acercó volando hasta ella. Su cuerpo filiforme ondeaba a derecha e izquierda; la esbelta figura era altísima y los ojos de Etérea derramaban dulzura:

Bienvenida, Nina 5523312,
has escuchado la Armonía del Universo.
La música está hecha de pensamientos puros
y, como la luz, va derecha a los sentimientos
que dan la Vida.

La voz telepática de Etérea entró en los oídos de Nina, que se sintió atónita ante estas palabras:

—¿La armonía? ¿La luz? —repitió la niña.

En la Armonía no puede haber falsedad,
sólo la verdad.
Es el equilibrio de todas las cosas.
¿Entiendes?

—Puede, pero no es fácil entender. La música que he escuchado trasmitía algo que no había sentido jamás. Sonidos extraños, fantásticos. ¿La Armonía está hecha de notas y de pensamientos?

Exacto.
El concierto estaba dedicado a ti.
Tengo otros regalos que darte por tu cumpleaños,
pero, primero, mira una vez más el Mirabilis Fantasio.
La energía está a punto de acabarse: las golondrinas de
la Isla de Pascua han traído muchas ideas,
pero no son suficientes.
Es importante que los niños hayan recomenzado
a pensar, pero si el Primer Arcano ha sido desvelado
ahora es necesario encontrar el Segundo.

La pequeña alquimista miró la inmensa estructura, pero la luz que emanaba era cegadora y no conseguía mantener los ojos abiertos.

—¿Dónde encontraré el Segundo Arcano?

El Jambir te llevará a una tierra maravillosa,
donde las bellezas se mezclan con las insidias.
Ahora te daré el objeto mágico.

Etérea levantó el vuelo y subió muy alto. Mientras bailaba, dejó caer un cubo luminoso: era de goasil rosa, la piedra mágica de la Sexta Luna. El objeto fue derecho a las manos de Nina.

—Es parecido a los dos que ya tengo. ¿Pero para que sirven estos tres cubos?

Etérea miró fijamente a la niña y con la fuerza del pensamiento le envió una respuesta misteriosa:

Siete notas para los dos primeros,
mientras que el Cubo de Goasil emitirá el octavo sonido;
cuándo y dónde, no puedo decirlo.

—¿No puedes? ¿Por qué? —preguntó atónita la niña.

Usa el Saber. Usa la Música.
En las Palabras, en los Sonidos y en los Números está el Universo.
Esto ya te lo ha explicado el profesor Misha.
No hagas preguntas a las que tú misma puedas responder.

—Bueno, sí... a propósito, he entrado en el Cero Brumoso. Tienes que ayudarme a entender lo que tengo que hacer para cambiar los números de Karkon. Y además he soñado con un monje que...

Nina no pudo terminar la frase porque Etérea estaba ahora muy cerca de ella. Sus ojos enormes, de un azul nunca visto, escrutaron el rostro de la niña:

El Mal debes afrontar para poder triunfar.
Usa el Saber. Usa la Música. Usa los Números.
Mira dentro de tu mente. No escuches la Voz.
Escucha sólo tu corazón.
Es la Armonía que bloquea la crueldad.
El equilibrio de las cosas contiene ritmos y colores.
Pero atenta a la Voz que te lleva lejos de nosotros.

—¿Hablas de la Voz de la Persuasión? ¿El monje es aquella Voz? —preguntó la niña de la Sexta Luna muy nerviosa.

Volverá porque ya está dentro de ti.
Contra la Voz sólo existe tu Voluntad.
Ahora piensa en el Segundo Arcano y busca la Armonía.
Tienes la Octava Nota y debes saberla usar.
Nina, las palabras llevan una máscara.
Estate muy atenta a lo que escuches.
El Mal atrae más que el Bien,
pero sólo la Armonía
muestra la Verdad de las Palabras.

En cuanto hubo terminado de trasmitir el mensaje telepático a Nina, Etérea se alejó volando con un grupo de xorasianos, dejando sola a la niña.

«Una verdadera lección de filosofía y alquimia», pensó la pequeña alquimista turbada. La niña de la Sexta Luna se sentía sacudida por dudas e incertidumbres, por miedos y temores; flotando en el aire de Xórax y concentrada únicamente en sus propias reflexiones fue a topar de improviso con…

—¡Sbaquio! —exclamó la pequeña alquimista.

El gran pollito blanco le brindó una sonrisa radiante. Junto a él estaba Ondula, la mariposa con rostro humano, que le guiñó el ojo, y Tintino, el extraño animal en forma de campana que emite un tin, tin cuando camina. Un poco más lejos, junto al agua, Quaskio saludó a la niña levantando una aleta. Ondula voló junto a Nina y le dio un ramo de misylos, batió las alas velozmente y sonrió. Nina le dio las gracias y se metió las flores en el bolsillo del peto; iba a empezar hablar cuando, de repente, sintió una ráfaga de viento cálido, se dio la vuelta y vio que el gran portón del Mirabilis Fantasio se abría. De la abertura salió un haz de intensa luz azul y, en el centro, la pequeña alquimista descubrió la figura del abuelo. El profesor Misha alzó una mano y con el índice escribió unas palabras de fuego que se mantuvieron suspendidas en el aire durante algunos segundos:

¡Feliz cumpleaños, moja djevocka!

La niña de la Sexta Luna, conmovida, intentó acercarse inmediatamente a él, pero de repente sintió que su cuerpo volaba sin control arrastrado por un remolino de viento.

El viaje de retorno fue veloz como un relámpago. Oscuridad y colores, rayos y meteoros pasaban delante de los ojos de la niña, que agarraba el Taldom en todo momento. De golpe se encontró sentada nuevamente sobre el trono de cristal del Acqueo Profundis.

Max y sus amigos estaban allí, como antes, con las bocas todavía abiertas y la expresión fascinada. El reloj seguía señalando las 12 horas, 3 minutos y 8 segundos.

—¡Mírala! ¡Aquí está! —dijo Roxy avanzando hacia Nina.

—¿Te encuentras bien? —susurró Flor.

Nina se levantó y, aún turbada por la Música de la Sexta Luna, miró a sus amigos; después cerró los ojos y dijo:

—El abuelo, Etérea, la gran orquesta... ha sido maravilloso.

—¿Orquexta? —preguntó Max acercándose a la niña y, doblando la cabeza, la miró fijamente muerto de curiosidad.

—Sí, Max, han tocado para mí. Para celebrar mi cumpleaños. La Armonía del Universo es fantástica. No sé cómo explicarlo —respondió Nina feliz, sacando del peto el ramo de misylos que le había regalado Ondula.

—Un gran honor excuchar exa múxica. Cuando yo extaba

en Xórax nunca la oí, pero me hablaron mucho de ella —dijo el androide que, feliz, cogió el ramo de misylos y lo olfateó—. ¡Ah, los mixylox! Extán perfumadíximos. Lox dejo en un cuenco.

—¿Y después qué ha sucedido? —interrumpió curioso Cesco.

La pequeña alquimista sacó del bolsillo el Cubo de Goasil y respondió:

—Es el tercer cubo, me lo ha dado Etérea. Los dos primeros emiten las siete notas y éste la octava.

Nina lanzó el cubo al aire para sentir el extraño sonido que salía de él, pero el cubo permaneció silencioso. Cesco lo cogió al vuelo y, frotándolo contra la camiseta, se lo tendió a Nina y le dijo:

—Prueba otra vez.

Nada. El cubo color de rosa no sonaba. Entonces intervino Max:

—Quizá no xuene aquí. Pero en otro xitio…

La niña de la Sexta Luna reflexionó un instante, y después dijo:

—Debemos usar el Jambir y volver al pasado. Hay que desbloquear el Segundo Arcano. Quizá el cubo de Etérea funcione en otro momento.

—¿Partimos inmediatamente? —preguntó Flor alarmada.

—Lo más pronto posible —respondió Nina decidida—. Sin embargo, quiero interpelar primero al *Systema Magicum Universi*, porque quizá nos proporcione una respuesta sobre el Cubo de Goasil.

Los niños se despidieron de Max a toda prisa, atravesaron el túnel y desembocaron en el laboratorio de Villa Espasia.

Nina dejó los tres cubos sobre la mesa de los experimentos, posó la mano con la estrella sobre la hoja líquida y preguntó:

—Libro, ¿qué debo hacer para que el Cubo de Goasil suene?

La Octava Nota buscarás en balde
hasta que dé comienzo el baile.
No seas tan presurosa,
el miedo te hace ansiosa.
La Armonía debes crear,
para salvar el Arcano que has de encontrar.
Pero antes de partir,
una cosa sólo puedo decir:
toma el polvo de rubí
que te podrá servir.

Y dicho esto, el *Systema Magicum Universi* se cerró, dejando a todos absolutamente perplejos.

—¿Baile? ¿Qué baile? —preguntó Roxy.

—¡Pues vaya! ¿Así que también vamos a tener que bailar? —preguntó Flor ajustándose la falda.

Nina y Cesco se miraron durante un momento, preocupados, y entonces el niño exclamó:

—La música que has sentido, la danza y la Octava Nota. Puede que haya una conexión entre esas cosas.

—Tal vez —respondió la niña de la Sexta Luna, volviéndose a meter los cubos en el bolsillo. Estoy convencida de que la Octava Nota esconde un misterio. Además no entiendo por qué debo llevar el polvo de rubí. No sirve para bailar ni para emitir ningún tipo de sonido; lo habitual es que Ondula lo coma para hacerse mágica.

Flor se acercó a la chimenea y levantó un recipiente lacado de color rojo:

—Mirad, aquí está el polvo de rubí. ¿Cuánto nos llevamos?

—Todo —respondió Nina—. Ahora, sin embargo, vamos a saludar a Dodo y a ver como está. Después volaremos con el Jambir.

Cuando salían del laboratorio, los niños encontraron a Adonis, que meneaba el rabo muy contento: había intuido un posible paseo. El gran alano fue prontamente agregado al grupo de amigos, que se encaminó rápidamente hacia la casa de Dodo.

Pero Dodo no estaba solo: en una callecita próxima, muy cerca de su casa, se habían apostado Irene y Gastilo. Llevaban gorros y sudaderas con la habitual K estampada, y vigilaban subrepticiamente la casa del niño.

Nina y los demás no se percataron de la presencia de los dos androides; entraron en la casa y se encontraron con el profesor José, que le estaba impartiendo una lección de historia. Dodo, con la cabeza vendada, escuchaba atentamente.

—Así pues, Napoleón Bonaparte fue un emperador que…

—empezó el profesor, pero se interrumpió cuando vio a la pequeña alquimista.

—¡Hola! ¡Qué estupenda sorpresa verte por aquí!

—Hola, hola —respondió Flor que se acercó inmediatamente a Dodo ofreciéndole unos caramelos—. ¿Cómo estás?

La pequeña alquimista se volvió hacia el profesor y le dijo:

—Nada de preguntas, se lo ruego. Debemos partir ya mismo. Dígales a los padres de mis amigos que estamos en la villa estudiando. ¿De acuerdo?

El profesor José respondió con expresión muy seria:

—De acuerdo, pero ¿estás segura de que no debo preocuparme?

—Todas las cosas tienen una parte de incertidumbre. Es una cuestión de elecciones…

La enigmática respuesta de Nina hizo sonreír al profesor José, que se levantó de la silla y con el libro en la mano exclamó:

—¡Por todo el chocolate del mundo! La próxima lección la dará Nina. Éste es mi regalo por su cumpleaños.

Todos rieron la salida del profesor, mientras Dodo se volvía hacia Cesco y preguntaba:

—¿Pero… qué… qué… sucede?

—Tranquilo. Hemos venido a despedirnos. Ahora vamos a usar

el Jambir; sabes muy bien que hemos de buscar el Segundo Arcano —respondió Cesco en voz baja para que José no lo oyera—. Después te lo contaremos todo.

La pequeña alquimista abrazó a su amigo y le dijo:

—Sin ti va a ser más duro.

—Voy a pensar tan... tan... tantísimo en vosotros. Tengo el rubí si... si... siempre junto a mí —dijo Dodo con los ojos brillantes.

—Ten, bebe algunas gotas de esto. Te ayudará a soportar la tristeza —dijo la niña de la Sexta Luna sacando un frasquito que contenía Miel Mentis, un brebaje compuesto de miel pura y rocío que aleja la melancolía. Dodo cogió el frasquito, pero mientras sacaba el tapón para olfatear su perfume oyeron unos ruidos provenientes de fuera y a Adonis que ladraba como loco.

El profesor José se puso inmediatamente la capa y salió para ver qué sucedía. Sólo tuvo oportunidad de vislumbrar dos sombras que se escurrían por una callecita en penumbra: Irene y Gastilo habían escapado, mientras el perro gruñía ferozmente.

—Tranquilos. Está todo bajo control —dijo José volviendo con un Adonis todavía nervioso. A Dodo no le sucederá nada. Voy a quedarme aquí con él.

Nina miró por la ventana y dijo pensativa:

—Espero que el alcalde LSL no nos haga alguna faena mientras viajamos. No sé si temer más a Karkon o a él.

—¿Crees que están de acuerdo? —preguntó Cesco.

—No lo sé. Pero ese alcalde no me gusta.

La voz de Nina se tiñó entonces de tristeza. José le puso una mano en el hombro y dijo:

—Dodo no terminará en los Piombi, no irá a la cárcel; voy a hablar con el alcalde y todo se aclarará.

La pequeña alquimista asintió con la cabeza. Entre tanto, los niños se habían dado la vuelta para observar a Dodo que, presa del miedo, se estaba tragando medio frasco de Miel Mentis:

—Bu... bu... buena. La tristeza se me pa... pa... pasará inmediatamente.

Como de costumbre, la simpatía y el azoramiento de Dodo hicieron reír a todos.

La tarde caía a toda velocidad y el aire veneciano se hacía más fresco. La luz de las farolas de calles y plazas estaba ya encendida y los cuatro niños corrieron hacia Villa Espasia, dejando a su amigo Dodo al cuidado de José. Pasaron el puente y atravesaron la cancela de la majestuosa villa: el camino que llevaba hasta ella estaba repleto de hojas amarillas y Carlo Bernotti, que recogía unas ramas secas, saludó amablemente a los niños.

—¡Ljuba, vamos a estudiar! —gritó Nina en cuanto estuvieron dentro de la casa.

Desde la cocina se oyeron los maullidos de Platón y después la voz sorprendida de Merengue:

—¿A estas horas? Pero ¿y la cena? He preparado lasaña al horno y patatas fritas…

Roxy se detuvo:

—Patatas fritas… ¡qué hambre!

—Hacen engordar —replicó Flor mirándose en el espejo.

—Ah, las mujeres… —suspiró Cesco mientras Nina, con tono cortante, gritaba:

—Entonces, ¿nos ponemos en marcha? Mañana nos comeremos las patatas fritas.

Apenas hubo bajado al Acqueo Profundis, Nina verificó que tenía todo lo necesario: la Pluma del Gughi, el Taldom, el polvo de rubí, los tres cubos y, naturalmente, el Jambir. Después, con decisión, se volvió hacia Max y dijo:

—Partimos. El Segundo Arcano será nuestro.

Capítulo 5

En la tierra de Osiris

—¡Sois tan sólo guiñapos inútiles y estúpidos! ¡Los corazones de los gatos que me habéis traído son demasiado pequeños! ¡Si seguís así moriréis todos! —les espetó Karkon furiosamente a Alvise y Barbesa, que lo escuchaban conteniendo la respiración. En el laboratorio K, en los subterráneos del palacio Ca' d'Oro, se respiraba un pésimo ambiente.

—Nos haremos con otros, los de los gatos más gordos. Pero ¡no nos dejéis morir! —respondieron angustiados los dos gemelos que se cogían las manos.

—¡No hay tiempo! Vosotros os extinguiréis dentro de pocos meses y tengo necesidad de los corazones inmediatamente. Hay que tratarlos y dejarlos en la solución adecuada durante semanas. Conocéis bien el procedimiento. ¡Si no obedecéis voy a dejar que os apaguéis para siempre!

El conde se alejó del caldero, escribió algo sobre un cuadernito de hojas rojas y después, dándose la vuelta, lo guardó en un bolsillo interno de su túnica violeta. Nadie debía ver lo que había escrito: después de que Nina le hubiera robado sus preciosos Apuntes, Karkon había decidido llevar siempre encima su nuevo Cuaderno Rojo. Con aire circunspecto retornó junto a la chimenea donde hervían unos pichones junto con aletas de tiburón y olfateó satisfecho el aroma nauseabundo que la mezcla exhalaba. La preparación servía para crear la Ceniza Durmiente, una sustancia que despertaba la materia y los metales. Por supuesto que Karkon no había abandonado su infernal Alquimia de la Oscuridad, y quería seguir manteniendo en funcionamiento las máquinas de los encantamientos que custodiaban los dos Arcanos que aún no habían caído en posesión de Nina: el Aire y la Tierra.

El pérfido conde sabía bien que la niña de la Sexta Luna había intentado hacerse con otro Arcano a pesar de que la Voz de la Persuasión estaba ya es sus venas. El hálito fétido que le había echado encima había surtido efecto, pero no era en absoluto sencillo convencer a Nina de que revelara los secretos de Xórax y de que le entregara el Taldom. El engaño requería tiempo.

—Nunca te harás con este cuadernito, pequeña bruja, te convertiré en mi prisionera, en mi esclava —mascullaba el conde pensando en qué tipo de fin iba a darle a la nieta del odiado profesor Misha. Después se volvió nuevamente hacia los dos gemelos, que lo miraban aterrorizados, y les espetó:

—Sólo me dais problemas, mientras que yo no salgo de aquí, siempre atareado con las pociones y los líquidos necesarios para mantener los encantamientos de las máquinas de los Arcanos. ¡Sois bien ingratos!

Entonces se giró hacia un lado, cogió un grueso cucharón de madera y lo metió en el recipiente que contenía el Ombio, el aceite verde creado con saliva de dragón y orina de cisne. Vertió el contenido del cucharón en una botellita y ordenó a los gemelos:

—Tomad, engrasad los engranajes de la segunda y la tercera máquina de la Estancia de los Encantamientos. ¡Poneos a trabajar, es lo mejor!

Alvise y Barbesa inclinaron la cabeza y obedecieron.

En aquel momento, Irene y Gastilo aparecían en la puerta del laboratorio de Karkon. Jadeaban estruendosamente y estaban nerviosísimos:

—¡Señor, Nina y los otros traman algo! Estamos seguros.

El conde los miró con interés, se acarició la perillita y exclamó muerto de curiosidad:

—Os escucho.

Los androides le contaron la escena que habían visto en casa de Dodo. Karkon, entonces, abrió un arconcito y, sacando de él dos ratones que chillaban agudamente, se los tendió diciendo:

—Tomad, es la justa recompensa por vuestros informes.

Irene y Gastilo engulleron velozmente los dos ratones vivos, mientras Alvise y Barbesa se quedaban con tres palmos de narices.

Con aire satisfecho, el maléfico mago se sacó del bolsillo la copia del Jambir, escupió encima y luego le sacó brillo.

Una llamarada relampagueó entonces en sus ojos vesánicos y gritó:

—¡Visciolo! ¡Quiero partir inmediatamente! Vete a ver al marqués y le dices que debe proceder sin la menor demora. ¿Entendido?

El ayudante tuerto obedeció al instante y se dirigió al ayuntamiento.

Aquella noche, el destino de Dodo y del profesor José parecía marcado: Karkon preparaba otra terrible venganza. Pero el marqués LSL, el hosco alcalde de Venecia, quería proceder con calma para que los ciudadanos no sospecharan nada y, aunque escuchaba las órdenes de Karkon, era de la opinión de que todavía no había llegado el momento adecuado para actuar contra los amigos de la pequeña alquimista. Así que le dio a Visciolo una carta para que se la entregara al conde, donde explicaba todos estos extremos.

Mientras Karkon continuaba su incesante trabajo en el laboratorio K, la niña de la Sexta Luna y los otros estaban ya dispuestos en el Acqueo Profundis.

Max había preparado todo lo necesario. Junto al libro *Strade Mundi* estaban ordenados los ingredientes mágicos para la partida: la botellita que contenía el 8 de color violeta, los misylos y la mezcla color ocre de Cinabrio, compuesta de mercurio metálico y de plata viva. La poción era la necesaria para volar con el Jambir y, como había sucedido en el viaje precedente a la Isla de Pascua, los niños debían beber el 8, el número mágico que simboliza la perfección y el curso

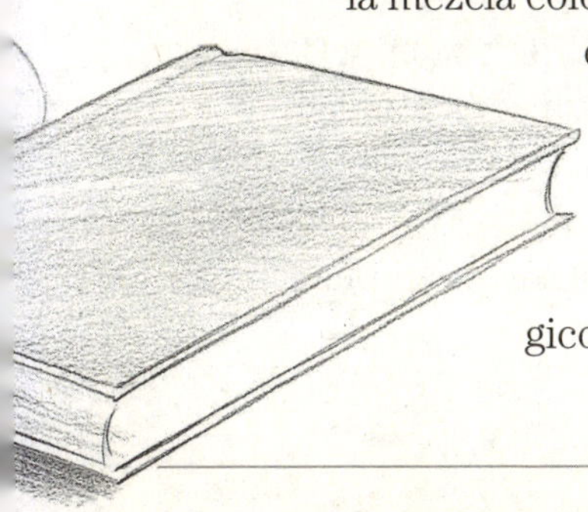

del Universo, perpetuo y regular (bastan tres gotas por persona para que haga efecto).

—Gracias, Max, todo perfecto, has conservado la poción que preparamos la otra vez. Estupendo —dijo Nina acercándose a la botellita del 8.

—Entonces, ¿estáis preparados? —preguntó a los demás.

—¡Sí, preparadísimos! —exclamó feliz Roxy.

—Primero nos comemos los misylos, después bebemos ocho sorbos de Cinabrio y por fin nos tragamos tres gotas del 8. ¿Está todo claro?

La pequeña alquimista repitió una vez más el procedimiento mientras Max entregaba a cada uno de los niños el cuenco con los pétalos de las flores de la Sexta Luna que Ondula le había dado a la pequeña alquimista.

El reloj señalaba las 20 horas, 22 minutos y 4 segundos. Flor se acercó a Cesco y le preguntó:

—¿Dónde te parece que vamos a ir?

El muchachito se pasó la mano por los cabellos y con tono sarcástico respondió:

—Acabaremos en el infierno y seremos devorados por los cocodrilos…

Flor lo miró aterrorizada y respondió:

—¿De verdad?

Roxy le propinó un empujón a la niña que la hizo ir trastabillando hasta Max, que se tambaleó y derramó el cuenco con los misylos.

La pequeña alquimista, que miraba la escena con el Taldom en la mano, preguntó con tono cortante:

—¿Tenéis más ganas de jugar o podemos irnos ya?

Flor se ajustó la ropa sin decir nada, Roxy silbó y Cesco se puso firme llevándose la mano a la cabeza y respondiendo:

—¡Señor, sí señor! ¡Tiene razón, señor! ¡A sus órdenes, señor!

Nina lo miró severamente y después estalló en una irreprimible carcajada:

—¿Soy de verdad tan antipática? —preguntó haciendo una mueca.

—¡Noooo! —le respondieron todos a coro.

—Entoncex, ¿hacemox una fiexta? —propuso Max alegremente sujetando el cesto con la mermelada de fresa.

—¡No! ¡Partimos sin perder un segundo, estamos listos! —Nina se había puesto muy seria y, sin dudar, colocó el Jambir sobre el libro *Strade Mundi.*

De uno en uno, cada niño realizó el procedimiento puntualmente. Después de haber bebido el líquido del 8 se inició la magia: los pies se levantaron aproximadamente un metro del pavimento mientras que la niña de la Sexta Luna agarraba fuertemente el Taldom Lux y miraba al Jambir desde lo alto. El medallón empezó a hacerse luminoso y de repente apareció un anillo de luz roja que envolvió a los cuatro niños que oscilaban en el aire. El *Strade Mundi* se abrió de golpe y las páginas giraron a toda velocidad hasta detenerse en el capítulo que hablaba de Egipto. Se desprendieron cuatro de ellas y volaron hacia Nina, que las cogió al punto.

—A Egipto; a la tierra de los faraones. ¡Ahí es donde iremos! —gritó entusiasmada.

—¿Hay mapas? ¿Indicaciones de rutas? —preguntó Cesco agitando los pies en el vacío.

—Sí, sí… aquí hay el dibujo de una pirámide.

Apenas Nina terminó de decir esto la luz roja se tragó a los niños, que entraron inmediatamente en el túnel oscuro. Tal como había ocurrido la primera vez, se cogieron de la mano y volaron desafiando corrientes de viento y torbellinos fortísimos. Después, de repente, se encontraron suspendidos en un cielo azulísimo. Desde lejos vieron volar al Gughi, que llegaba veloz hacia ellos.

—¡¡Gughiii!! —gritaron extendiendo los brazos. El pájaro mágico de la Sexta Luna sonrió y les hizo subir delicadamente a sus alas. La pequeña alquimista levantó el Taldom y gritó:

—¡A Egipto, las antiguas pirámides nos esperan!

El Gughi puso cara de satisfacción y comenzó a volar hacia la nueva aventura.

Muy lejos, en el horizonte, se distinguían únicamente enormes nubes blancas, mientras que abajo se extendía el mar azul y liso como un espejo. Cesco se agarraba fuerte a la grupa del Gughi y de cuando en cuando se sujetaba las gafas para que no se le volaran. Roxy miraba el paisaje y Flor canturreaba sus melodías favoritas. Un rato después, el pájaro de la Sexta Luna hizo un viraje y los niños vieron por primera vez la planicie de Gizeh, una vasta extensión de arena donde destacaban las tres pirámides y la enorme Esfinge. El Gughi tomó tierra suavemente levantando nubes de arena, hizo descender a los niños, se acurrucó junto a la Esfinge y luego se adormiló.

—¡Es fantástico! —murmuró Flor observando las majestuosas construcciones egipcias que parecían tocar el cielo.

—Sí, es absolutamente increíble. Hemos estudiado la historia de los faraones en los libros y ahora aquí estamos. Si lo supieran nuestros profesores… —contestó Roxy mirando a su alrededor.

—Sí, cuando volvamos al colegio redactaremos unos temas de historia alucinantes. Pero hace un calor espantoso, estamos por lo menos a 40 grados —rezongó Flor.

El sol apretaba muy fuerte y no se oía absolutamente nada; los pies, por otra parte, se hundían en la arena y era difícil caminar rápido para buscar el resguardo de la sombra de una pirámide. De ningún modo podía decirse que el desierto fuera un lugar confortable; la vegetación estaba muy lejos de la planicie de Gizeh.

Flor tenía las mejillas arreboladas por el calor, así que se quitó el jersey fino que llevaba, mientras que Roxy se cubrió la cabeza con un pañuelo amarillo que llevaba encima y Cesco arrojó a toda prisa su pesada sudadera verde entre las dunas.

Nina se arremangó la camiseta, se recogió los cabellos con una goma y sacó las hojas del *Strade Mundi*: en la primera, una flecha indicaba la majestuosa pirámide de Keops.

—Mirad, es aquella de allí al fondo. Aquí dice que tiene 150 metros de altura y que hay en ella 2.300.000 bloques de granito que pesan dos toneladas y media cada uno. Su peso total es de 5.750.000 toneladas. ¡Por todo el chocolate del mundo! ¡Es gigantesca! —exclamó la niña de la Sexta Luna mientras caminaba fatigosamente por la arena seguida de sus amigos.

—Dirijámonos hacia la derecha, la entrada de la pirámide está allí —dijo Cesco, que a pesar del sudor que le cubría la cara, había sido el primero en descubrirlo.

—Tengo sed —dijo Flor; también Roxy sentía la lengua reseca.

—Aquí no vamos a encontrar agua —respondió Nina—. Tal vez dentro de la pirámide haya algo. Yo también me muero de ganas de beber.

La pequeña alquimista, cegada por los deslumbrantes rayos de sol, miraba de vez en cuando la estrella de su mano para ver si se ennegrecía. Como seguía siendo rosa, no parecía que ningún peligro les amenazara.

Cuando llegaron ante la puerta que conducía al interior de la pirámide, los niños se miraron amedrentados: tenían miedo de entrar, porque ninguno sabía lo que allí les esperaba. Roxy, secándose la frente bañada en sudor, se adelantó y empujó con las manos el gran bloque de granito que cerraba la entrada, pero no logró resultado alguno. Todos se pusieron entonces a empujar con fuerza hasta que la enorme piedra se deslizó hacia adentro, provocando la caída de un polvo blanco y amarillo que cubrió a los niños.

La abertura para entrar no era gran cosa, pero uno a uno lograron pasar apretándose un poco. En cuanto estuvieron dentro de la pirámide se encontraron frente a un laberinto lleno de pasadizos subterráneos. A derecha, a izquierda y en el centro se desplegaban cientos de oscuros corredores. Las paredes, altísimas y deterioradas en parte por el tiempo, estaban cubiertas de inscripciones y pictogramas extraordinarios que representaban los antepasados de los egipcios. Los jeroglíficos, es decir, las palabras de la lengua egipcia, eran muy diversos y alternaban con dibujos gigantescos de animales, hombres y paisajes del Nilo: incluso en el pavimento, de enormes baldosas de granito, se desplegaban encantadores motivos florales.

—Mirad arriba —dijo Flor—. También el techo está coloreado y repleto de extraños dibujos.

—Aquí se está más fresco, pero no se ve casi nada —observó Cesco y mientras hablaba apoyó la mano en la pared derecha, de la que salía un relieve de una piedra de mayólica que llevaba impreso un escarabajo verde y oro. En cuanto lo tocó, oyeron un ruido parecido al ronroneo de una sierra: de improviso el muro que tenía el dibujo del Nilo se abrió y a la espalda de los niños se deslizó una pesada plancha de malaquita, un mineral preciosísimo de color verde, que cerró el pasaje, obstruyendo la salida.

—¡Atrapados! —gritó Nina, que blandió inmediatamente el

Taldom Lux a la altura del pecho preparándose para reaccionar ante un eventual ataque.

Los niños se agarraron unos a otros esperando que sucediera algo, pero el miedo desapareció cuando vieron frente a sus ojos un corredor larguísimo iluminado por centenares de antorchas: cada cien metros o así se divisaban braseros donde se quemaban pequeños bastoncitos de incienso que perfumaban el aire.

—Vamos por allí, recorreremos este pasadizo y veremos dónde lleva —sugirió Flor. La pequeña alquimista, mirando el mapa, confirmó que aquella era la dirección correcta. Los pasos de los chicos retumbaban provocando unos ecos más bien intimidantes, mientras que las luces de las antorchas creaban inquietantes sombras sobre los muros pintados.

—Pero ¿está aquí el sarcófago de Keops? —preguntó Roxy con voz un poco temblona.

—No sé; ahora leo las otras páginas y nos enteraremos de lo que tenemos que encontrar —respondió la niña de la Sexta Luna fijándose muy bien dónde ponía los pies.

Cesco se detuvo de golpe y dijo:

—¡Nina, mira, junto a este jeroglífico hay signos extraños! ¡Eh, es la lengua de la Sexta Luna!

La niña se aproximó al muro y lo examinó atentamente. ¡Sí, su amigo estaba en lo cierto!

—¡Por todo el chocolate del mundo! Estamos en el buen camino. Ayudadme a traducir la frase, que con esta luz no veo bien y podría equivocarme.

Y juntos se pusieron a leer el mensaje escondido entre los jeroglíficos.

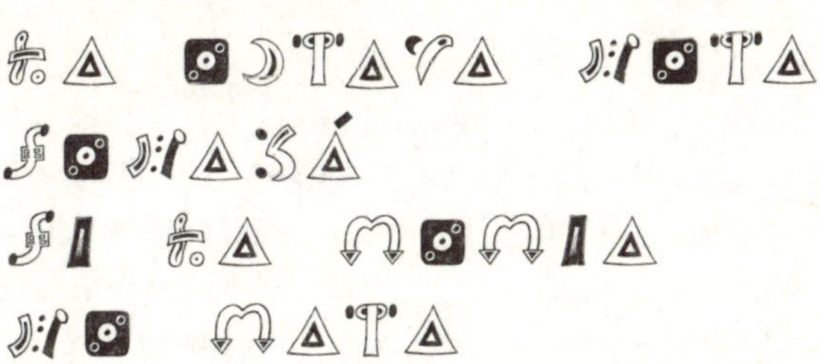

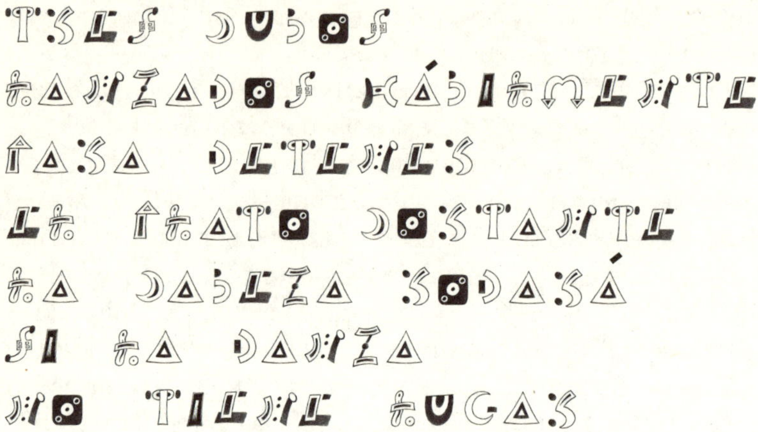

0000002 

—La Octava Nota; la danza. ¡Osiris, la divinidad egipcia, conocía Xórax! —exclamó la niña de la Sexta Luna cuando terminó de leer.

—¡¡La momiaaaaa!! —gritó a su vez Flor, despavorida, que se había detenido en la tercera línea del mensaje.

Cesco la hizo callar inmediatamente:

—¡No grites! Debemos estar unidos y no nos sucederá nada.

La pequeña alquimista sacó del bolsillo el Cubo de Goasil y lo hizo girar entre las manos:

—Debo tirarlo al aire y no equivocarme, pero aún no sé cómo se produce el sonido.

Cesco confortó a Nina diciéndole que jamás se vería sola delante de la momia:

—Está claro que tendremos que afrontar el peligro, pero lo conseguiremos —dijo abrazando a las tres niñas.

Llegados al extremo del corredor encontraron un pequeño recoveco en semipenumbra donde había una bella fuente recubierta de lapislázuli, la piedra preciosa de color azul que solían llevar en collares y brazaletes las reinas egipcias. La boca de una serpiente de mayólica dejaba escapar un chorro de agua fresca.

—¡Ahhhh, agua por fin! —Roxy se precipitó a beber y después de ella también los otros tuvieron oportunidad de saciar su sed.

De repente, los ojos de la serpiente se iluminaron. La fuente empezó a girar sobre sí misma hundiéndose en el pavimento y poniendo al descubierto un pasadizo del que salía una débil luz.

Nina miró en aquella dirección y se dio cuenta de que una escalerilla bastante empinada permitía descender al pasadizo que la fuente había descubierto.

—Ánimo, vamos, pero estad atentos: algunos escalones están podridos.

La niña de la Sexta Luna bajó la primera y los demás la siguieron. Cuando llegaron al fondo, la fuente se desplazó de nuevo y ascendió sellando el pasaje.

—¡Bloqueados de nuevo! ¡De aquí no saldremos jamás! —dijo Roxy, nerviosísima, encaminándose hacia una estancia iluminada que apenas se entreveía. Cuando entró en ella vieron que se sobresaltaba y, dándose la vuelta, llamó a gritos a los demás, que acudieron a todo correr.

—¡Nunca he visto nada parecido! —exclamó Cesco. Después se quitó las gafas, estupefacto, y se las puso de nuevo: no creía lo que tenía ante sus ojos.

Flor se agarró a Nina y Roxy movió la cabeza observando las paredes pintadas.

—Son todas las divinidades egipcias —dijo en voz baja. En el techo, completamente recubierto de oro, había un dibujo gigantesco de Ra, el dios Sol, que había sido representado como un ojo gigantesco hábilmente decorado en negro.

Pero lo más extraordinario estaba exactamente en el centro de la estancia: allí se alzaban majestuosas estatuas de egipcios. Eran altísimas, de granito, oro, plata y malaquita. Los deslumbrantes colores estaban intactos y los rostros de las divinidades parecían tener expresiones tan vivaces como si fueran seres de carne y hueso.

Allí estaba Anubis, el dios del embalsamamiento, con cuerpo humano y cabeza de chacal; Bastet, la diosa lunar de la alegría y de la fecundidad, representada como una mujer con cabeza de gato; Osiris, dios de la vegetación, que tenía el aspecto de un hombre de piel verde y que era considerado la deidad egipcia más poderosa; junto a él se erguía Isis, diosa del bienestar y de los navegantes, esposa de Osiris y madre de Horus. Más allá se erguía la estatua de éste, con cabeza de halcón; también estaba Maat, la diosa que simbolizaba el orden cósmico, la justicia y la verdad, representada como una mujer con una larga pluma en la cabeza. Por fin, en el extremo más alejado de la estancia se veía a Seth, dios del desierto y del Mal, representado en forma de hombre con la cabeza de un animal parecido al jabalí.

—¡Qué miedo me dan estas estatuas! —dijo Flor temblorosamente sin soltar ni un momento a Nina, que miraba curiosa la estancia.

Roxy daba vueltas entre las deidades de piedra y oro, y las tocaba maravillada, mientras Cesco exploraba unas vasijas colocadas en un ángulo y unidas entre sí por una serie de cuerdas.

—Son canopes —dijo en alta voz agachándose para coger uno.

—¿Cano… qué? —preguntó Nina.

—Canopes, las vasijas donde los egipcios depositaban los órganos de los faraones después de sacarlos del cuerpo para proceder a su embalsamamiento —respondió Flor, que se había estudiado a fondo y con gran detenimiento la historia.

—¿Quieres decir que dentro hay corazones, hígados y cerebros? —preguntó Roxy acongojada.

—Sí, Flor tiene razón —confirmó Cesco cogiendo la más pequeña de las vasijas, de color amarillo.

Le quitó la tapa, miró dentro y dijo:

—Aquí lo que hay es un líquido violeta y una doble inscripción, una en jeroglífico y la otra en alfabeto de la Sexta Luna.

Cesco se empeñó en traducir solo:

—Grafito violeta. ¡Eso es, aquí dentro hay esa sustancia que usa Karkon! —gritó entusiasmado.

—¿Violeta? —preguntó Nina corriendo hacia la vasija—. Ten cuidado, que no se te caiga. La necesitamos para los Numeromágicos.

Cesco volvió a poner inmediatamente la tapa, cogió una cuerda, la ató cuidadosamente a la vasija y después se echó ésta a la espalda como si fuera un fardo.

—¡Mirad, he encontrado unos papiros bellísimos! —exclamó Roxy, feliz por su descubrimiento. Nina los desenrolló inmediatamente y vio que en uno de ellos había una inscripción en la lengua de la Sexta Luna.

—¡Por todo el chocolate del mundo! ¡Hemos encontrado también la Charta Mater! —dijo la pequeña alquimista con una sonrisa de oreja a oreja. Acto seguido, besó los antiquísimos papiros.

Pero el entusiasmo del grupo se cortó de golpe: la estatua de Seth, el dios del Mal, había empezado a girar su cabeza de jabalí y los ojos se le estaban convirtiendo en dos llamaradas. Las pesadas piernas de la divinidad se movieron y Seth alargó las manos hacia los niños que, aterrorizados, se refugiaron en el rincón de los canopes.

—¡No deberíais haber entrado en esta sagrada estancia, ahora os espera la muerte! —amenazó la divinidad con voz atronadora, abriendo su horrible boca que albergaba unos dientes largos y aguzados, y de la cual salía abundante baba que caía al suelo:

—Devolved a su sitio el vaso del Grafito Violeta y el papiro de la Charta Mater. No sois nada más que ladrones y habéis cometido un sacrilegio.

Seth avanzaba hacia los niños. Roxy se separó del grupo y corrió a esconderse detrás de la estatua de Anubis. Flor se arrodilló suplicando y Cesco y Nina, despavoridos, se quedaron donde estaban, con la espalda pegada al muro.

La estatua levantó una de las manos agarrando al chico, pero entonces, en el centro de la sala, Osiris, el más amado y honrado de los dioses egipcios, se movió y dijo:

—¡Quieto! ¡No hagas mal a estos niños!

La voz de Osiris era profunda y el tono decidido. La estatua del dios de piel verde alcanzó a Seth y le sujetó con firmeza la mano de piedra con la que pretendía triturar a Cesco.

—¿Tú? ¿También tú estás vivo? —dijo revolviéndose el dios del Mal.

—Yo siempre estoy vivo. Soy el dios de lo Eterno. Vuelve a tu puesto y atempera tu ira —ordenó Osiris.

Cesco, que finalmente se había librado de la mano del dios del Mal, se puso a cuatro patas y se dirigió hacia Roxy. Flor lloraba a moco tendido y Nina tuvo que taparle la boca:

—Deja de berrear y quédate junto a mí. Tenemos que irnos de este sitio.

La niña de la Sexta Luna confió los preciosos rollos de papiros a su amiga y sacó el Taldom Lux.

Seth y Osiris estaban uno frente a otro. En este momento se inició la batalla entre ellos, pero no era una lucha física. Las dos estatuas se lanzaron potentes rayos de luz con los ojos. Eran sus mentes las que combatían, no sus cuerpos. Ráfagas azules y violetas, y destellos de luz plateada iluminaban toda la estancia. Las estatuas de las otras deidades estaban inmóviles y sus sombras creaban formas fantasmagóricas que se perseguían por las paredes.

Destellos de fuego cayeron sobre la espalda de Roxy, que gritó de dolor, mientras Cesco, desorientado, buscaba una vía de escape. La niña de la Sexta Luna, arrastrándose detrás de

Flor, atravesó la estancia y, cuando llegó al otro lado, vio que había una pequeña puerta de madera.

—¡Por aquí, ánimo, corred! —gritó con todo el aire que le quedaba en los pulmones.

Pero Seth giró su monstruoso rostro hacia Nina y mandó a través de sus ojos de jabalí un rayo violentísimo que alcanzó la puerta haciéndola arder de inmediato, lo que a su vez provocó que la estancia se llenara de un humo acre que hizo el aire irrespirable. La pequeña alquimista se dio cuenta de que la estrella que tenía en su mano se había vuelto negra como el carbón. No sabía qué hacer y se agachó, junto a Flor, a punto casi de tirar la toalla. Roxy y Cesco encontraron refugio escondiéndose detrás de la estatua de Anubis.

Entonces Osiris levantó el más potente de los cetros de los faraones, el Uas, muy semejante al Taldom Lux, del que partieron rayos de luz que golpearon a su adversario sin darle oportunidad de escapar:

—¡Siervo infame del Mal, no podrás moverte: de piedra voy a hacerte! —pronunció con voz potente la deidad.

Seth se quedó inmóvil durante un instante y después empezó a desmoronarse lentamente.

Cayó la cabeza, los ojos se precipitaron hacia Cesco y las manos se convirtieron en polvo. ¡Hasta Osiris estaba sorprendido! ¿Qué estaba sucediendo?

De las ruinas de la gigantesca estatua de Seth surgió, en toda su fealdad, Karkon Ca' d'Oro, el Enemigo Número Uno. Ahora Nina y sus amigos lo tenían todo claro: ¡el conde había conseguido dar con ellos hasta en Egipto! ¡Jamás de los jamases se les habría ocurrido pensar que Karkon pudiera trasformarse en la estatua de una divinidad!

—¡Ahahahah, ahahahah! ¿Así que tú, Osiris, poderosa divinidad, crees que puedes derrotarme? ¡Soy el Magister Magicum, el mejor!

La carcajada satánica del conde retumbó en toda la estancia. Osiris, inmóvil, se había encerrado en un silencio divino y frío.

Los niños, con el corazón en la garganta, intentaron huir y Nina, sacando fuerzas de flaqueza, saltó por encima de las llamas que aún salían de los restos de la puerta. Detrás de ella Flor, Roxy y Cesco saltaron también. Los niños se encontraron en el interior de un estrechísimo pasadizo subterráneo, dejando a Karkon y a la estatua de Osiris uno frente a otro a punto de comenzar una batalla memorable.

—¿Estáis todos bien? —preguntó angustiada la pequeña alquimista, que recibió sólo débiles respuestas de sus compañeros.

—No se ve nada. Esto está muy oscuro —dijo Roxy con voz jadeante; la niña tosía sin cesar a causa del humo que había respirado.

—¿Pero lo habéis visto? ¡Karkon ha conseguido dar con nosotros! —dijo Cesco que, con el pelo un poco chamuscado, estaba comprobando que la vasija que llevaba a la espalda no hubiera sufrido daños.

—Sí, el maldito ha llegado hasta nosotros. ¡Qué lástima de copia del Jambir! ¡Gracias a su poder mágico puede trasformarse incluso en la estatua de una divinidad! Por suerte Osiris nos ha defendido.

Nina estaba desbordada por los acontecimientos y sentía una enorme preocupación por la suerte de sus amigos. La tarea de encontrar el Segundo Arcano se presentaba mucho más difícil de lo que había resultado la primera misión, la de la Isla de Pascua. El grupo no se había recuperado aún cuando fue empujado por una violentísima corriente de aire gélido. Inexorablemente, los niños fueron arrastrados uno a uno hasta el final del pasadizo. Maltrechos y repletos de moratones, se encontraron amontonados y encerrados en un espacio estrechísimo que no permitía movimiento alguno. La luz, que se filtraba por una hendidura del muro, permitía apenas vislumbrar el lugar donde se encontraban.

—¿Se han salvado el Grafito Violeta y los papiros? —preguntó medrosa la niña de la Sexta Luna.

—Sí, sí, todo está bien —respondió Cesco fatigosamente escupiendo el polvo que se le había metido en la boca.

Roxy apoyó las manos en una pared y, exhausta, resopló:

—No puedo más. Este lugar es terrorífico.

En ese momento sintió unas extrañas cosquillas en los dedos, se miró las manos y…

—¡¡Ahhh!! ¡¡Qué asco!! ¡Arañas! ¡Este sitio está lleno de bichos! —gritó espantada.

Los muros estaban cubiertos de grandes arañas negras y peludas que correteaban enloquecidamente por todas partes. Flor se quedó inmóvil por completo, como si fuese de piedra: tenía terror a las arañas y sus amigos lo sabían perfectamente. Con la cara desencajada y el cuerpo completamente rígido por el miedo, se mostraba incapaz de reaccionar.

—¡Tenemos que salir, tenemos que salir inmediatamente de este sitio! —dijo Nina agitando manos y pies para espantar a los repugnantes bichos que se movían por todas partes. Cesco, que tenía las gafas al revés, comenzó a dar puñetazos a la pared para matarlos, pero cuantos más aplastaba, más restos repulsivos y más gotas de sangre iban a dar a la cara y al cuerpo de todos ellos.

Roxy se sacó un zapato y comenzó a aplastar arañas: uno de los golpes secos lo dio exactamente sobre una plaquita de cerámica donde había impreso el dibujo de un escarabajo verde y oro, idéntico al que poco antes había encontrado Cesco. Al momento se oyó un crujido y se abrió un pasadizo. Los niños se precipitaron hacia él, llevando a rastras a Flor, que no era capaz de moverse ni de hablar, y se lanzaron a la carrera, dejando a la espalda las legiones de horribles arañas. Al poco se tropezaron con un enorme portón de madera maciza.

Roxy le dio dos cachetes a Flor para que volviera en sí, Cesco se limpió las gafas y Nina miró atentamente la puerta:

—Hay una inscripción —dijo—, pero está llena de polvo.

La niña pasó la mano por encima de una especie de placa.

—¿Qué hay escrito ahí? —preguntó Cesco acercándose.

—Son jeroglíficos —respondió la pequeña alquimista, pero se dio cuenta de repente de que junto a ellos había otros caracteres.

—¡Y mirad! ¡Hay una inscripción en la lengua de la Sexta Luna! —dijo con un gran suspiro.

—Quizá los xorasianos les hayan enseñado su lengua a los egipcios —observó Roxy mientras sacudía un poco más a la pobre Flor que lentamente iba volviendo en sí.

—Cierto —respondió la pequeña alquimista sonriendo—. Xórax existe desde siempre y, por tanto, también los faraones conocían el alfabeto de la Sexta Luna. En absoluto hemos llegado a Egipto por casualidad. ¡Aquí hemos de encontrar el Segundo Arcano, que no se os olvide!

La frase escrita en la puerta fue traducida en unos segundos, pero cuando los niños la leyeron no se sintieron precisamente contentos. Las palabras grabadas en la madera eran bien preocupantes:

—¿Estancia de la Muerte Danzante? No, no, yo ahí no entro —dijo con una vocecilla casi inaudible Flor, que aún no se había recuperado del shock.

—Pues bueno, ¿prefieres volver con las arañas? —dijo Roxy con intención de provocar.

Cesco miró a las niñas, cuadró los hombros y se puso a sacudir la puerta para abrirla.

En aquel momento el Taldom empezó a vibrar, los ojos del Gughi se iluminaron y el cetro de la Sexta Luna se escapó de las manos de Nina y volando llegó hasta la inscripción. El pico del Taldom golpeó tres veces, y al punto el pesado portón de madera se convirtió en arena y se derrumbó.

La pequeña alquimista dio un salto, agarró el cetro mágico, los niños retrocedieron y en aquel momento cayó del techo sobre sus caras una lluvia de polvo azul. Un redoble de tambores hizo temblar las paredes y una macabra escena apareció en toda su majestuosidad. El aire estaba impregnado de un olor punzante y el hedor de la putrefacción se mezclaba con un extraño perfume de incienso.

La Estancia de la Muerte Danzante era perfectamente cuadrada y en dos de sus lados opuestos había dieciséis momias, ocho en un lado y ocho en el otro. Eran grandes, corpulentas, y las vendas de lino ceñían perfectamente sus cuerpos musculosos: sólo los ojos eran visibles. Los párpados estaban cerrados y pintados de azul. Todas empuñaban un extraño instrumento similar a un platito metálico con láminas curvas y puntiagudas: parecía un arma muy peligrosa. Las momias estaban inmóviles, casi como si formaran un pequeño ejército de guerreros dormidos. ¡Inspiraban temor porque parecía que, a una señal, pudieran cobrar vida y lanzarse a la lucha!

Los niños se quedaron absolutamente atónitos ante aquella escena. La pared que tenían frente a ellos era de color rojo rubí, y en su centro se erguía un imponente altar con dos enormes candelabros encendidos.

En cuanto Cesco dio unos pasos en el interior de la estancia, volvió a caer del techo aquel polvo finísimo de color azul que se precipitaba hacia el suelo cubriéndolo del todo.

—¡Por todo el chocolate del mundo! Pero ¿dónde hemos terminado? —exclamó la niña de la Sexta Luna, que no daba crédito a sus ojos.

—¿Entramos? —preguntó Roxy titubeante; fue Nina la que se introdujo en la sala, alargando la mano que apretaba el Taldom:

—Son sólo momias. Atravesaremos la estancia de puntillas y buscaremos la salida —dijo en voz baja.

Cesco, Roxy y Flor se cogieron de la mano mientras la pequeña alquimista avanzaba lentamente.

De repente, una ráfaga de aire calentísimo levantó el polvo azul y los niños cerraron los ojos, llevándose las manos a la nariz y a la boca para protegerlas, pero el gesto le costó caro a la niña de la Sexta Luna: la ráfaga de viento hizo salir del bolsillo de su peto la pluma del Gughi, la que permitía ver Xórax. La Pluma de Oro fue arrastrada dando vueltas por el aire cargado de polvillo azul y Nina, actuando por instinto, corrió tras ella para recuperarla. El movimiento pareció despertar a las momias: todas levantaron los brazos al mismo tiempo, abrieron los ojos, amarillos como los de los gatos, y gritaron a coro:

LOS QUE CRUCEN ESTA PUERTA
PERDERÁN LA CABEZA
LA DANZA DEL KABÁ
LA MUERTE PROVOCARÁ

Las voces, roncas y pavorosas, retumbaron en la Estancia de la Muerte Danzante. Las momias estaban listas para atacar y, en ese momento, empezó a oírse una música que provenía de lo alto. Era lenta, angustiosa, con un ritmo que parecía remedar los latidos del corazón.

—¡La música, la danza, Nina, usa los cubos! ¡Tal vez las notas detengan a las momias! —susurró Flor espantada.

—Sí, sí, usa los cubos. Tira al aire el Cubo de Goasil que te ha dado Etérea. La Octava Nota es la clave de nuestra salvación —dijo Cesco mientras apretaba las manos de sus amigas.

La pequeña alquimista, que aferraba el Taldom con la mano derecha, cogió con la izquierda los tres Cubos y dijo:

—Si los tiro al aire no sé como voy a cogerlos de nuevo. Sólo puedo usar una mano, porque necesitamos el cetro de la Sexta Luna para defendernos.

Roxy tuvo una idea:

—Tíralos uno por uno y los cogeremos de nuevo mientras corremos hacia la pared opuesta en busca de la salida.

—De acuerdo —respondió Nina muy nerviosa.

Y así hicieron. La niña tiró al aire el primer cubo, el de plata. «Do, Re, Mi, Fa»: las notas se superpusieron a la música de la muerte pero, en ese momento, ocho momias, cuatro por cada lado, avanzaron hacia los niños lanzando sus mortíferos platillos. Aquellos objetos giraban sobre sí mismos y volaban amenazadores hacia la pequeña alquimista y sus amigos, que se agacharon para evitarlos. Los platillos volvieron a las manos de las momias como si fueran bumeranes.

—¡Son platos cortacabezas! ¡Echaos al suelo! —gritó Cesco.

La Danza del Kabá había empezado y sólo una auténtica magia podía salvarlos.

Flor cogió al vuelo el Cubo de Plata y se lo devolvió a Nina, que sacó el de oro. Las momias se pusieron de nuevo en marcha caminando lentamente hacia ellos.

«Sol, La, Si»: el Cubo profirió las tres últimas notas, pero los gigantes recubiertos de vendas lanzaron nuevamente sus armas.

Las afiladas láminas rozaron la cabeza de Roxy, que gritó espantada.

—¡No saldremos vivos de aquí! —gritó Flor a su vez, presa del pánico.

La música se hacia más y más fuerte: las momias levantaban las piernas dando torpes saltos, doblaban la cintura hacia delante y se erguían de nuevo. Era una danza macabra. Los niños se sintieron perdidos.

—Vamos a tirar al aire los tres Cubos a la vez. ¡Esperemos que el de goasil emita la Octava Nota! —dijo Nina con decisión.

En cuanto la niña lanzó al aire los tres Cubos mágicos se formó en el centro de la estancia un círculo de luz blanquísima, la música de la muerte se interrumpió de golpe y se inició la poderosa sinfonía de la Armonía del Universo, exactamente aquella que la orquesta de la Sexta Luna había tocado para la pequeña alquimista. La Octava Nota finalmente había sonado dando vida a la música más suave y más dulce de Xórax.

Las momias empezaron a dar vueltas alrededor de la estancia como locas, agitándose y retorciéndose. Aunque su fin estaba cerca, siguieron lanzando los platillos cortacabezas contra los niños, que habían echado a correr a la desesperada. Cesco se tropezó con la quinta momia, rodó por el suelo y se levantó inmediatamente; Roxy pasó a través de las piernas de la decimocuarta momia y Nina, que había conseguido llegar hasta la pared opuesta y apoderarse de la Pluma del Gughi que reposaba sobre el altar, gritó con todas sus fuerzas:

—¡Ya tengo la Pluma! ¡Rápido, venid, hay un pasadizo!

La niña se lanzó de golpe dentro de una especie de hueco que llevaba quién sabe dónde, seguida por Cesco y por Roxy. Meterse allí dentro era su única salvación.

Pero Flor se había quedado atrás. Los tres Cubos caían al suelo, el círculo luminoso se apagaba y la sinfonía de la Sexta Luna estaba a punto de terminar. La última momia clavó sus ojos amarillos en la niña y, con la desesperación de quien sabe que va a morir, lanzó el platillo gritando como una posesa. El objeto impactó violentamente contra la pequeña: las láminas aguzadas le desgarraron la frente provocando profundos cortes. Flor cayó al suelo inconsciente: sus ojos, su nariz y su boca estaban cubiertos de sangre.

La sinfonía mágica concluyó. Los tres Cubos se desvanecieron en la nada y las momias empezaron a perder las vendas. Gritaban como si alguien las estuviera masacrando, perdieron el equilibrio y, tambaleándose, se tropezaban las unas con las otras hasta que, desprovistas de cualquier resto de lino se quedaron desnudas: sus esqueletos contrahechos eran de color negro podrido. Terminaron por caer al suelo; sólo quedó de ellas unos montones de huesos y tendones.

Y, entre aquel osario, el cuerpo de Flor.

—¡Ánimo, adelante, encontraremos la salida muy pronto! —dijo la niña de la Sexta Luna, toda sudada, incitando a los demás a darse prisa.

Ninguno se había dado cuenta de que Flor se había quedado atrás, de que las momias la habían herido gravemente. El túnel donde habían acabado estaba muy oscuro y sólo después de haber caminado a tientas durante bastante tiempo los tres niños distinguieron una espiral de luz.

Cubiertos de polvo, exhaustos y con los ojos enrojecidos, finalmente vieron el sol de nuevo.

—¡Eh, Flor, sal, estamos salvados! —gritó Cesco dentro del túnel, pero no obtuvo ninguna respuesta. Los tres se miraron angustiados y en ese momento se dieron cuenta de que su amiga se había quedado en la Estancia de la Muerte Danzante.

—¡Tenemos que volver, hay que ir a por ella! —dijo Roxy e hizo gesto de meterse en el túnel, pero Nina la detuvo:

—Mirad vuestros rubíes, las piedras de la Amistad Duradera, si están calientes y luminosas quiere decir que Flor está en peligro.

Los dos niños sacaron los rubíes de los bolsillos:

—¡Están calientes y brillan! —exclamaron al unísono.

—¡Por todo el chocolate del mundo! ¡Tiene problemas!

La voz de Nina era débil y triste, pero no tuvo tiempo de pensar en una solución porque una sombra gigantesca se precipitó sobre los niños: sobre ellos revoloteaba el León Alado cabalgado por Karkon, que blandía el Pandemon Mortalis.

—¡Mirad, el León está vivo! ¡Es de carne y hueso! El encantamiento de Karkon ha funcionado. ¡Estamos perdidos! —dijo Roxy aterrorizada.

—¡Ya sabía yo que la estatua del León estaba viva! ¡Pobre Dodo, el alcalde LSL se las va hacer pagar todas juntas! —dijo Cesco con gesto de rabia.

La estrella de Nina se había hecho grande y negrísima, tanto que cubría por completo la palma de su mano derecha. La niña, dándose cuenta del extremo peligro que corrían, miró a sus dos amigos y luego gritó con toda la fuerza que tenía en el cuerpo:

—¡¡¡Gughi… Gughi…!!!

El pájaro mágico de la Sexta Luna apareció al instante, agarró a la pequeña alquimista al vuelo y se la llevó hacia lo alto. Cesco y Roxy corrieron a refugiarse detrás de una duna.

—¡Ahhh, ahhh, ahora estamos igualados! ¡Bruja maldita, lucha si tienes valor! —gritó Karkon.

Las alas del León eran grandes y fuertes, y el conde se mantenía de pie, en perfecto equilibrio, sobre el dorso de la bestia y, mientras su túnica violeta ondeaba en el aire, él se reía como un demente.

Nina, en la grupa del Gughi que volaba velocísimo, empezó a golpear al rival lanzándole rayos láser con el Taldom. Uno, dos, tres impactos, pero ninguno le alcanzó de lleno. El León Alado abrió su enorme boca y rugió mostrando sus aguzados dientes, acercándose a la cabeza del Gughi para morderlo: el pájaro giró bruscamente haciendo perder el equilibrio a Nina, que cayó en picado hundiéndose en la arena.

También Karkon se tambaleó entre las alas del León, pero consiguió mantener el equilibrio y seguir sobre él. Los dos animales habían empezado una lucha a muerte. El Gughi abrió de par en par el pico dorado lanzando un agudo grito y agitó sus cuatro alas intentando espantar al felino, pero el león consiguió asentarle un zarpazo a su única pata. El pájaro mágico levantó la cabeza y cerró los ojos, volando desesperadamente hacia lo alto; luego se dirigió hacia las pirámides lanzando gritos de dolor.

La pequeña alquimista, a todo esto, se había levantado del suelo y contemplaba la escena: se sentía perdida y temía que Karkon hubiera vencido. Pero el León agitó las alas haciendo caer por fin a Karkon que, después de cuatro cabriolas en el vacío, se encontró a su vez entre las dunas.

La arena empezó entonces a temblar y delante de la Pirámide de Keops se formó un torbellino violentísimo, semejante a un tornado: exactamente en su centro apareció Osiris. El auténtico dios Osiris había llegado para salvar a los niños. Era idéntico a la estatua que habían visto poco antes luchar contra Karkon, cuando éste se había transformado en Seth: tenía la piel verde, lucía el tocado de los reyes egipcios y llevaba en una mano el Uas, un potente cetro semejante al Taldom Lux.

Roxy y Cesco fueron arrastrados por el torbellino de arena hacia la divinidad egipcia que, con un solo gesto, hizo que Nina se sumara a ellos. Como atraídos por un imán los tres niños se encontraron junto a Osiris que, agarrándolos bien, se alzó del suelo, al tiempo que levantaba el Uas iluminado por una luz verde. De golpe todos se vieron tragados nuevamente por el torbellino de arena ante los ojos desorbitados de Karkon, que ni siquiera tuvo tiempo de disparar el Pandemon Mortalis.

El silencio y la calma descendieron sobre el desierto.

Karkon, echando espumarajos por la boca, le gritó que volviera al León Alado, que revoloteaba entre las pirámides. El felino, que seguía estando sometido a su maléfico encantamiento, obedeció la orden. El conde se subió inmediatamente a la grupa del León y le ordenó que volara sobre la extensión de arena en busca del Gughi herido y de los niños raptados por Osiris.

Capítulo 6

El Libro de los Muertos y el Secreto de la Toiran

Dentro de la nube de arena dorada no se podía respirar: el polvo del desierto entraba en los ojos, en la boca y en las orejas y unos pocos segundos se convertían en una eternidad. La pequeña alquimista aferraba el Taldom con una mano y con la otra se agarraba a la brillante túnica de Osiris, mientras Roxy y Cesco, abrazados, se acurrucaban junto a la deidad egipcia que los sujetaba delicadamente. El vuelo hacia el lugar misterioso estaba a punto de concluir, y en cuanto el cetro de Osiris se apagó, el torbellino desapareció. Los tres niños se encontraron tumbados en el suelo, entre miríadas de granitos de arena, sobre un pavimento estrellado de oro y bastante frío. Osiris se inclinó hacia ellos y les ayudó a levantarse, y después extendiendo los brazos dijo:

—Esperaba vuestra visita, no temáis. Voy a ayudaros.

La voz era serena y profunda, la piel verdosa y los ojos, perfilados de negro y pintados de azul, mostraban una expresión arrogante pero pacífica. La deidad se movía lentamente y cada uno de sus gestos parecía imbuido de una insólita calma.

Los niños miraron a su alrededor, estupefactos: no entendían dónde habían terminado. Las paredes de la estancia eran altísimas, formadas por enormes masas de granito, y no había ni ventanas ni aberturas. Tampoco se veían dibujos ni jeroglíficos. Era un lugar austero, despojado de ornamentos. La belleza del techo, sin embargo, era sólo parangonable a la de un auténtico cielo estrellado: de un azul intenso, ostentaba millones de pequeñas estrellas plateadas que marcaban las constelaciones y junto a ellas se veían dibujos de planetas y soles, galaxias y cometas. Con los ojos vueltos hacia lo alto, los niños giraban lentamente la cabeza para observar aquel espectáculo magnífico e inesperado.

—El Universo Alquímico es lo más hermoso que existe —dijo Osiris—, y lo estáis observando exactamente como nosotros los egipcios lo contemplábamos hace miles de años. El conocimiento de los planetas y las galaxias era fundamental para mi pueblo y este techo fue pintado de un modo mágico.

Nina, Cesco y Roxy estaban maravillados. Cuando, caminando con la nariz levantada, llegaron al final de la estancia, Osiris les pidió que se estuvieran quietos junto al muro, después oprimió una baldosa de cerámica con la acostumbrada imagen del escarabajo verde y oro, y entonces sucedió algo extraordinario. En el cielo pintado se encendieron multitud de líneas luminosas que trazaban recorridos de planetas y estrellas. Parecían trayectorias de un mapa estelar y eso es lo que eran: aquella bóveda celeste señalaba los posibles viajes en el espacio, y sólo entonces los niños comprendieron que los antiguos egipcios habían sido navegantes del Universo.

Las preguntas que querían hacerle a Osiris se les amontonaban, pero no tuvieron tiempo de formular ninguna. Un ruido inesperado hizo temblar la estancia, las baldosas de oro del suelo se levantaron, plegándose las unas sobre las otras y deslizándose lentamente hacia los lados, dejando un espacio vacío en el centro. Los niños miraron hacia abajo, pero la profundidad del abismo que se había abierto ante sus ojos no permitía ver nada. Entonces subió mágicamente hacia ellos una plataforma sobre la cual descansaba algo verdaderamente extraordinario. Una nave antiquísima.

—¡Ohhh! —exclamaron los niños en cuanto la vieron aparecer en el centro de la estancia.

—Ésta es la Toiran, la nave volante de los faraones. Ha permanecido aquí durante todo este tiempo: ningún arqueólogo ha descubierto jamás nuestra preciosa embarcación —explicó Osiris como si tal cosa.

La nave medía unos 40 metros, era de madera cubierta de oro puro y, sobre su proa alta y majestuosa, despuntaba la figura de un pájaro mítico, el Fénix Árabe, con las alas rojo rubí

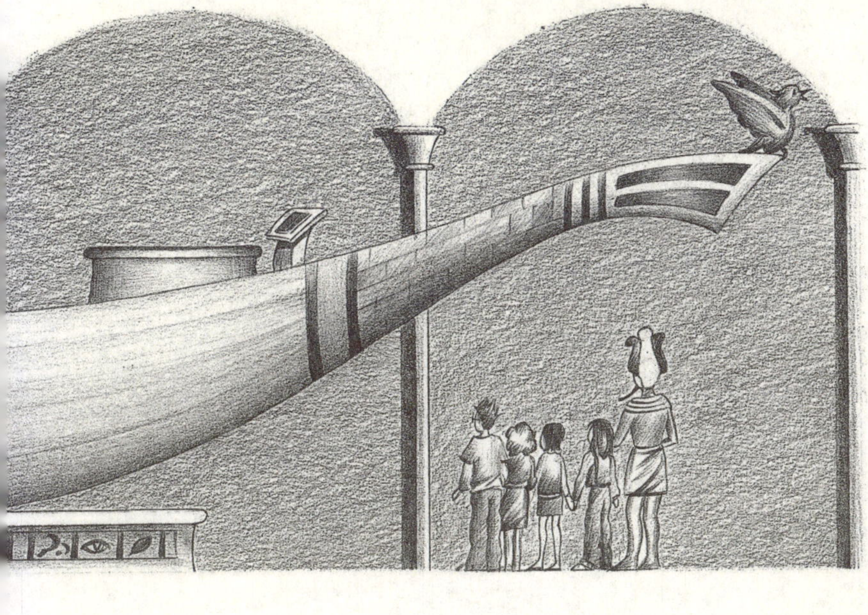

y el cuerpo festoneado de piedras preciosas. La popa estaba, en cambio, cubierta de millones de plaquitas de lapislázuli azul. En el centro de la Toiran había un sarcófago de cristal y junto a él un timón de oro macizo, mientras que a la derecha se veía un gran recipiente circular que contenía un extraño líquido amarillo. Al lado de éste, sobre un majestuoso atril de plata, descansaba un grueso tomo con tapa negra y azul: se trataba del sagrado Libro de los Muertos.

Pero, extrañamente, aquella antiquísima embarcación carecía de remos y de velas.

—¿Por qué nos has traído aquí? ¿Dónde estamos exactamente? —preguntó la pequeña alquimista aproximándose a la misteriosa nave.

—Estamos en el interior de la esfinge, donde nadie ha entrado nunca. Sólo los faraones egipcios y sus esposas, en el momento de la muerte, eran embalsamados y traídos aquí, a la Toiran. Su alma se transformaba en luz durante el largo viaje —explicó Osiris a los niños todavía incrédulos.

—¿Largo viaje? —preguntó Cesco muerto de curiosidad.

—Sí, el viaje hacia Xórax, la Sexta Luna del Universo Alquímico. Nuestro origen y nuestro fin están en ese maravilloso planeta mágico. Y vosotros, ahora, deberíais saberlo —respondió la deidad que, casi sonriendo, se sentó ceremoniosa junto a la majestuosa nave.

—¿Los muertos pueden volar con la Toiran? —dijo Roxy estupefacta, sin dar crédito a las palabras de la deidad egipcia.

—Así es, la nave vuela, anulando el espacio y el tiempo, pero lleva muchos siglos parada. Después de la desaparición del último faraón nadie la ha usado para trasladarse a la meta preestablecida, siguiendo las líneas del cielo estrellado que veis en el techo. El firmamento es la mayor invención matemática y alquímica que existe: hasta las pirámides y la Esfinge fueron construidas siguiendo los alineamientos de los planetas y de las constelaciones. Fue la Armonía del Universo la que nos impulsó a realizar estas enormes construcciones.

Osiris, entrecerrando los ojos, continuó:

—Las palabras, los números, los colores y la música contienen la vida misma. Y tú, pequeña Nina, has conseguido desvelar también el misterio de la Octava Nota. Lo has hecho espléndidamente. La música de la Sexta Luna trae la paz y anula el Mal.

La niña estaba conmovida por tan bellas palabras, pero eso no significaba que sus dudas y sus incertidumbres hubieran desaparecido.

—Pero a Xórax sólo pueden ir los alquimistas buenos.

—Los faraones y las deidades buenas como yo pueden ir a Xórax porque tienen poderes alquímicos y mágicos. Además, por nuestra parte, podemos autorizar a los mortales que sean dignos de ello a subir a la nave, porque hemos sido elegidos por la Gran Madre Alquimista.

El discurso de Osiris sorprendió sobremanera a la niña de la Sexta Luna, que no sabía nada de esta historia.

—Pero tú no tienes una estrella roja en la palma de la mano como la mía —replicó Nina.

—No, nosotros los dioses egipcios no tenemos ese signo mágico. Pero somos también alquimistas y pertenecemos desde siempre a la Sexta Luna. Yo he sido elegido para servirte de guía en este viaje, como lo fue antes que yo tu antepasado Hamoi Aturi, que te ayudó en la Isla de Pascua —respondió serenamente Osiris mostrando su cetro, el Uas.

—Por consiguiente, tú lo sabes todo de mí y de la búsqueda del Segundo Arcano. Tengo que darte las gracias porque sin ti no habríamos conseguido derrotar a Karkon.

La pequeña alquimista, que observaba el cetro de Osiris mientras hablaba, añadió:

—Es parecido a mi Taldom. ¿Tiene los mismos poderes? —preguntó cada vez más confusa.

—El Uas es el modelo más antiguo de Taldom. También yo puedo volver a Xórax usándolo y volando con la Toiran. El cetro y la nave son privilegios de los que sólo los dioses egipcios gozamos. Pero ahora estoy aquí para ayudaros a buscar el Segundo Arcano —explicó Osiris observando a los niños. Pero Nina le interrumpió bruscamente, porque la niña y sus compañeros querían saber qué era de su querida amiga Flor:

—¡Debemos encontrar a Flor! Se ha quedado rezagada en la Estancia de la Muerte Danzante y tenemos miedo... por ella.

—¿Flor? La niña delgada y de cabellos negros está ahí, dentro del sarcófago de cristal. Yo la he traído.

La divinidad egipcia se quedó en silencio y con aire muy grave se levantó señalando la Toiran.

—¿Qué le ha sucedido a Flor? —preguntó Nina agitadísima.

—Ha muerto.

La seca y trágica respuesta de Osiris heló la sangre de los niños. Tras unos segundos paralizados por la noticia, se precipitaron a la carrera hacia el sarcófago de cristal.

Allí estaba su amiga, palidísima, con la frente marcada por las heridas que le había provocado el platillo cortacabezas. Inmóvil y sin respiración.

—¡¡¡Floooooooor!!! —gritaron desesperados sus amigos.

Roxy se lanzó sobre ella y se puso a sacudirla, mientras Cesco, que por lo general era el más activo, se arrodilló y se cubrió el rostro con las manos. La pequeña alquimista, que sostenía el Taldom, miró a su amiga y no logró decir ni una palabra, pero sus grandes ojos azules se llenaron de lágrimas.

—¡Muerta! Pero ¿cómo es posible? ¡Tenemos que hacerla revivir! ¡No podemos haberla perdido así! —gritó Roxy presa de la angustia.

Osiris se acercó y cogió a Nina de la mano:

—Hay una posibilidad de hacerla volver a la vida —dijo indicando el gran recipiente circular de granito rosa que estaba junto al sarcófago.

—¿Qué hemos de hacer? Dínoslo ahora mismo. No hay tiempo —respondió la pequeña alquimista angustiada colocándose a toda velocidad junto al recipiente.

—Éste es el Sikkim Qadim, el antiguo cuchillo usado en los

sacrificios —dijo Osiris mostrando un cuchillo de fina hoja con mango de oro y de plata. La aterrorizada mirada de los niños se detuvo en la hoja afiladísima.

—¿Qué quieres hacer con… con ese cuchillo? —preguntó Roxy con voz temblorosa, aferrándose al sarcófago de cristal.

—Para hacer volver a la vida a vuestra pequeña amiga necesito tres gotas de sangre de otra niña. Pero quien decida entregarlas debe tener mucho valor, porque arriesga la vida.

Más claro imposible. Cesco no podía ayudar a Flor porque era el único chico, por tanto la elección estaba entre Nina y Roxy.

—Estoy lista, daré mi sangre.

La voz era la de la niña de la Sexta Luna, que había dado un paso adelante hacia Osiris.

—¡No! —gritó Roxy—. Me toca a mí. No te puedes arriesgar. Eres la niña de la Sexta Luna y debes concluir la misión para hacer volver los pensamientos de los niños y salvar el planeta. Por tanto seré yo la que done la sangre a Flor.

Aquel gesto de Roxy era verdaderamente de gran valor.

Nina bajó los ojos, asintiendo y pensando que por nada del mundo hubiera querido llegar a poner en aquel peligro a sus amigos. Los tres niños se abrazaron frente al cuerpo sin vida de su amiga y después la niña de los rizos rubios se acercó a Osiris, lista para afrontar la peligrosa prueba.

Delante del recipiente que contenía el líquido amarillo, la deidad egipcia alzó el Uas y con la otra mano mojó la hoja del Sikkim Qadim con el líquido. De improviso una nube de humo azulado salida de la nada cubrió de la cabeza a los pies a Roxy, que cayó a tierra sin sentido.

Osiris la tomó en brazos y se dirigió hacia el atril sobre el cual estaba abierto el antiguo Libro.

—Éste es el Libro de los Muertos. Es el texto sagrado que

permite viajar a los cuerpos, pero también revivirlos mediante el Rito de la Vida. Sólo este libro puede devolver la vida a Flor gracias al valor de Roxy.

Mientras pronunciaba estas palabras el dios posó la mirada primero sobre Nina y Cesco, y después, con infinita ternura, sobre la niña inerme que llevaba en los brazos.

—¿El Libro de los Muertos nos ayudará de verdad? —preguntó la niña de la Sexta Luna con un hilo de voz.

—Es nuestra única esperanza —respondió el dios.

En cuanto Osiris dejó el cuerpo de Roxy en tierra, se encendieron en el aire cuatro llamitas, junto al atril y, suspendidas sobre el Libro, empezaron a fluctuar emanando un humo violáceo y perfumadísimo. El Libro de los Muertos se abrió; las páginas pasaban y pasaban hasta que llegaron a un punto en el que se leía....

Una voz profunda, proveniente de lo alto, pronunció las frases mágicas que daban comienzo al rito egipcio:

El Rito de la Vida puede hacerse una sola vez
porque el cuerpo humano no puede soportarlo.
Tres gotas de sangre amiga
hay que verter sobre el cuerpo que se va a salvar.
Pero si la luz no resplandece,
el hálito de la vida jamás volverá.

Nina y Cesco, inmóviles como si fueran de piedra, contemplaban la escena con los ojos muy abiertos, sin respirar.

La voz calló, el Libro de los Muertos se cerró y las cuatro llamitas se unieron en una gran llamarada que, como por un soplo de viento, se desvaneció, dejando un perfume intensísimo en la estancia.

Osiris empuñó el cuchillo y, con un gesto hábil, pinchó tres veces la frente de Roxy. Tres gotas de sangre salieron y volaron mágicamente hacia Flor, posándose en sus heridas. La deidad volvió a tomar a Roxy en brazos, se dirigió hacia el sarcófago y la depositó, todavía privada de los sentidos, junto a su amiga muerta. El féretro de cristal empezó a vibrar: después de algunos segundos se iluminó con una cegadora luz roja y se oyeron gritos estremecedores. Nina y Cesco cerraron los ojos e inclinaron la cabeza. ¡Tenían demasiado miedo para contemplar aquel espectáculo pavoroso!

Como por ensalmo, Flor abrió entonces los ojos, suspiró profundamente y boqueó como si fuera un pez fuera del agua.

Roxy se despertó de golpe, gritando. Las dos niñas, alteradas y despavoridas, se miraron y se abrazaron llorando. Cesco y la pequeña alquimista corrieron hacia ellas. La felicidad de reencontrarse, de estar juntos y vivos, fue tan grande, que durante un rato no pudieron articular palabra por la emoción. Flor se tocaba la frente y decía:

—¡Las momias me han golpeado aquí, ha sido terrible, he pasado tanto miedo!

Roxy le acarició la cara y contestó:

—Ni siquiera tienes una cicatriz, no ha quedado ni rastro. Estás guapísima y estás viva.

La pequeña alquimista miró a sus amigas y, con una gran sonrisa, confortó a Roxy:

—Tampoco tú tienes señales en la cara. El cuchillo que ha usado Osiris no ha dejado rastro.

Flor le dio un beso en la mejilla a su salvadora y declaró:

—Somos amigas del alma, Roxy. Nunca nadie nos separará.

Roxy, que no había perdido ni un ápice de su sarcasmo, le dio un golpecito en la espalda y respondió:

—Menuda niña miedica estás hecha. ¡Eh, eh, atención, que te devuelvo donde están las arañas!

¡Por fin la risa liberadora!

Lo peor parecía haber pasado y Flor, que se daba cuenta en

aquel momento de que había acabado en un sarcófago de cristal emplazado en una nave escondida dentro de la Esfinge, se levantó tambaleante y miró estupefacta a la deidad egipcia que tenía enfrente.

—Tranquila —la confortó Cesco—, es Osiris: nos hemos salvado gracias a él. Mientras tú estabas muerta, Nina ha luchado contra Karkon y el León Alado.

—El León Alado… —repitió la niña, cada vez más confusa.

—Sí, el conde ha aparecido en Egipto montado en el León y ahora nos espera fuera, entre las dunas y las pirámides. También el Gughi ha resultado herido. Tenemos que ir a buscarlo, ¡de otro modo jamás lograremos volver a casa! —añadió preocupada Nina.

Osiris se acercó al timón de la Toiran y, con aire satisfecho, dijo:

—El Gughi volverá a la Sexta Luna porque otro pájaro mágico está preparado para ayudarlo.

—¿Otro pájaro? —preguntaron a coro los niños.

—Sí, el Fénix Árabe. Es un animal mágico, símbolo del eterno renacimiento. Muere entre llamas y de sus mismas cenizas renace cantando. Mirad, la proa de esta nave lleva su imagen.

Esta explicación de Osiris encantó a los niños, que observaron con curiosidad la proa de la Toiran.

—¿Y dónde está ahora? —preguntó Nina, que temía por la suerte del Gughi.

—Se alzará entre las dunas dentro de unos momentos y así el pájaro de la Sexta Luna podrá volar tranquilamente hasta Xórax —respondió la deidad egipcia apoyando las manos en el timón. Después añadió:

—Vosotros volveréis a casa con la Toiran. Yo he concluido mi misión. ¡Buena suerte!

Osiris se llevó el Uas al centro del pecho y el cetro se iluminó. La deidad se fue haciendo más y más luminosa y transparente: en una fracción de segundo su cuerpo se convirtió en una cascada de cristales de plata.

—¡¡Nooo!! ¡No nos dejes! —gritó la pequeña alquimista extendiendo las manos hacia delante como para agarrar al dios que les había ayudado. Pero Osiris desapareció dejando a los niños dentro de la Esfinge. Angustiados y muertos de miedo, miraban a todas partes y observaban la nave sin entender qué habían de hacer. Entonces, en la parte central de una de las paredes de la estancia, se abrió de improviso un vano por el cual se veían desde arriba las impresionantes pirámides y una parte del desierto.

Frente a los ojos despavoridos del grupo apareció, desde detrás de las dunas, el Fénix Árabe. El pájaro mágico resplandecía y sus plumas rojo rubí lanzaban destellos arrancados por los rayos del sol. Batía las alas acompasadamente y su canto melodioso atrajo la atención del Gughi que, herido en la pata, salió de su escondite arrastrándose por la arena. El Fénix Árabe se posó junto a él, agitó las alas y una suerte de llamarada deslumbrante lo envolvió. Ningún grito de dolor, ningún gemido: en el desierto sólo se oía el canto del pájaro. El fuego lo consumió en un instante y las mágicas cenizas envolvieron también al Gughi, que desapareció suavemente en la nada.

Había volado misteriosamente a la Sexta Luna. Estaba a salvo.

De las cenizas que aún lanzaban destellos surgieron entonces las alas del Fénix Árabe y pronto todo lo demás: el ave había renacido y estaba lista para levantar el vuelo hacia el horizonte.

—¡Increíble! —susurró Flor. Roxy, Nina y Cesco se habían quedado de piedra contemplando la escena.

—¡El Gughi se ha salvado! ¡Viva! —grito exaltada la niña de la Sexta Luna oprimiendo el Taldom con fuerza contra su pecho—. Espero que ya esté con Etérea y con los demás animales de Xórax. Lo deseo con todo mi corazón.

Pero la alegría de Nina duró pocos instantes porque una sombra insidiosa atravesó el cielo: llegaba Karkon montado sobre el León Alado. El conde estaba lívido de rabia, había dejado escapar al Gughi sin poder hacer nada y no conseguía dar con los

niños. Roxy empujó hacia atrás a los tres amigos y los hizo agacharse:

—¡Cuidado, no debemos permitir que nos vea!

—Karkon se acerca, pero no creo que nos encuentre. No sabe cómo entrar aquí, en la Esfinge —respondió la pequeña alquimista tranquilizando a sus amigos.

Pero Cesco distaba mucho de estar tranquilo:

—Osiris se ha ido sin explicarnos cómo debemos hacer funcionar la Toiran. Debe de ser muy complicado.

El niño tenía razón: ¡ninguno de ellos sabía cómo usar la nave para volver a casa anulando el tiempo!

Empezaron pues a buscar la solución del problema: mientras Cesco comprobaba que el canope y los papiros estaban intactos, Nina sacó las cuatro páginas del Strade Mundi que, aunque un poco quemadas y deterioradas eran todavía, y por suerte, legibles.

—Fijaos en esto: son dibujos de la Esfinge y de la Toiran —dijo Nina indicando las páginas donde el timón y el Libro de los Muertos estaban rodeados de rojo.

—El secreto de la Toiran está escondido entre las páginas de ese Libro. Pero aunque descubramos cómo volver a casa volando con la nave seguimos teniendo graves problemas.

—¿Por qué? —preguntaron los otros.

—Porque todavía no hemos encontrado ninguna señal que nos indique el Segundo Arcano. ¿Se os ha olvidado que ése es el motivo por el cual hemos venido a Egipto?

La niña de la Sexta Luna tenía razón. La misión distaba mucho de haber concluido.

Flor y Roxy se sentaron desconsoladas en el sarcófago de cristal; Cesco, que se reclinaba contra el recipiente de granito se alzó y, bastante nervioso, preguntó a Nina:

—¿Pero no hay una fórmula alquímica que pueda ayudarnos? Tal vez el polvo de rubí que nos ha traído hasta aquí sirva para algo…

La niña de la Sexta Luna sonrió y abrazó a Cesco:

—¡Eres genial! No lo había pensado. ¡Qué haríamos sin ti! Sin todos vosotros… Vamos a ver el Libro de los Muertos; quién sabe, quizá usando el Taldom este sagrado texto me hable.

Nina quería intentarlo; por otra parte no tenía ninguna alternativa. Apuntó el Taldom hacia el Libro y la cubierta se levantó inmediatamente:

—¡Funciona!

Una pequeña hojita de papiro salió entonces del Libro y cayó al suelo. Cesco la recogió y la leyó junto a Nina. La frase estaba escrita en la lengua de Xórax.

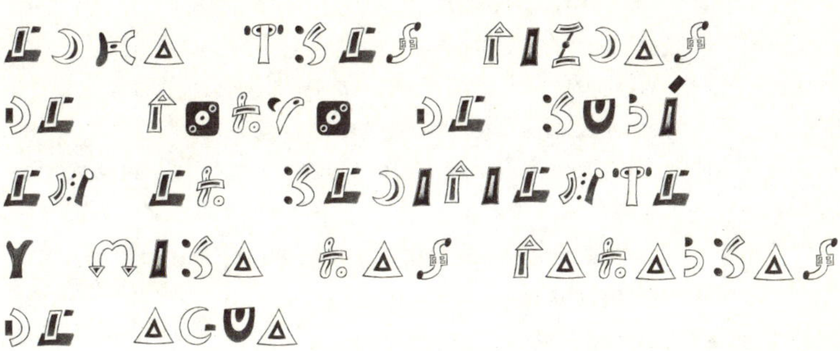

La pequeña alquimista sacó la bolsita del bolsillo del peto, vertió un poco de polvo de rubí y se volvió a los otros:

—Leed conmigo las palabras que se formarán en el agua.

El polvo rojo se disolvió en el líquido amarillo y, como por ensalmo, aparecieron dos palabras escritas con los caracteres del alfabeto de Xórax:

—Abdir Seiat —leyeron en voz alta.

—Pero ¿qué significa? —preguntó Flor con un hilo de voz.

—No lo sé, pero me da la impresión de que se trata de las palabras que debemos usar en el laboratorio de Karkon para desbloquear el Segundo Arcano.

Roxy y Cesco miraron atónitos a Nina.

—¿Os acordáis de que para el Primer Arcano, el Atanor, mi antepasado Hamoi Aturi me había dejado la frase «Mairobi tj Kutanga»?

—¡Ah, sí, es verdad! —exclamaron sus amigos.

—Bien, ahora tenemos que teclear en el laboratorio K de Karkon «Abdir Seiat» después de haber liberado el Segundo Arcano apresado en la Estancia de los Encantamientos. Y esta vez encontraremos rápidamente la secuencia numérica y podremos cambiarla usando los números que he conseguido en el Cero Brumoso. Tenemos también la Charta Mater y el Grafito Violeta: la solución tendría que ser fácil.

Nina había sido muy precisa en la explicación, pero Roxy le hizo una pregunta más bien insidiosa:

—El Primer Arcano era el Atanor, el Fuego Eterno, pero ¿cuál es el Segundo? ¿La Tierra, el Agua o el Aire?

La pequeña alquimista miró a su amiga y después se giró hacia los otros:

—Esto lo sabremos sólo cuando estemos delante de las máquinas encantadas de Karkon. No es el Agua, porque en los Apuntes del conde estaba escrito que el Cuarto Arcano está escondido en un lugar secretísimo. En la Estancia de los Encantamientos se encuentran el Aire y la Tierra. En cualquier caso —continuó la niña dirigiéndose nuevamente hacia el Libro de los Muertos—, ahora debemos partir y hacer que funcione esta antigua nave.

Apenas había concluido Nina de hablar cuando Flor lanzó un grito de estupor:

—¡Ehhhh, las golondrinas! ¡Mirad: vuelan entre las pirámides!

Por la pequeña ventana de la Esfinge los niños asistieron a un espectáculo maravilloso. Habían encontrado la frase para desvelar el Segundo Arcano y las golondrinas volaban de nuevo, transportando los pensamientos de los niños del mundo, y recuperando la fantasía y la creatividad.

Habían dado el primer paso: el Pensamiento de la Vida había alimentado una vez más el Mirabilis Fantasio de Xórax.

Pero la aventura no había terminado, estaba claro. Karkon había visto el vuelo de las golondrinas y había comprendido que los niños estaban a punto de volver a la Tierra. Pero ¿cómo, teniendo en cuenta que el Gughi había desaparecido? El conde vagaba rabioso por el cielo egipcio a lomos del León Alado gritando como un poseso el nombre de Nina y de sus amigos.

La niña de la Sexta Luna sonrió feliz al ver que las golondrinas habían levantado el vuelo. Ahora, sin embargo, debían volver a casa sin pérdida de tiempo. Montones de cosas quedaban por hacer: buscar el Segundo Arcano en la Estancia de los Encantamientos, vigilar los movimientos del alcalde LSL y defender a Dodo de las acusaciones que pesaban sobre él. Nina cogió el folio con los dibujos de la Toiran intentando averiguar, junto con sus amigos, cómo hacer funcionar la nave de los faraones.

—Mirad, junto al dibujo del timón hay una serie de letras. Parece el alfabeto de la Sexta Luna…

La observación de Cesco fue importantísima. En efecto, sobre el timón de la Toiran estaban las veintisiete letras del alfabeto en relieve.

—¡Parecen botones! Puede que haya que apretarlos formando alguna palabra.

Diciendo esto, Roxy se aproximó al timón y la niña de la Sexta Luna intuyó al punto lo que había que hacer.

—Osiris nos ha explicado que la nave volaba a Xórax, pero no sólo allí. El mapa del cielo estrellado pintado sobre el techo indica distintos recorridos, lo que significa que debemos oprimir las letras del nombre del lugar donde queremos ir.

—Claro, tienes razón. Seguro que es así, pero tenemos que tener cuidado de no terminar en otro planeta. Venecia es nuestra meta —objetó inquieto Cesco. Después añadió:

—Ya estamos en la Tierra, lo único es que ésta no es nuestra época. Es necesario anular el tiempo y el espacio, de otro modo quién sabe dónde acabaremos.

Los niños se agarraron unos a otros para darse valor y la pequeña alquimista dijo entonces:

—En mi opinión, esta nave anula el espacio y el tiempo. De otro modo, ¿cómo se las arreglaban los egipcios para navegar por el Universo? Y además si Osiris nos ha dicho que volvamos con esta nave significa que es posible. Ahora apretaré los botones de las letras que forman la palabra Venecia y la Toiran nos devolverá a casa, estoy segura.

—Esperemos que sea como dices… —respondieron sus amigos confiando en la solución que la pequeña alquimista proponía.

En cuanto Nina hubo presionado la última letra, la Toiran comenzó a temblar y del Libro de los Muertos salió un chorro de agua dorada que se evaporó al instante, creando una espesa niebla que envolvió toda la estancia. Los niños se cogieron de la mano y, tambaleándose, decidieron sentarse. El Taldom Lux se iluminó y se puso a vibrar como loco. El mapa del cielo estrellado empezó a latir como un corazón; el techo se hinchaba y crecía provocando un ruido similar al de una respiración. El planeta Tierra estaba iluminado por una línea de plata y en un abrir y cerrar de ojos se hizo gigantesco, tanto que ocupaba el techo entero. El signo plateado se dirigió hacia un punto preciso, golpeó en el centro de Italia y, como una serpiente luminosa, corrió hacia Venecia. Allí se detuvo.

Sólo entonces la nave de los faraones se elevó del pavimento mientras el sarcófago de cristal vacío se cerraba, el timón de oro giraba a toda velocidad y los niños, agarrados unos a otros, miraban atónitos a su alrededor. El techo se transformó nuevamente y el gran planeta Tierra fue sustituido por un cielo negro festoneado de espléndidas estrellas. La Toiran, inmersa en el vapor dorado, inició su viaje llevando a sus insólitos pasajeros hacia la meta.

La nave volaba en el espacio dejando tras de sí una estela luminosa; rolaba a izquierda y a derecha como si de verdad navegase en el mar, y se alzaba y se zambullía atravesando masas fluorescentes de relámpagos y de luces cegadoras que recordaban olas majestuosas. Los niños, con los ojos desorbitados, miraban aquel escenario mágico, transportados a una dimensión indescriptible que jamás habrían podido imaginar. Vagaban en medio de un Universo silencioso y libre. Nada parecía importante en aquel momento: la belleza del infinito provocaba una alegría tan grande que no podía describirse con palabras. Inmersos en el espacio, los cuatro amigos vieron pasar junto a la Toiran meteoros grandes y pequeños, colas de cometas deslumbrantes y millones y millones de estrellas encantadas.

De improviso la oscuridad iluminada por la luz intermitente de las estrellas desapareció y en el horizonte surgió una espesa barrera gris, hacia la cual la nave se precipitó a toda velocidad: la proa del Fénix Árabe penetró en el obstáculo deshaciéndolo y abriendo en él un hueco que llevaba directamente a la atmósfera terrestre. El impacto provocó una fuerte sacudida y los niños fueron proyectados contra el timón; Roxy se deslizó junto al atril donde estaba el Libro de los Muertos, que quedó mila-

grosamente en pie, mientras Nina y Flor se agarraban al gran recipiente de granito.

Después volvió la calma. Sintieron una ráfaga de viento gélido que les hizo castañetear los dientes y se refugiaron debajo de la proa. La Toiran volaba silenciosa en la oscuridad de la noche, atravesando leves nubes azuladas, mientras la Luna, grande y redonda, iluminaba la extraña embarcación que descendía lentamente del cielo hacia la laguna de Venecia.

—¡Agua! ¡Mirad, es la laguna! ¡Estamos en casa! —gritó Cesco sujetándose las gafas con las dos manos.

—Sí, sí, ¡por fin en casa! —dijo la niña de la Sexta Luna, que alzó el Taldom y lo besó, feliz.

La nave se posó delicadamente en el espejo de agua y, cuando estuvo a pocos metros de Villa Espasia, exactamente sobre donde, a unos cuantos metros de profundidad, se encontraba el secretísimo Acqueo Profundis, se detuvo. El vapor dorado se extendió todo alrededor, como una neblina sutil, mientras el Taldom se ponía a vibrar de nuevo y se iluminaba entre las manos de Nina. Del pico del Gughi que coronaba el Taldom Lux salió entonces un círculo luminoso que abrazó a los cuatro niños levantándolos y sacándolos de la nave. Suspendido en el aire frío de la tarde otoñal, el grupo de amigos vio como la Toiran levantaba nuevamente el vuelo para volver mágicamente al Antiguo Egipto, hacia su lugar de reposo en la Estancia Secreta de la Esfinge.

El círculo luminoso creado por el Taldom se transformó entonces en una especie de cono de aire, que envolvió a los niños y los llevó al Acqueo Profundis.

De este modo, Roxy, Flor, Nina y Cesco comparecieron delante de Max 10-p1 que, con una gran sonrisa, se inclinó ante ellos y dijo:

—¡Bienvenidox! ¡Xeguimos extando en el domingo 26 de octubre y continúan xiendo las 20 horax, 22 minutox y 4 xegundox! ¿Cómo ha ido el viaje a lax pirámidex?

—¡Max! Qué alegría volverte a ver. ¡Ha sido un viaje magnífico! ¡Pero también ha sido espantoso! —se apresuró a responder Flor que no veía la hora de contar la terrible aventura que había vivido junto a Roxy.

Max hizo sacudir sus orejas en forma de campana y preguntó con rostro serio:

—¿Expantoxo?

—¡Sí, Max, horrible! —confirmó Nina, mientras comprobaba que el canope y los papiros seguían enteros.

—Flor estuvo muerta y Roxy donó su sangre para hacerla revivir. Y todo gracias a la intervención de Osiris —explicó apresuradamente Cesco mientas limpiaba los cristales de las gafas.

—¡Puex vaya! ¡Qué hixtoria! ¡Xoix verdaderamente valeroxox! —comentó Max, que se acercó a Flor para comprobar que estaba bien y añadió—: ox habéix encontrado incluxo con el mítico Oxirix. También yo le vi una vez en la Xexta Luna y me causó imprexión: ¡con exa piel verde que tiene no rexulta precixamente guapo!

El complejo robot de metal hizo oscilar todo el cuerpo y les dio un beso a los cuatro. Después, señalando al androide Andora, dijo:

—Ahora xigo con ella: voy a ponerle otrox dox tornillox en lax piernax. Xe extá portando bien y ha dejado de parecer peligroxa. Pronto la pondré de nuevo en pie, axí me ayudará a limpiar el laboratorio. He dexcubierto que un androide femenino me viene muy bien.

Roxy se acercó y preguntó burlonamente:

—Max, ¿no te habrás enamorado un poco de Andora?

El robot se dio la vuelta de golpe, hizo girar a toda velocidad las orejas en forma de campana, cruzó los ojos, sacudió la cabeza y, ofendidísimo, respondió:

—¿Yo… yo… enamorado? ¡Nunca! ¡Nunca jamáx!

Dicho esto se separó de los niños haciendo sonar sus pies metálicos. Los amigos no pudieron aguantar la carcajada: era evidente que su amigo androide estaba muy turbado.

—¿Creéis que el Gughi estará bien? —preguntó Flor aproximándose a la gran pantalla del laboratorio.

—Pues mira, podemos preguntárselo a Etérea —propuso Cesco, pero la pequeña alquimista sacó la Pluma del Gughi y, agitándola en el aire, hizo entender a los amigos que gracias a ella podían comprobar si el ave de la Sexta Luna estaba curada.

Nina frotó la Pluma y la esfera verde esmeralda apareció en medio del Acqueo Profundis. Las imágenes eran nítidas: en la lontananza se vislumbraban los cúmulos de goasil y de rubíes, junto a ellos despuntaban las altas plantas de fustala y un hermoso prado de perfumadísimos misylos. La esfera giraba lentamente, los niños miraban con gran curiosidad y en aquel momento divisaron el pico del Gughi. El pájaro entrecerró sus ojazos y les enseñó la pata curada, volando en torno a las fustalas y sonriendo feliz. Nina le envió un beso y los demás le saludaron agitando las manos.

—¡Hasta la próxima aventura, querido Gughi! ¡Hasta pronto! —dijo la niña de la Sexta Luna poco antes de que la esfera se desvaneciera en la nada.

Max escuchó en silencio la narración de los niños, porque todavía estaba de mal humor por las insinuaciones de Roxy. Con cierto nerviosismo agarró un tarro grande de mermelada y… ¡se comió la mitad en dos segundos!

Roxy cogió la vasija que contenía el Grafito Violeta, Cesco desenrolló el papiro de la Charta Mater y Nina entregó el saquito con el resto del polvo de rubí a Flor, que canturreaba una cancioncilla romántica mirando irónicamente a Max.

Cuando terminaron, salieron del Acqueo Profundis dejando al androide mosqueado, y se dirigieron al laboratorio de la villa donde se sentaron en el suelo, exhaustos: la tensión del viaje les pasaba factura.

Las sugestivas imágenes de la aventura en el Antiguo Egipto llenaban todavía sus ojos, pero la fatiga y el hambre empezaron a dejarse sentir.

—Estamos muertos de cansancio, Nina —dijo Cesco bostezando abiertamente—. Nosotros nos vamos a casa; mañana es lunes y tenemos que ir al colegio.

—Sí, a primera hora hay clase de inglés —añadió Flor estirándose.

Roxy se llevó las manos a la altura del estómago y dijo:

—¡Tengo hambre! No veo la hora de cenar. Mi madre tendrá ya todo preparado y yo, como de costumbre, llego tarde.

La niña de la Sexta Luna cruzó los brazos, se apoyó en la mesa de los experimentos, sonrió y dijo:

—Gracias, de verdad, sois unos amigos fantásticos. Hemos superado pruebas terribles y estoy segura de que nos esperan otras. Pero estoy convencida de que conseguiremos salvar Xórax. Por hoyya hemos hecho bastante. El pérfido Karkon estará seguramente volviendo de Egipto con su maldito León.

Sí, el León Alado. Si aquella tarde alguien hubiera observado la estatua de mármol de la columna de la plaza de San Marcos no se habría dado cuenta de nada. Por otra parte, la anulación del tiempo era un gran invento: tal como les sucedía a Nina y a sus amigos, que se marchaban y regresaban sin que las manecillas del reloj se movieran ni un solo segundo, tampoco el León había desaparecido ni un momento de su columna. Los venecianos lo habían visto allí, inmóvil, mientras que en realidad estaba fuera del tiempo y del espacio: ¡había terminado nada menos que en otra época junto al pérfido conde!

Cesco no pudo dejar de manifestar una duda:

—¿Y si antes de viajar en el tiempo sus ojos hubieran emitido la luz violeta? Quizá alguien lo haya visto… ¡y entonces se desatarán otras polémicas sobre la magia! ¡Y además, Dodo corre peligro!

Flor experimentó un sobresalto, Nina le dio un puñetazo a una pared y Roxy exclamó:

—¡Más problemas! ¡No puedo más!

El reloj marcaba exactamente las 21 horas. Los niños salieron a la carrera del laboratorio y, cuando llegaban al vestíbulo de la villa, se encontraron con Ljuba, visiblemente enfadada y con un cucharón en la mano; también estaba allí el profesor José, que se quitaba el sombrero y la capa.

—¡Hola, chicos! Acabo de llegar. Hay muchas novedades…

Ljuba se rindió a los hechos y, desconsolada, sólo logró decir:

—La cena está preparada y la mesa puesta. ¿Qué tengo que hacer contigo, Nina? Esperaba que al menos la tarde de tu cumpleaños te hubieras quedado un rato conmigo…

La niña de la Sexta Luna la abrazó y dijo:

—¡Ah, sí, todavía es mi cumpleaños!

—Bien, ¿acaso se te había olvidado? —contestó la tata rusa con una mueca—. Lo normal es que los niños no se olviden de las lasañas… las patatas fritas… ¡por no decir de la tarta!

—¡No, no! Es que éste me parece el cumpleaños más largo

de mi vida —respondió la pequeña alquimista riendo divertida—. ¡Ahora nos sentaremos a la mesa con José y ya verás como acabamos con tu estupenda lasaña!

Nina consiguió apaciguar a Merengue que, con la sonrisa en los labios, se dirigió satisfecha a la cocina para traer sus deliciosos platos.

—En resumen, profesor José, ¿qué ha sucedido? —preguntó Roxy, que no veía la hora de ir a cenar.

—Esta tarde, mientras vosotros estabais aquí… estudiando… digámoslo así… —respondió en tono irónico el maestro español—, yo me encontraba en casa de Dodo, cuando dos guardias han aporreado la puerta. He abierto, se han colado dentro y se han ido directamente a la habitación de vuestro amigo para comprobar que estuviera verdaderamente en la cama, enfermo. Le han preguntado a bocajarro si había ido a la plaza y si había notado cualquier cosa fuera de lo normal y, en suma, si había visto una luz violeta salir de la estatua del León. Dodo, naturalmente, contestó que no se había movido de casa, y yo, que le veía muy nervioso, lo he confirmado todo, procurando tranquilizar también a los dos guardias. Pero éstos no estaban convencidos del todo y, antes de salir, nos han dicho que tuviéramos muy en cuenta que nada de hablar del León Alado. Extraño comportamiento ¿no? Estoy seguro de que es todo una maniobra del alcalde LSL.

La narración de José alteró mucho a los niños y Nina se puso muy seria. Cesco dijo entonces:

—Veamos. Han descubierto que el León ha desaparecido de nuevo. Sabía que iban a ir a buscar a Dodo para echarle la culpa, para demostrar que es él el que habla de magia y el que hace que sucedan estas cosas tan raras —dijo Cesco mordiéndose los labios de los nervios.

La niña de la Sexta Luna respondió:

—Tenemos que estar alerta y no caer en ninguna trampa. Ahora idos a casa. En el alcalde pensaremos mañana; entre tanto Karkon habrá vuelto, y con él el León. Nuestra esperanza es que nadie se haya dado cuenta de nada.

El razonamiento de la pequeña alquimista era inobjetable y sus amigos se tranquilizaron.

—De acuerdo, nos vemos mañana después de comer en casa de Dodo —dijo Roxy abriendo el portón de la villa. Los tres salieron y en aquel momento entró Carlo Bernotti con un ramillete de rosas:

—¡Señorita, son para usted! ¡Feliz cumpleaños!

La pequeña alquimista enrojeció y, emocionadísima, le agradeció el detalle al jardinero con una pequeña reverencia zalamera. Carlo fue a reunirse con Ljuba en la cocina.

En cuanto se quedaron solos, el profesor José alzó el índice de la mano derecha y lo sacudió delante de la nariz de la niña:

—Escucha, Nina, esa historia del León debe acabarse cuanto antes. No quiero saber qué habéis hecho ni dónde habéis ido…

La niña le interrumpió:

—No, efectivamente, no puedo decirle nada. Pero le ruego que nos ayude a combatir al alcalde. La magia del León es auténtica y no es posible bloquearla; todo es culpa del conde Karkon Ca' d'Oro. El alcalde LSL y él se han puesto de acuerdo para echarle la culpa a Dodo y a todos nosotros.

La niña de la Sexta Luna se interrumpió en seco: no podía seguir dando explicaciones porque llegaban Carlo y Merengue.

—La cena está servida. ¿Nos sentamos? —Ljuba, con extrema delicadeza, cogió por el brazo a Nina y por fin los cuatro se sentaron a la mesa.

—¡Feliz cumpleaños, Nina, que la vida te sonría siempre! —le deseó el profesor José. Después levantó su vaso y brindó.

La velada terminó alegremente, aunque la niña no se había olvidado de lo que le esperaba. Su mente daba vueltas y más vueltas, porque debía encontrar una solución para entrar en la Estancia de los Encantamientos del conde y evitar al mismo tiempo que el alcalde decidiese llevar a su amigo Dodo a juicio y luego a la cárcel.

Exactamente a medianoche, José y Carlo se fueron a dormir en las dependencias de la villa canturreando tonadas españolas, mientras que Ljuba apagaba las luces y las velas, y le deseaba buenas noches a la pequeña alquimista, que subió la escalera de caracol mientras Adonis y Platón correteaban pasándole entre los pies.

Cansada y preocupada, la niña de la Sexta Luna se dejó caer en el lecho y poco a poco sintió que su miedo aumentaba: le vino a la mente el sueño del monje y de su Voz Persuasiva, el aliento fétido de Karkon y aquella extraña palabra que había pronunciado, «SUASIO», que la hacía temblar.

«No, no, no quiero tener ese sueño nunca más», pensó poniéndose las manos sobre los ojos. «No volveré a beber el Potasio; quizá sea exactamente esa poción la que me ha hecho vulnerable, y la Voz se ha dejado sentir sin que yo pudiese anularla.»

Nina, aterrorizada y confusa, esperaba que Etérea o el abuelo la ayudaran a no soñar más con aquel monje tan inquietante. Sus pensamientos se sucedían a un ritmo agotador, y la niña intentó convencerse de que el Libro Parlante le había hecho encontrar la misiva para derrotar la Voz: «El *Systema Magicum Universi* no me ha traicionado nunca, y si ha hablado de una carta que me salvará, quiere decir que es cierto. Debo esperar con paciencia y desvelar el Segundo Arcano».

La pequeña alquimista daba vueltas nerviosamente tirando de las suaves sábanas: no tenía ninguna gana de dormir porque temía que aquel monje horrible entrase de nuevo en sus sueños.

Platón y Adonis saltaron sobre el lecho y la distrajeron momentáneamente de pensamientos desagradables: así pues, acurrucada entre los dos animales, se relajó mirando por la ventana. Había un bellísimo cielo estrellado, la luna llena brillaba en lo alto y la pequeña alquimista cerró los ojos recordando la majestuosa música de la Sexta Luna. El misterio de la Octava Nota había sido desvelado y, si la armonía del Universo había derrotado a las horrendas momias egipcias, entonces todo el mal podía ser vencido. Incluso el de Karkon.

Capítulo 7

El Hauá y la voz de Ondula

El conde Karkon se materializó en la estancia entre rayos y destellos de fuego, se sacudió un poco de arena que llevaba adherida al manto, se volvió hacia la chimenea y escupió dentro. Después, con rabia, dejó en la mesa el Pandemon Mortalis y la copia del Jambir. En ese mismo momento, a pocos metros de distancia del palacio Ca' d'Oro, justo en la plaza de San Marcos, la estatua de mármol posada sobre la columna sufrió un estremecimiento y sus ojos se iluminaron durante un momento de violeta, recogiendo la esencia vital del felino: el encantamiento perdió temporalmente su efecto y el León Alado se volvió frío e inmóvil como si nada hubiera sucedido. El retorno del pasado no había supuesto ninguna dificultad.

Aunque era noche cerrada, Karkon no tenía ninguna intención de acostarse. La sospecha de que los niños estaban todavía en Egipto, escondidos en algún lugar secreto y protegidos por Osiris le atormentaba. Salió al pasillo tirando al suelo hojas, sillas y alambiques, y llamó a sus alumnos gritando a pleno pulmón, a tal punto que los androides se despertaron sobresaltados y comparecieron de inmediato encendiendo las luces de la estancia.

—¡Venga, despertaos, que no sois más que unos gandules!

La voz penetró con violencia en las orejas de Visciolo, que se había instalado en la Sala de Mantenimiento de los Aparatos Mecánicos.

Karkon, seguido de Alvise y Barbesa, todavía en pijama, bajó al laboratorio K e intentó ponerse en contacto con su androide preferido, Andora, pero los impulsos que mandaba no suscitaban respuesta alguna.

En realidad, el ordenador preparado por Max 10-p1 funcionaba a la perfección, pero el pérfido mago, obviamente, no podía saberlo.

—Esa maldita bruja ha bloqueado todas las comunicaciones con mi androide; ni siquiera consigo saber si Andora está herida o está bien. Los microchips vitales no responden.

El conde, furibundo, se volvió amenazador hacia los dos niños y dijo:

—¡Tenéis que comprobar si Nina y los otros han vuelto! Mañana por la mañana iréis a Villa Espasia y diréis a Irene y a Gastilo que vigilen el colegio donde van los amigos de la nieta de Misha. Sabina, por su parte, espiará los movimientos de Dodo. ¿Lo habéis entendido?

Los dos gemelos asintieron y, tambaleándose por el sueño, volvieron a la cama. Visciolo entró justo en aquel momento:

—Señor, perdone, pero estaba ocupado. ¿Cómo ha ido el viaje?

—¡Fatal! Esos pillastres se han esfumado entre las pirámides gracias a la intervención de Osiris. Y luego no he podido dar con ellos. Ni siquiera sé si han conseguido volver, porque el Gughi, cuya pata había desgarrado mi bravo León, salió volando gracias al Fénix Árabe.

—Entiendo. Pues vaya, esta Nina tiene amigos en todos los lugares y en todas las épocas... —observó el tuerto ajustándose la venda que le cubría el ojo que le faltaba.

—Pues sí, así es. La nietecita del profesor Misha es muy avispada, pero su destino está marcado. ¡Yo la destruiré! —dijo Karkon acariciándose la perilla y planeando su próxima venganza.

—Señor, el marqués LSL me ha entregado esta carta.

Con estas palabras Visciolo sacó un sobre misterioso. El conde lo abrió y empezó a leer en silencio.

—¡Pero qué ansioso es, qué ansioso! ¡Siempre quiere más! ¡Es intolerable, me va a oír! ¡Si no hace lo que le ordeno le destruyo! Debe respetar el pacto: le he convertido en alcalde para meter en la cárcel a Nina y a sus amiguitos. A cambio de ello ha recibido una montaña de oro. ¡Y tiene el valor de venir a pedirme más, aunque ni siquiera ha encarcelado todavía a ninguno de esos mocosos de la Giudecca! ¡Basta! LSL es una nulidad como alcalde. ¡O se pone las pilas o lo destituyo y lo reemplazo por otro!

Las palabras de Karkon estaban llenas de hastío y, mientras las pronunciaba casi a gritos, hizo trizas la carta y la arrojó al fuego. Visciolo retrocedió espantado, doblando todavía un poco más la cargada espalda, y esperó a que el conde se calmase.

—En cuanto este desgraciado de alcalde vuelva de su viaje, iré a verle de inmediato para aclarar esta cuestión. Ahora déjame solo. Debo pensar.

Karkon se sentó en la poltrona, cerró los ojos y se puso a barbotar frases incompresibles. Visciolo salió sin hacer ruido. Las luces del palacio se apagaron y todo volvió a una aparente calma.

A las ocho de la mañana, mientras Dodo tomaba el desayuno con su madre, llamaron a la puerta: eran dos médicos del hospital que acudían a realizar su visita.

El chico tenía aún la cabeza completamente vendada pero, por suerte, las heridas se curaban poco a poco. Los médicos retiraron las vendas con mucho cuidado y, cuando Dodo se miró al espejo, los ojos se le llenaron de lágrimas de desesperación:

—¡To... to... todo pelado! ¡Mi pe... pe... pelo rojo ha desaparecido!

La madre intentó consolarlo, pero el niño seguía gimoteando y decía una y otra vez que con esa pinta no quería ver a nadie.

Hacía una mañana desapacible: el cielo estaba cargado de nubes y la luz del sol llegaba débilmente a las aulas del colegio. Cesco, Flor y Roxy asistían a clase de inglés mientras esperaban con ansia el sonido del timbre de las 13:30 para recabar las novedades que hubiera sobre Dodo y Nina. No sabían que fuera, apostados cerca del portón del colegio, estaban Irene y Gastilo.

Entre tanto, en Villa Espasia estaban haciendo limpieza general. Ljuba y Carlo lavaban los vitrales de las altísimas ventanas góticas, mientras Nina y el profesor José se preparaban para ir a ver al amigo herido. Adonis, como de costumbre, corría feliz delante de la pequeña alquimista contoneándose y haciendo revolotear las hojas que tapizaban el sendero del jardín. La niña y el maestro salieron a las nueve en punto y se encaminaron tranquilamente hacia casa de Dodo sin darse cuenta de que dos niños los seguían. Eran, como siempre, Alvise y Barbesa que, a la chita callando, no los perdían de vista ni un instante. Muy cerca de la casa de Dodo, detrás del pozo de la placita, se escondía Sabina. Cuando llegaron Alvise y Barbesa, los tres androides se reunieron para no perderse ni uno solo de los movimientos de sus enemigos.

Adonis se tumbó delante de la puerta: por allí no iba a pasar ningún extraño. José se instaló en la cocina para saborear una buena taza de té con la madre de Dodo, mientras Nina se dirigía sin pérdida de tiempo en busca de su amigo.

¡Qué triste y trastornado parecía!

«Tengo que animarle», pensó Nina. «Pero sí, es verdad, eh... con la cabeza pelada está muy feíto. Por suerte el pelo volverá a crecerle pronto.»

La pequeña alquimista se puso a contarle a su amigo lo que había sucedido en Egipto y, para no impresionarlo demasiado, le explicó que Flor había corrido un gran peligro pero que ahora estaba estupendamente, y que muy pronto estarían todos otra vez combatiendo juntos a Karkon.

—¡Debemos desvelar pronto el Segundo Arcano! Ahora, por lo que a ti concierne... no sé si podrás acompañarnos, estás aún demasiado débil. Pero si te quitan los puntos de las heridas, sí podrás salir de casa y volver al colegio ¿no?

Nina no estaba segura de que Dodo fuera a curarse en poco tiempo y el chico, tocándose la cabeza pelada como una bombilla, comentó desconsolado:

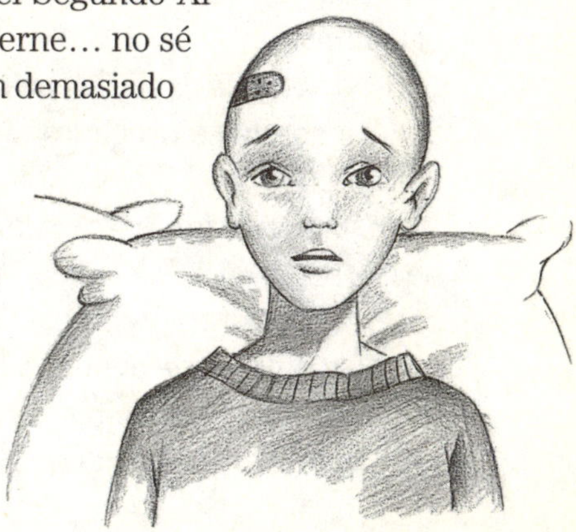

—Pero qué… qué… qué mala suerte he tenido.

La pequeña alquimista lo cogió por los hombros y, abrazándolo con fuerza, afirmó enérgicamente:

—Eres valiente. Sin ti, el viaje a Egipto ha sido durísimo. Y lo será también cuando entremos en la Sala de los Encantamientos. Pero estoy segura de que pronto volverás a estar en forma y de que se las haremos pagar todas juntas a esos androides desgraciados que te han hecho esto.

Dodo apretó el rubí de la Amistad Duradera y juró que pronto estaría más fuerte que antes.

Después de haber charlado y bromeado un rato más con Dodo, la niña de la Sexta Luna decidió que había llegado el momento de volver a casa. Había muchísimas cosas que hacer y, sobre todo, la búsqueda del Segundo Arcano no podía demorarse más. De vuelta a Villa Espasia, se encerró en el laboratorio y volvió a leer con atención los Apuntes de Karkon concentrándose en la Numeromagia y en la Mecageometría. Era fundamental saber usar los Números Buenos, aunque persistía el enigma del 0.

El conde había protegido la Estancia de los Encantamientos del asalto de extraños mediante alguna magia peligrosa. ¡Pero el Segundo Arcano sería desbloqueado, sin duda alguna! Por la tarde, cuando los androides comunicaron a Karkon que los niños y Nina habían vuelto del viaje de Egipto, el mago se devanó los sesos tratando de entender cómo lo habían conseguido sin el Gughi.

Una semana después, cuando el alcalde LSL volvió a la ciudad, el conde se precipitó al Ayuntamiento y le amenazó violentamente:

—¡Si usted se sienta en la poltrona del alcalde es porque yo he querido! ¡No se le olvide! Debe darse prisa y encarcelar cuanto antes a ese estúpido niño, el tal Dodo. Así sus amigos cogerán miedo y dejarán de ayudar a Nina. De esa bruja me encargo yo; tengo un arma invencible —dijo Karkon acercando su rostro al del alcalde—: el destino de Nina de Nobili está en mis manos.

El marqués LSL intentó frenar la agresividad del conde pero al final tuvo que ceder.

—De acuerdo, prepararé un plan para neutralizar a Dodo. Puede que utilice también a aquel extraño maestro español. Pero a cambio, querido conde, quiero más oro y más dinero.

Karkon lo fulminó con la mirada y, agitando su túnica violeta, exclamó:

—Usted, querido marqués, tiene ya lo que merece. La mina de oro es suficiente para pagar sus servicios. ¡No sea codicioso! Cuando acabe esta historia y yo me convierta en el único Gran Alquimista del Universo le recompensaré adecuadamente, pero acuérdese bien: pase lo que pase no use las artes mágicas. Ésas déjelas para cuando yo lo decida. ¡Usted es tan sólo un servidor mío!

Karkon jamás se había mostrado tan serio. Su maléfico proyecto era devastador, y nadie lograría oponerse a sus planes.

El conde salió del Ayuntamiento a paso veloz dejando pensativo a LSL en su despacho.

Una cosa era cierta: si antes Nina y los demás tenían un solo enemigo, ahora la batalla para liberar del Mal a los pensamientos de los niños se había hecho mucho más difícil. También el marqués LSL era un adepto de Karkon, y el que se hubiera convertido en alcalde de Venecia complicaba todavía más las cosas: ¡tenía mucho poder y sabía cómo usarlo!

Los días pasaban rápidamente y, mientras Max intentaba poner de nuevo en pie a Andora atracándola de mermelada de fresa, los niños estudiaban todos y cada uno de los detalles de los papeles del conde. Flor se había aprendido casi de memoria las fórmulas de la Alquimia de la Oscuridad, mientras que Roxy y Cesco conocían a la perfección cómo estaban construidas las máquinas que contenían los Arcanos. Nina estaba preparada para usar el Grafito Violeta y la Charta Mater: los números del Cero Brumoso ya no tenían secretos para ella. Pero la amenaza de Karkon era inminente: cuantos más días pasaban más aumentaba la dificultad de vencerlo.

Una buena noticia alegró al grupo: Dodo estaba mejor y, con un bonito gorro de lana naranja encasquetado en la cabeza, había vuelto de nuevo al colegio.

Ljuba, en una oscura tarde de noviembre, al saber que el niño iba a ir a la villa, preparó para celebrarlo una merienda realmente suculenta: tarta de chocolate con nata montada y zumo de naranja recién exprimido.

Cuando Dodo llegó, Cesco comenzó a bromear con el, intentando quitarle el gorro, pero aquél no tenía ninguna intención de enseñarles el cráneo pelado a sus compañeros de aventuras.

«Dodo parece estar en plena forma», pensaba la niña de la Sexta Luna. «¡Ha llegado el momento de actuar! ¡Más aún teniendo en cuenta que ni mañana ni el domingo hay colegio! ¡Perfecto! ¡Hoy es el día adecuado!»

—Ahora que estamos otra vez todos juntos podemos enfrentarnos a Karkon —comentó la niña en voz alta—. Etérea me ha enviado un mensaje urgente: debemos desbloquear el Segundo Arcano. Pero antes de ir al palacio Ca' d'Oro, le preguntaré al Libro si puede ayudarnos. No sé qué va a suceder en las próximas horas. Quizá sea mejor que telefoneéis a vuestros padres: decidles que vais a quedaros aquí hasta mañana, así estaremos más tranquilos. El profesor José no dará problemas si no nos ve. Él sabe y comprende.

La niña de la Sexta Luna llamó a Ljuba y le dijo que no les molestara porque tenían que estudiar. La tata rusa echó una mirada a los niños sentados en los divanes de la Sala de las Naranjas y sacudió la cabeza:

—Vale, vale, no os molestaré, me hago cargo, no os fatiguéis demasiado —respondió con tono irónico y a la vez preocupado.

Los cinco amigos se acercaron hasta la puerta del laboratorio. Nina metió la esfera de cristal en el correspondiente hueco y entraron todos, preparados para una nueva aventura.

Después de haber apoyado la mano con la estrella en la hoja líquida, la pequeña alquimista preguntó:

—Libro, ¿qué Arcano debo encontrar? ¿El Aire o la Tierra?

El *Systema Magicum Universi* se iluminó:

Esto lo has de descubrir,
pero una cosa te puedo decir:
los números y las fórmulas sirven,

pero también dos animales mágicos te siguen.
Etérea todo lo sabe y sabrá,
la alquimia tiene sus reglas y las tendrá.

—¿Animales mágicos? ¡Pero entonces vuelve Sbaquio! —exclamó Cesco muy contento.

—Sí, quizá llegará con Tintino, o con Quaskio —respondió Nina volviéndose hacia Roxy.

—¡Me gustaría tan… tan… tanto que viniese Ondula! —dijo Dodo con entusiasmo, que no veía la hora de vivir una nueva aventura.

La niña de la Sexta Luna abrió la trampilla y todos descendieron por las escaleras para llegar hasta el Acqueo Profundis: era necesario contactar con Etérea.

—¡Hola, queridox amigox, fijaox qué extupenda ex Andora! —dijo Max muy nervioso. Iba dando saltos de un lado a otro, mientras señalaba al complejo robot karkoniano. El androide parecía restablecido del todo: estaba de pie y le quitaba el polvo a la pantalla del ordenador, pero en cuanto vio a los niños, inclinó la cabeza y se detuvo.

—¡Venga, venga, no extéx trixte! Aquí extaráx bien; nadie va a hacerte ningún daño —la tranquilizó Max.

Nina y los demás se quedaron con la boca abierta.

—Max, ¿estás seguro de que no va a ponerse agresiva de nuevo? —preguntó suspicaz Cesco dando vueltas alrededor de Andora.

—No, no, ex pacífica. Xólo que no consigo hacerla reír. Me da la imprexión de que no tiene ganax de vivir aquí. Pero con el tiempo ya veréix como cambia de idea —respondió contento el buen androide: ¡finalmente había dejado de estar solo en el Acqueo Profundis!

La pequeña alquimista hizo que Andora levantara la cabeza y la miró a los ojos. La máquina tenía una mirada muy triste.

—De acuerdo, Max, pero ahora dile que tome asiento. Debo hablar con Etérea. Activa la pantalla, es urgente.

Max 10-p1 realizó al instante lo que se le pedía, y segundos después Cesco se sentaba ante el teclado del ordenador.

—Mensaje para la Madre Alquimista de Nina 5523312. Tengo necesidad de hablarte. Debo entrar en el palacio de Karkon y el Libro me ha dicho que he de llevar conmigo dos animales mágicos. ¿Cuáles son?

En la gran pantalla fija de la pared apareció un amasijo de luces pulsantes y después, entre relámpagos plateados, los niños vieron fluctuar el Taldom Lux de Etérea, pero sólo la niña de la Sexta Luna oyó en su mente la voz de la Madre Alquimista:

Sbaquio 8833108, que te dará valor, y Ondula 8833109,
que te prestará su voz van a reunirse contigo. Ahora teclea sus
números, frota la Pluma del Gughi y Xórax aparecerá.
Empuña tu Taldom, el mío ya está en posición. Después
pronuncia tres veces «Olys Assaf» y oprime los ojos de
goasil. Sbaquio se reunirá contigo.
Después debes decir en alta voz tres veces «Zuky»,
y Ondula volará.
¡Hazlo ahora!

Cesco tecleó los códigos poniendo mucha atención y Nina frotó la Pluma del Gughi: apareció la esfera verde esmeralda que, flotando en el aire, iluminó el laboratorio. En aquel momento, bajo las miradas curiosas de sus amigos, Nina sacó del bolsillo central de su peto el Taldom y pronunció «olys assaf» (amarillo y blanco, los colores de Sbaquio) tres veces, apretó los ojos de goasil y esperó. La alquimia mágica se estaba realizando: del Taldom Lux de Etérea partió un destello azul y Sbaquio apareció dentro de la esfera. Acto seguido, el simpático polluelo de Xórax salió lentamente de ella. En cuanto vio a los niños comenzó a hacer grandes pompas de jabón de lo feliz que se sentía. Pero Max intervino de inmediato tapándole la boca.

—Xí, xí, xabemox que extáx contento, pero no hagax todax extax pompax aquí.

Cesco, Roxy, Dodo y Flor abrazaron al extraño animal, que se sentó junto al ordenador. Nina sonrió e inició el procedimiento para traer a Ondula. Todo fue de maravilla; pocos segundos después, también la mariposa naranja salió de la esfera y se puso a volar cantando.

—¡Es magnífica! Tiene un rostro dulcísimo y unas manitas pequeñas y rosas —dijo Flor encantada. Con los brazos levantados pretendía tocar al mágico animal de la Sexta Luna. Ondula se posó sobre la cabeza de Max, puso sus manitas sobre la frente metálica y le dio un beso: las orejas del androide giraron vertiginosamente a causa de la emoción. La mariposa hizo un par de gorjeos y un vuelo rasante; se posó en el suelo apoyando sus pequeñísimos pies en el pavimento y empezó a andar de acá para allá observando todos los detalles del Acqueo Profundis. Por fin levantó el vuelo de nuevo rodeando a los niños y agitando alegremente las alas.

Aquellos dos espléndidos animales representaban una garantía adicional para la realización de su plan, pero Nina sabía muy bien que entrar en el palacio de Karkon no iba a ser coser y cantar. En primer lugar era necesario resolver un problema: ¿cómo llevarse a Ondula y a Sbaquio?

Esta vez era imposible usar la barca tripulada por Roxy: hacía demasiado frío y atravesar el canal de la Giudecca hubiera sido un error mayúsculo. Era necesario encontrar una solución.

Nina miró el Taldom y tuvo una idea soberbia:

—¡Pues claro, podemos hacernos invisibles y coger el vaporetto que va a San Marcos!

Los ojos se le iluminaron de alegría y añadió:

—Chicos, ahora vamos a subir al laboratorio de la villa; el libro nos dirá cómo usar el Taldom para volvernos invisibles. Por otra parte, Dodo y yo ya lo hemos hecho cuando acabamos en el fondo del mar buscando el León Alado y el Cáliz de Roca, el Cáliz que controla las mareas. ¡Sólo así podremos viajar con nuestros dos amigos de la Sexta Luna en el vaporetto!

—Sí, sí, es ve... ve... verdad —asintió Dodo confirmando la

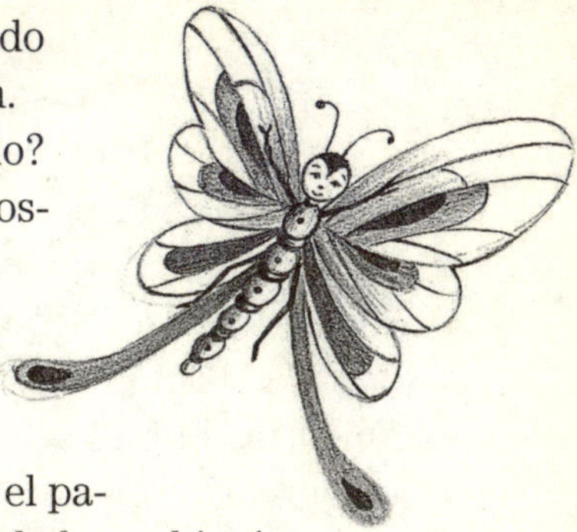

aventura que habían vivido en julio, cuando él había terminado en las fauces del León.

—¿Invisibles? ¿Pero lo dices en serio? —preguntó Flor despavorida, como de costumbre. No tenía intención alguna de meterse en nuevos problemas: en Egipto había escapado por los pelos.

—Sí, de acuerdo, usa el Taldom, pero ¿cómo nos las arreglamos para entrar en el palacio? El portón está cerrado con un candado —objetó Cesco, que ya había encontrado el primer punto débil del plan.

—Bueno, Ondula vuela, ella puede entrar fácilmente.

La idea de Roxy fue aprobada por Nina, que les comunicó entonces la nueva versión del plan:

—Nos haremos todos invisibles, menos Ondula: ella volará hasta el palacio Ca' d'Oro, intentará entrar y después nos abrirá el portón o una ventana. ¿Qué os parece?

En aquel momento intervino Max:

—Mi amiga Ondula, como ex miedoxa, debe comer el polvo de rubí; de exte modo xe hará mágica y podrá imitar las vocex de lox humanox.

—¡Sí, el polvo de rubí! —exclamó Cesco, pero la niña de la Sexta Luna se anticipó:

—En Egipto no lo hemos usado todo, espero que lo que queda sea suficiente.

Los niños dieron saltos de alegría: ¡ahora sí que estaban preparados para enfrentarse al mago!

Sbaquio, harto de estarse quieto, intentó dar un salto de felicidad, pero fue de inmediato bloqueado por Max, mientras Ondula batía alegremente las alas y asentía con la cabecita, haciendo oscilar sus dos finas antenas negras. Andora, que hasta aquel momento había permanecido inmóvil, se puso a aplaudir, lo que dejó estupefactos a todos. Max corrió hacia ella y la observó con curiosidad; el androide cerró los ojos con fuerza e inclinó la cabeza, vergonzosa. Había aplaudido espontáneamente y sin darse cuenta. La pequeña alquimista, siempre suspicaz, le dijo a Max:

—¡Qué extraño comportamiento! Procura que se esté quieta, no me fío de ella.

El grupo, después de este momento de relax, se dirigió hacia la salida del Acqueo Profundis. Cesco abrió la puerta e hizo subir a Sbaquio, que ocupó casi todo el espacio de la vagoneta, mientras Flor se sentaba en las rodillas de Roxy, Cesco y Nina se apretaban de lado, y Dodo terminaba en los brazos del grueso pollito de plumas amarillas. La única que no tenía problemas era obviamente Ondula que, despreocupada, ya volaba por el interior del túnel secreto.

La vagoneta partió de golpe y, en un abrir y cerrar de ojos, llegaron al laboratorio de la villa. Ondula se comió de inmediato una buena porción de polvo de rubí y se puso primero a cantar y después a hablar:

—¡Hola, soy Ondula, la mariposa mágica de Xórax! —dijo imitando la voz de Cesco, que se quedó, como los demás, absolutamente estupefacto ante lo que oía.

Nina acarició la cabecita de la mariposa naranja y preguntó:

—¿Sabes imitar todas las voces?

—Sí, claro. Y si quieres también puedo cantar —respondió imitando la voz de la pequeña alquimista.

—¡Alucinante! —exclamaron los niños.

La niña de la Sexta Luna miró el reloj: marcaba las 23 horas, 59 minutos y 6 segundos, después se colocó delante del *Systema Magicum Universi*, apoyó la mano con la marca de nacimiento en forma de estrella sobre la hoja líquida y preguntó:

—Libro, debemos hacernos invisibles usando el Taldom. ¿Nos puedes ayudar?

Una cosa antes harás:
Ondula se tiene que marchar.
Abre la puerta y volará,
porque el camino conoce ya.

La mariposa hizo dos piruetas en el aire y Nina le abrió la puerta del laboratorio para dejarla salir. Los cuatro amigos miraron nuevamente el Libro, que se iluminó y prosiguió:

Ahora los ojos cerrados todos deben tener,
porque la magia no se puede ver.
Pero recordad:
sólo dos horas el encantamiento durará,
después la realidad regresará.

Antes de que el Libro comenzase el encantamiento, los niños cogieron la Charta Mater y el Grafito Violeta, abrazaron a Sbaquio y se situaron junto a Nina, que metió en el bolsillo del peto las nueve tiras de los números que había conseguido en el Cero Brumoso:

—Con esto anularemos a los Numeromágicos —dijo cerrando los ojos.

El Taldom comenzó a vibrar entre las manos de la pequeña alquimista y de los ojos de goasil salió un fino hilo de humo negro que, como un lazo, envolvió al grupo. El *Systema Magicum Universi* se elevó de la mesa de los experimentos y giró sobre sí mismo hasta formar una pequeño torbellino de aire que se tragó a todos de un solo golpe: los niños y Sbaquio fueron arrastrados por una corriente fortísima. Pocos segundos después se encontraban delante del portón del palacio de Karkon. Eran invisibles: los demás no se percataban de su presencia, pero ellos sí podían verse unos a otros. Cesco acarició a Sbaquio, que sonreía e intentaba hacer pompas, Roxy tocó un brazo de Flor, y Dodo se miró las manos. En aquel momento pasó un guarda nocturno y los niños se quedaron inmóviles junto al muro, pero el hombre no vio nada y siguió su camino.

—¡Perfecto, la magia funciona! Nadie puede vernos —susurró la pequeña alquimista oprimiendo el Taldom.

Ondula, que entre tanto había conseguido entrar en el palacio a través de una chimenea, voló por el patio sin ser vista.

Era medianoche. Todos dormían. O casi.

Las únicas luces encendidas eran las de la estancia de Karkon, que probablemente estaba ultimando los detalles de alguna de sus habituales fechorías, y las del Refectorio, donde dormitaba Visciolo. Era indispensable por consiguiente no hacer ruido, de otro modo la misión fracasaría.

La mariposa se posó sobre la cadena del portón y tiró fuerte con sus manitas. El esfuerzo era enorme: la pobre Ondula estaba anegada en sudor, pero logró su objetivo. Un par de tirones más y la cerradura se abrió. La mariposa se aproximó entonces a la verja y susurró:

—Venga, que podéis entrar.

—Pero ¿nos ves? —preguntó Nina sorprendida.

—Yo sí, claro que puedo veros; de otra forma no sería una mariposa mágica, ¿verdad? —respondió riendo y agitando las alas.

El grupo entró sigilosamente pero Sbaquio, como de costumbre, tenía que saltar, porque con sus patas de muelle no podía hacer otra cosa. Así que con un par de saltos atravesó el patio y llegó el primero a la escalera que llevaba a la Estancia de los Encantamientos, donde esperó impaciente a los demás. Roxy, que caminaba mirando en torno suyo, se detuvo de golpe, alzó la vista y le hizo un guiño a Ondula, que fue a posarse de inmediato en su hombro derecho.

—Tengo una idea: si imitas la voz de Karkon, podrás hacer que Visciolo abra la puerta.

La mariposa reemprendió el vuelo y, agitando las alitas, asintió.

La niña de la Sexta Luna aprobó la idea pero le rogó a Ondula que se esmerara al máximo. Mientras el grupo subía la escalera, la bella mariposa se dirigió al Refectorio y, deteniéndose ante la puerta, imitó la voz del mago.

—Visciolo, ábreme la Estancia de los Encantamientos. Pero no me esperes, vete a dormir. Y procura no despertar a los Androides: necesito absoluto silencio y quiero estar solo.

La imitación de la voz ronca y terrible fue perfecta, al punto que Visciolo no sospechó nada. El criado tuerto y contrahecho se levantó de la silla y salió diciendo:

—Señor, ¿ordena algo más?

En cuanto llegó al patio se dio cuenta de que Karkon no estaba, así que se alejó refunfuñando:

—Ya se ha ido. ¡Qué prisas!

A paso veloz se dirigió a la Estancia de los Encantamientos. Cuando llegó ante la puerta sacó una llave enorme y la metió en la cerradura, ante las miradas estupefactas de los niños y de Sbaquio, que se habían acurrucado en un rincón.

—Está claro que no nos ve —le susurró Flor a Cesco.

—Sí, no se da cuenta de nada. ¡Más nos vale!

El tuerto dejó la puerta entreabierta y volvió caminando despacio a su habitación. Ondula, que revoloteaba tranquilamente por los pasillos en penumbra, se reunió sin problemas con sus amigos.

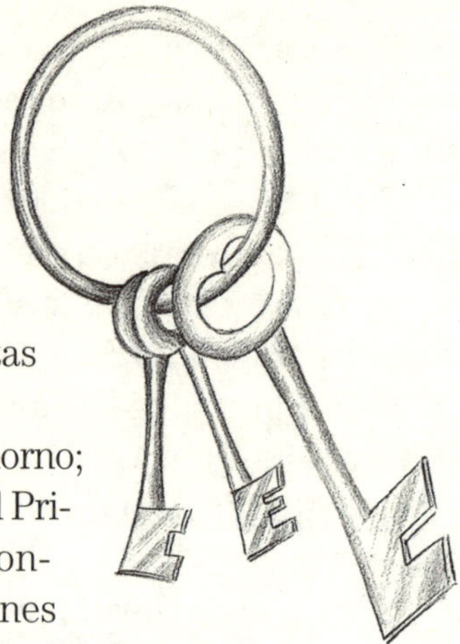

—Vía libre, podemos entrar —dijo Nina avanzando con cautela.

La estancia estaba iluminada únicamente por unas cuantas velas; los niños se aproximaron a las tres máquinas encantadas, envueltas en la oscuridad.

Una estaba apagada: parecía un horno; era la del Atanor, el Fuego Eterno, el Primer Arcano que Nina ya había conquistado. Junto a ella había montones de hojas gigantes del Erbarium Medicalis. Cesco y Roxy se aproximaron al timón que giraba lentamente en el centro de las tres máquinas y después miraron atentamente la pizarra colgada del muro, sobre la cual estaban escritas decenas y decenas de cifras. Flor apoyó sus manos en la máquina semejante a una estufa de carbón que continuaba emitiendo un sonido ensordecedor, mientras Dodo miraba la última de las máquinas, la que tenía forma de cohete:

—Pa... pa... parece un misil; las ventanillas son lu... lu... luminosas.

La pequeña alquimista examinó cuidadosamente las paredes de la estancia, pero la penumbra no le permitía leer bien los escritos que colgaban de ellas. Mirando aquí y allá fue a fijarse en un trozo de papel verde que estaba clavado al muro con una chincheta. Alargó la mano para cogerlo pero, en ese momento, Sbaquio saltó sobre la mesita que estaba junto a la ventana haciendo un ruido impresionante.

—¡¡¡Sssssssssssss!!! ¡Quieto! Pero ¿qué haces? Si montas ese escándalo los androides de Karkon se despertarán y su amo vendrá corriendo —le regañó Nina. Sbaquio se disculpó, bajó la mirada, plegó las orejas y se quedó sentado. Ondula cogió la hojita verde y se la dio a la niña de la Sexta Luna, que la leyó acercándose a una vela.

Hauá: 6065514. No tocar el Misil y tener encendida la energía.

—Qué interesante —dijo la niña suscitando la curiosidad de los otros, que se acercaron para leer el extraño mensaje.

—¿Qué quiere decir Hauá? —preguntó Roxy.

—Si no recuerdo mal, significa «aire» en árabe.

Era la sabihonda de Flor, claro, que tras decir esto se quedó mirándolos muy satisfecha.

—¿Aire? Pero entonces... bueno, quizá sea éste el Segundo Arcano. En el Cuaderno Negro de mi abuelo estaba escrito que el Aire, invisible y móvil, es el principio de la vida sin tiempo y tiene el Ánima Luminosa.

Nina sentía que estaba en el camino correcto para resolver el enigma y no veía la hora de conquistar el Segundo Arcano. Sabía muy bien que ahora no necesitaba usar la frase encontrada en Egipto, «Abdir Seiat», porque lo necesario era teclearla en el ordenador del laboratorio K. Recordaba perfectamente el procedimiento y el Primer Arcano lo había resuelto así. La niña de la Sexta Luna entendió entonces que había llegado el momento de usar la Charta Mater y el Grafito Violeta para interrumpir la energía del Misil y, para hacerlo, necesitaba escribir el código 6065514 y modificar los Numeromágicos que componían la máquina encantada:

—Si no recuerdo mal, en los Apuntes de Karkon se explicaba que una vez escritos los números es necesario pronunciar tres veces las palabras mágicas: Numerus Noctis —dijo sacando el papiro de la Charta Mater mientras Cesco abría con cautela el vaso canope, es decir, el recipiente que contenía el Grafito Violeta.

Los niños, bajo la mirada atenta de Ondula y de Sbaquio, se colocaron junto al Misil: la niña de la Sexta Luna extendió el papiro sobre el suelo y se puso de rodillas lista para usar el Grafito, pero cuando intentó meter la mano en el canope, la mariposa se le acercó volando y le dijo:

—No, el Grafito lo cojo yo. Escribiré en la Charta Mater los números que me digas.

Nina la miró con curiosidad. Ondula metió las manitas dentro del recipiente y se las empapó del líquido violeta; después esperó. La pequeña alquimista empezó a dictarle los números respetando el orden:

—El 6, que corresponde a los cubos; el 0, motor de todos los mecanismos, pero es necesario mantener la posición hacia el Norte.

Después de una profunda inspiración la pequeña alquimista repitió nuevamente el 6, y después el 5, número que crea los cilindros, a continuación el 1, que crea las barras imantadas y, por último, el 4, que corresponde a los engranajes del mecanismo. Cuando Ondula terminó de escribir la secuencia del Hauá, la niña de la Sexta Luna dijo tres veces: «Numerus Noctis».

Los números se elevaron de la Charta Mater y quedaron suspendidos a medio metro del suelo. Sbaquio miró aquellas extrañas formas violetas que flotaban en el aire y sonrió divertido; también los niños se acercaron para acariciarlos, ya que no parecían nada peligrosos. Ondula revoloteaba entre ellos haciéndolos moverse levemente con el aire que desplazaban sus alas.

En aquel momento Nina sacó las cintas negras y brillantes que había cogido en el Cero Brumoso:

—Éstos son los Números Buenos que anularán a los demás —dijo indicando a Roxy y a Cesco que se retiraran un poco:

—Quitaos de ahí, no sé lo que va a suceder.

La niña de la Sexta Luna inició la magia alquímica: extendió sobre el suelo los nueve números impresos en las tiras y esperó. El 6 negro se elevó y fue a superponerse al 6 violeta e, inmediatamente después, hicieron lo mismo todos los demás. El único que quedó al descubierto era el 0 violeta, el Numeromágico que correspondía al motor. El más importante.

—¡Pero sólo tenemos nueve tiras, falta el 0! —dijo Cesco. No había acabado de hablar cuando en el centro de la estancia apareció de improviso un grueso círculo de niebla contorneado por un borde fosforescente. Una ráfaga de viento gélido enfrió el aire de la estancia y las velas se apagaron, dejándolo todo a oscuras. Lo poco que podían ver los niños se lo debían al resplandor de las ventanillas luminosas del Misil, que aún estaban encendidas.

—¡Quietos, no lo toquéis! ¡Es el Cero Brumoso! —exclamó la pequeña alquimista levantándose de un salto.

Dentro del círculo parecieron encadenarse pequeños relámpagos y, al punto, un hilo de niebla salió del Cero Brumoso dirigiéndose hacia los números que flotaban en el aire. Cuando estuvo junto a ellos se detuvo y se transformó en el número que faltaba: el 0; pasó de violeta a gris y después a negro, como habían hecho los demás. Sólo entonces el gran círculo de niebla desapareció dejándolos a todos de piedra, incluyendo a Sbaquio, que giraba los ojos de puro desconcierto.

Los números se hicieron grandes y gruesos, se inflaron como si estuvieran llenos de aire (parecían globos) y, atraídos por el Misil, se fueron pegando como imanes a la máquina.

Después adquirieron la forma de partes mecánicas y empezaron a destruir los engranajes: la Mecageometría perdió así todo su poder y el encantamiento karkoniano se desvaneció.

—¡Fijaos, los Numeromágicos han sido derrotados, ahora el encantamiento desaparecerá!

Nina estaba satisfecha y no veía la hora de hacerse con el Segundo Arcano. Dodo, con su gorro naranja bien encajado en la cabeza se colocó junto a Flor:

—¡Tengo mi… mi… miedo, quién sabe si ahora el mi… mi… misil explotará!

Y sí, pasaba algo muy extraño: el ombio, el aceite mágico de color verde preparado por Karkon con saliva de dragón y orina de cisne, comenzó a filtrarse y toda la máquina encantada se puso viscosa. Las ventanillas empezaron a apagarse y a encenderse intermitentemente: ¡el mecanismo de los Numeromágicos había saltado!

También el rocío de lirios, el preciosísimo líquido que Karkon había inventado para encantar a las máquinas, se estaba transformando en un extraño puré amarillo.

Nina corrió junto al timón y lo rozó apenas desviándolo un poco hacia el Norte. Las ventanillas del Misil se abrieron de golpe y salió una pequeña esfera de gas que voló enloquecidamente por encima de la máquina y luego desapareció.

—¡Esa esfera era el Hauá, que contiene el Aire, el Segundo Arcano! —gritó la niña de la Sexta Luna, pero sus palabras fueron sofocadas por una sirena de alarma y la estancia se iluminó de improviso con una luz roja y anaranjada que los deslumbró a todos. Sbaquio reaccionó prontamente: con tres saltos derribó el Misil, mientras los niños corrían hacia la salida y Ondula, con las manitas sobre los oídos, se alejaba volando por los corredores del palacio.

—¡Estamos perdidos! ¡Ahora llegará Karkon! —gritó Cesco poniendo pies en polvorosa.

—¡Calmaos! ¡No nos pueden ver, somos invisibles! —gritó Nina, agarrando a toda prisa el canope que contenía el Grafito Violeta mientras Flor se metía debajo del brazo la Charta Mater que había quedado.

Dodo se cayó rodando por las escaleras, pero por fortuna no se hizo nada. La pequeña alquimista corría y gritaba a todos que la siguieran:

—¡Vamos al laboratorio K! ¡Deprisa, daos prisa!

Pero en el fondo del corredor se abrió una puerta y la luz de la estancia iluminó las paredes mohosas. Los niños y Sbaquio se detuvieron de golpe, mientras Ondula, que volaba alto, se posó en las vigas del techo esperando no ser vista. De la estancia salieron Sabina e Irene: estaban en pijama y se atornillaban el cuello y las manos.

—¿Quién está ahí? ¿Eres tú, Visciolo? —preguntaron los androides.

La mariposa quería responder con la voz del tuerto para tranquilizarlas y que se volvieran a dormir, pero el polvo del techo la hizo estornudar:

—¡Achís!

Sabina miró a la derecha y después a la izquierda: no vio a nadie; Irene se dirigió hacia la escalera y levantó la vista hacia el techo, pero afortunadamente no vio a la pequeña Ondula, que por miedo a estornudar de nuevo se había tapado la nariz con las manos. Los niños procuraron permanecer inmóviles en espera de que los dos androides volvieran a su habitación. Por otra parte, aunque la magia de la invisibilidad estaba aún activa, no iba a durar más allá de media hora. Transcurrido ese tiempo iban a tener muchos problemas.

Capítulo 8

La amenaza de los Oculis Serpentis

—Irene, vamos a dormir, estoy cansada. Aquí no hay nadie.

Sabina se sentía débil: su corazón de gato, como el de los otros androides, ya no latía de forma regular.

—Noto que hay algo que no marcha, quizá sea mejor avisar a Visciolo —respondió Irene bostezando, pero Sabina la agarró por un brazo y la empujó de vuelta a su cuarto, cerrando la puerta. El pasillo volvió a quedar a oscuras. Ondula pudo por fin volar de nuevo usando las antenas como radares para no chocar contra eventuales obstáculos y, atravesando las estancias del palacio, observó con atención los extraños chismes que se amontonaban desordenadamente aquí y allá: montones de láminas de acero, grandes tarros llenos de líquidos grises, ordenadores destrozados, cables eléctricos, distintas ampollas antiquísimas y otros recipientes de vidrio que contenían órganos y trozos de animales. La mariposa sentía gran curiosidad y al mismo tiempo estaba espantada, porque jamás había visto nada así de terrorífico: desde luego no se parecía a Xórax en absoluto, ni tenía nada que ver con sus maravillosos paisajes.

Los niños y Sbaquio se encaminaron hacia el laboratorio K. Los corredores eran largos y estrechos, el suelo estaba carcomido por la humedad y mostraba agujeros de lo más peligrosos. Roxy tropezó dos veces y las dos acabó dándose con Sbaquio, que saltaba de un lado a otro intentando no hacer ruido. Cesco avanzaba manteniéndose cerca de las ventanas que dejaban pasar la luz de las farolas de la calle:

—Casi hemos llegado. La puerta del laboratorio K está por allí.

En cuanto el chico dobló la esquina, se percató de que al

fondo del pasillo, cerca de la puerta del laboratorio, había extrañas lucecitas verdes y amarillas que se movían velozmente, revoloteando de aquí para allá a una altura de metro y medio del suelo, más o menos.

—¡Mirad! ¿Qué es aquello?

Nina se adelantó y, empuñando el Taldom, se dirigió hacia las extrañas luces que se desplazaban en zigzag como si fueran luciérnagas. Flor y Dodo se dieron la vuelta y vieron que, por detrás de ellos, llegaba otro enjambre de lucecitas amarillas y verdes.

—¡Estamos rodeados! —gritó la niña de la Sexta Luna. Sbaquio, de un salto enorme, se colocó junto a una decena de aquellas extrañas cosas que flotaban en los corredores, y sólo entonces se dieron cuenta de la horrible amenaza que los acechaba: llegaban numerosísimos Oculis Serpentis.

Los Oculis Serpentis eran una invención de Karkon que éste había diseminado por todo el palacio, incluyendo el laboratorio K. Se activaban por la noche, como centinelas insomnes, y su tarea era detectar la llegada de posibles intrusos. Eran serpientes de color verdoso que avanzaban manteniéndose erguidas sobre la gruesa cola arrollada; sobre ella se deslizaban velozmente por el palacio. En la cabeza llevaban dos pequeñas telecámaras y sus ojos registraban cualquier imagen mediante rayos infrarrojos: por tanto, los Oculis Serpentis también podían ver en la oscuridad.

—¡Por todo el chocolate del mundo! ¡Son serpientes con los ojos luminosos! —exclamó Nina apuntando el Taldom hacia ellos. Pero antes de disparar miró a sus amigos, dubitativa.

—¡Somos invisibles, no pueden vernos! Tranquila. ¡No uses el Taldom Lux o se montará la de San Quintín y tendremos a Karkon aquí en un abrir y cerrar de ojos! —dijo Cesco.

El chico tenía razón, pero aquellas máquinas amenazadoras daban demasiado miedo. Sbaquio inutilizó a tres, saltándoles encima sin darse cuenta: las cabezas con las telecámaras quedaron hechas trizas, pero los serpentinos cuerpos siguieron mo-

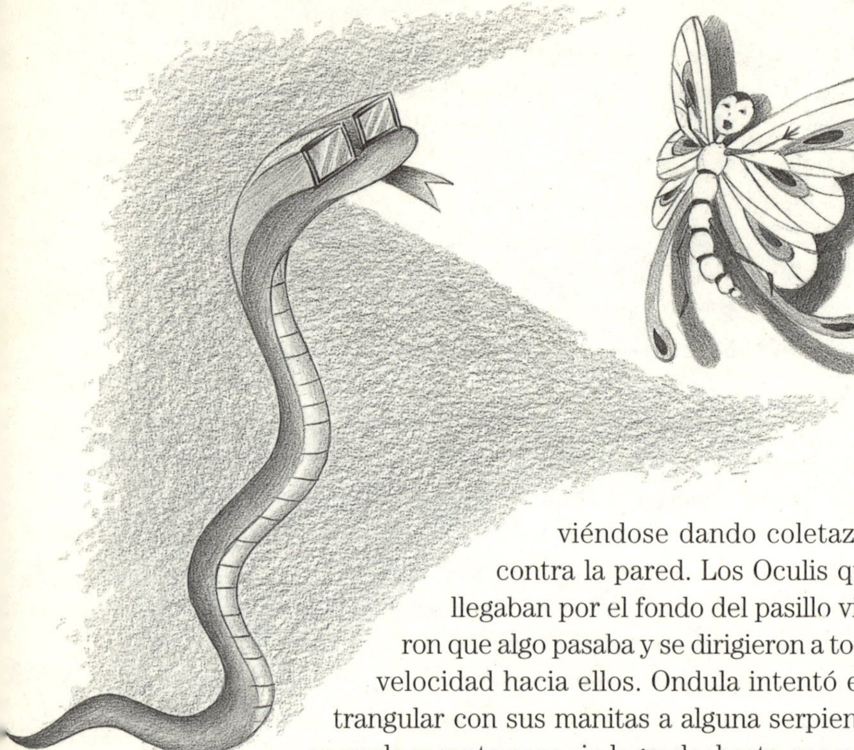

viéndose dando coletazos contra la pared. Los Oculis que llegaban por el fondo del pasillo vieron que algo pasaba y se dirigieron a toda velocidad hacia ellos. Ondula intentó estrangular con sus manitas a alguna serpiente en vuelo rasante pero sin lograrlo, hasta que uno de los ingenios mecánicos giró de golpe sus ojos luminosos hacia la mariposa, que quedó deslumbrada. La imagen del rostro aterrorizado de Ondula fue enviado a la pantalla que Karkon tenía en su estancia. ¡Y aquí empezaron de verdad los problemas!

El mago estaba escribiendo; llenaba su nuevo cuaderno rojo de códigos y de extrañas descripciones mágicas. Faltaba un cuarto de hora para las dos y Karkon se lo esperaba todo menos ser molestado en plena noche cuando, de improviso, se iluminó la pantalla.

¿Se trataría de un intruso? El silencio era sepulcral. El conde dejó la pluma, miró la clepsidra que tenía delante y, suspicaz, clavó la vista en la pantalla: vio entonces el minúsculo rostro de la mariposa anaranjada, con la boca abierta por el espanto y los ojos desorbitados. Después, la imagen desapareció. Las telecámaras de los Oculis Serpentis mostraban únicamente corredores oscuros y silenciosos.

Karkon se levantó de su silla ajustándose la túnica violeta, escondió el cuaderno rojo, tomó el Pandemon Mortalis y salió de la estancia gritando a voz en cuello:

—¡¡Viscioloooooo!! ¿Dónde estás, maldito tullido?

El tuerto se despertó sobresaltado, se tiró de la cama y se reunió con Karkon mientras se ponía una camiseta sucia y unos calzoncillos de lana.

—¡En el pasillo que lleva al laboratorio K hay alguien! Los Oculis Serpentis me han mandado una extraña imagen de una mariposa con rostro humano —dijo el conde caminando a paso veloz y seguido por su estrafalario servidor.

—¿Con rostro humano? Pero señor, ¿está seguro? —preguntó Visciolo todavía medio dormido.

—¿Dudas acaso de lo que te digo? —respondió el mago propinándole un empellón tan fuerte al tuerto que lo mandó contra la pared—. Después ajustaremos cuentas. Si ha entrado una estúpida mariposa en mi palacio, quiero que me expliques cómo lo ha hecho. No estás atento. No sirves para nada. Tú y esos estúpidos niños androides sólo me dais preocupaciones.

Karkon, fuera de sí, con los ojos inyectados en sangre por la rabia ordenó:

—Vete a la Estancia de los Encantamientos y comprueba que esté todo en orden. Después te acercas al laboratorio K.

El tuerto obedeció al instante y se fue subiéndose los calzoncillos, que se le caían.

Cuando el mago llegó al laboratorio K, vio decenas y decenas de Oculis que vagaban enloquecidos, algunos estropeados y con las colas agitándose incesantemente debido a los circuitos eléctricos deteriorados. El mago cogió a uno y lo miró atentamente:

—Pero… ¡alguien ha pisoteado mis modernísimas telecámaras especiales de vigilancia! —exclamó mirando a su alrededor.

Los niños y Sbaquio, inmóviles, casi sin respirar y con la espalda apoyada en la pared, observaban todos los movimientos de Karkon.

—¡Achiiiiís! ¡Achiiiiís!

Ondula la había liado: no había conseguido aguantarse sus malditos estornudos.

El conde levantó la mirada y, a pesar de la poca luz del corredor, vio a una extraña mariposa que se cubría la cabeza y el cuerpo con las alas. Los niños no pudieron intervenir porque las telecámaras los hubieran descubierto. Si uno solo de ellos hubiera dado un paso al frente habría sido el fin: destrozar otro Oculis significaba que el conde se diera cuenta de que había alguien; su presencia hubiera sido detectada de inmediato.

—Mira, mira… ¡qué frágil animalito veo allí arriba!

Karkon se abrió paso entre las serpientes mecánicas y levantó la mano derecha para coger a Ondula:

—Ven, pequeña, que no te voy a hacer daño.

Pero la mariposa desplegó las alas y volando en zigzag intentó que Karkon no la agarrase. Su fuga duró pocos instantes: el mago sacó del interior de su manto una flecha Fétidis Inmunda de punta envenenada y la lanzó con fuerza hacia la mariposa, atravesándole un ala. El animalito cayó al suelo lanzando un agudísimo grito de dolor.

El conde avanzó hacia ella con pasos rápidos y la mariposa no pudo levantar el vuelo y escapar. Tambaleándose fatigosamente fue a dar contra los Oculis Serpentis, que la inmovilizaron con sus gruesas colas verdosas. Karkon estaba ya sobre ella y se preparaba a aplastarla cuando intervino Cesco que, saltando como un auténtico atleta, le despojó de su túnica. Karkon no tuvo tiempo de reaccionar y se encontró desnudo como un gusano en medio del pasillo mientras todos los Oculis registraban su ridícula imagen: tenía una piel gris y violeta, rugosa y viscosa. Avergonzadísimo intentó cubrirse con las manos mientras gritaba:

—¡Azufre y Amonio, quiero desaparecer como el mismo demonio!

Una nube amarilla devoró entonces al conde, que se esfumó dejando un olor acre que se extendió por todo el corredor. Los Oculis Serpentis se espantaron y, presas del pánico, escaparon como pudieron tropezando unos con otros: aquel terrible pestazo los había atufado, haciéndoles perder el sentido de la orientación. Sbaquio se acercó a Cesco y lo abrazó con fuerza haciendo una enorme pompa. La acción del muchachito había sido auténticamente valerosa; pero, en aquel preciso instante, todos se dieron cuenta de que la magia de la invisibilidad estaba a punto de concluir: habían pasado ya dos horas. Los cuerpos de los niños y del grueso pollito de la Sexta Luna aparecieron de repente en carne y hueso. Nina corrió al punto hacia Ondula.

—¿Te duele mucho? —preguntó tomándola delicadamente entre las manos.

—¡Me voy a desmayar, arráncame la flecha, es venenosa! —susurró con voz débil la pobre Ondula. La pequeña alquimista aferró la Fétidis Inmunda con los dos dedos y tiró fuerte. Ondula se tapo la boca para no gritar y de sus ojos brotaron dos lágrimas de oro:

—Estoy llorando... nunca me había pasado. En Xórax no suceden estas cosas. Ayúdame a levantarme, no puedo volar con el ala herida.

La mariposa naranja se puso lentamente en pie y, ayudada por los niños, intentó caminar manteniendo la alita plegada.

Sbaquio se reunió con ella de un salto, sacó la lengua y le lamió la herida. Ondula acarició su rostro amarillo y plumoso agradeciéndole el gesto, pero la curación requería una magia que solo Etérea habría podido realizar.

—Voy a esconderme dentro de aquel agujero del muro —dijo la mariposa—. Entrad vosotros en el laboratorio y desbloquead el Segundo Arcano antes de que vuelva el pérfido mago. No os preocupéis por mí. Resistiré y, además, teniendo al lado a Sbaquio me siento tranquila.

Cesco y Roxy entraron en el laboratorio (por suerte los Oculis Serpentis habían dejado libre el acceso); el chico se precipitó hacia el teclado del ordenador, se sentó ante él y llamó a Nina:

—¡Mira, es la imagen de la pirámide de Keops, se está agrietando, teclea las palabras árabes y aparecerá la esfera gaseosa que hemos visto salir antes del Misil!

Cesco estaba listo; con la niña de la Sexta Luna, Flor y Dodo junto a él, puso las manos sobre el teclado y escribió «Abdir Seiat». El efecto fue inmediato: como había sucedido la primera vez con la imagen de las estatuas de la Isla de Pascua, que se había transformado en una varilla de vidrio que contenía el Atanor, de igual modo ahora la gran pirámide de Egipto empezó a cambiar de forma y en la pantalla apareció la esfera gaseosa. El ordenador se apagó y la esfera salió de la pantalla materializándose ante los niños. El Taldom empezó a vibrar y las ondas eléctricas a atraer el extraño objeto; entonces el pico de oro del Gughi, situado en el extremo superior del cetro mágico, se abrió, y la esfera gaseosa fue tragada por el Taldom Lux, que se iluminó en las manos de Nina. En aquel instante, sobre la pantalla gigante colgada de la pared derecha del laboratorio, apareció lo siguiente:

¡Alarma! ¡Alarma! ¡Alarma!
Segundo Arcano desvelado.
El Mal ha perdido poder.
Las pirámides son ahora inaccesibles.
Cierra las fuentes
de los otros dos Arcanos
y carga el Pandemon Mortalis
con el Kabitus Morbante.

—¡Lo hemos conseguido, el Hauá es nuestro! ¡El Segundo Arcano ha sido desbloqueado! —exclamó la pequeña alquimista devolviendo los abrazos que le daban sus amigos.

Pero, inmediatamente después, al leer lo que había aparecido en la pantalla, se preguntó:

—Pero, ¿qué es el Kabitus Morbante? No recuerdo haber leído nada de él en los Apuntes de Karkon.

—No pie… pie… pienses en ello ahora. Va… Va… Vámonos de aquí, es… es… es peligroso —dijo Dodo y fue corriendo a reunirse con Sbaquio, que estaba de guardia junto a Ondula.

Roxy y Flor subieron la escalera seguidas por Cesco, pero una desagradable sorpresa les aguardaba: en ese momento llegaban los androides y Visciolo, que había descubierto lo sucedido en la Estancia de los Encantamientos.

—¡Niñatos cretinos! ¡Habéis roto el Misil y lo vais a pagar caro! —les amenazó el tuerto babeando de rabia. En primera fila estaba Sabina, que tenía un hierro incandescente en la mano, mientras Irene blandía un látigo.

Nina abrió una ventana del corredor y dijo:

—¡Sbaquio, haz pompas, rápido!

El grueso pollito hinchó la boca y escupió de inmediato cinco pompas transparentes. Flor saltó sobre la más pequeña y, para mantener el equilibrio, se puso la Charta Mater entre los dientes, mientras que Roxy se subía a la más grande y dejaba los pies colgando de ella. Cesco se sentó cruzando las piernas en otra mientras Dodo se lanzaba sobre la más voluminosa y se quedaba inmóvil con el canope pegado al pecho.

Alvise corrió hacia delante y de un salto se plantó junto al pobre Dodo, que estaba a punto de resbalarse de la pompa y caerse al suelo:

—¡Tontorrón, bobaina, mentecato! ¡Ven a batirte! —gritó el androide arrancándole, con un rápido gesto, el gorro de lana naranja. Dodo se quedó con el pelado cráneo al descubierto: las cicatrices eran aún bien visibles y todos los karkonianos se echaron a reír, haciéndole burla.

—¡Hor… hor… horribles androides! ¡Lar… lar… largaos de aquí!

El niño, que sujetaba el canope con una mano y con la otra se tocaba las heridas, perdió el equilibrio de improviso.

Estaba a punto de caer ante el terrible Alvise, que se disponía a golpearle, cuando Roxy hizo una finta, avanzó con su pompa y tendió una mano al amigo en apuros. Dodo se agarró a ella con todas sus fuerzas y logró subir nuevamente a la pompa; se dirigió entonces hacia la ventana, por la que salió. Roxy se estiró hacia delante y le soltó un golpe fortísimo al androide que seguía agitando los brazos.

—¡Toma esto, robot infame! —apostrofó la niña con voz profunda.

Alvise terminó por tierra: el golpe de Roxy le había estropeado un ojo, y veía fatal. Visciolo entre tanto avanzaba amenazador con la intención de herir a Nina; ésta, sin advertir lo que se le venía encima, acuciaba a sus compañeros para que se dieran prisa. Sus cuatro amigos salieron volando por la ventana y se encontraron vagando sobre la plaza de San Marcos en un abrir y cerrar de ojos, pero la pequeña alquimista y Sbaquio se quedaron atrás. La niña empezó a disparar el Taldom, que gracias al Hauá había aumentado enormemente su potencia: además de fuego y rayos láser ahora lanzaba también chorros de aire huracanados. Los androides retrocedieron. Sólo Irene avanzó haciendo chasquear el látigo y golpeando de refilón al pobre y valeroso polluelo de la Sexta Luna que intentaba defenderse saltando de un lado a otro. Visciolo se lanzó contra él, pero Sbaquio alzó una pata y le soltó un patadón al tuerto que lo hizo rodar por el suelo.

La pequeña alquimista se aprovechó de la situación: se puso en pie sobre la última pompa y siguió disparando rayos láser contra Sabina, que la amenazaba con el hierro incandescente. Se adelantaron también Irene y Barbesa, saltando como monos, e intentando hacer caer de la pompa a Nina por todos los medios. Por suerte, Sbaquio dio dos saltos y giró tres veces sobre sí mismo golpeando a los pequeños karkonianos, que fueron a estamparse contra la puerta del laboratorio K. Ondula se arrastró hasta los pies del amigo, que la recogió con delicadeza.

—¡Nina, antes de salir por la ventana, fíjate en aquella pequeña puerta negra con bordes rojos que está debajo de la es-

calera! —gritó la mariposa con las últimas fuerzas que le quedaban.

La pequeña alquimista se dio la vuelta y vio la extraña puerta que señalaba Ondula. Ésta le explicó inmediatamente:

—La Voz de la Persuasión, ésa que tanto te atormenta, habita allí dentro. Pero no debes entrar hasta que no sepas cómo enfrentarte a esa magia. Es peligrosa. Muy peligrosa.

La niña de la Sexta Luna, agitando los brazos como si nadara, hizo que la pompa se desplazara en dirección a la misteriosa puerta pero, cuando estaba a menos de un metro de ella, sintió una lengua de fuego que le golpeaba en la espalda: era Karkon, que había vuelto, y que le disparaba con su Pandemon Mortalis. Sbaquio, que tenía sobre la cabeza la mariposa herida, dio un salto hacia arriba empujando la pompa de Nina y proyectándola en línea recta hacia la ventana. Una ráfaga de viento... y la pequeña alquimista se encontró a salvo bajo el cielo veneciano.

El grueso polluelo, sintiéndose en peligro, se precipitó hacia el balcón y se tiró por él sujetando a la pequeña Ondula. Visciolo se dio toda la prisa que pudo para agarrar al extravagante animal de la Sexta Luna, pero sólo consiguió quedarse con unas cuantas suaves plumas amarillas entre los dedos. Después miró hacia la calle y no vio nada:

—¡Ha desaparecido! ¡Estará muerto! —dijo el tuerto volviéndose hacia el conde.

—¡Malditos, se han salido con la suya delante de nuestras narices! ¡Me han robado también el Segundo Arcano! ¡Merecen la muerte! ¡Una muerte horrible! —gritó Karkon desencajando la boca, que se hizo enorme, como si fuera la de un dragón.

Irene y Sabina intentaron ponerse en pie de nuevo pero su amo les empezó a propinar patadas:

—¡Estúpidas máquinas sin cerebro! ¡Siempre os la termina jugando esa banda de mocosos!

Alvise, que llevaba el gorro naranja de Dodo, corrió a su cuarto con Barbesa para quitarse de en medio, mientras Visciolo se refugiaba en un ángulo del pasillo manteniendo la cabeza baja por miedo a que el conde fuera luego a por él. Karkon, en efecto, lo pateó salvajemente; después abrió la Estancia Secreta pronunciando una frase incomprensible, la puerta negra de bordes rojos se cerró herméticamente a los pocos segundos y un silencio espectral envolvió el palacio entero. El conde quería que la Voz lo ayudara a capturar a Nina lo antes posible, pero la Alquimia de la Oscuridad era devastadora, y la energía negativa también habría podido destruirse a sí misma...

Entonces se oyó un leve gemido, después un grito sofocado y por fin un aullido inhumano que hizo temblar los muros y las columnas. Los androides se escondieron debajo de la cama; Visciolo se encerró en el baño acurrucándose debajo del lavabo. La Voz de la Persuasión era poderosa, tanto que ni siquiera Karkon sabía controlarla del todo; había inventado un arma mágica y terrible que podía incluso volverse contra su creador. Cuando el conde salió de la estancia secreta, estaba cubierto de sudor de la cabeza a los pies, tenía el rostro desfigurado por el miedo, respiraba afanosamente, su boca estaba abierta de par en par y las manos le temblaban sin control. Se cubrió con la túnica violeta y se dirigió a sus aposentos arrastrándose como si pesara sobre él una enorme fatiga:

—Debo concentrarme; debo usar bien mi poder. Esa Voz tiene que obrar en mi favor, no puedo derrotarme a mí mismo. Nina es la nieta de Misha y ha de morir —murmuró el conde; al instante, se desplomó en el suelo sumiéndose en un profundo sueño.

Si Nina hubiese imaginado hasta qué punto la Voz de la Persuasión había afectado al mago, se hubiera dado cuenta de lo difícil que era derrotarla. Karkon estaba «educando» a la monstruosidad que había inventado, pero la técnica distaba mucho de ser perfecta.

Mientras en el palacio Ca' d'Oro se consumaba la enésima derrota, la niña de la Sexta Luna y sus cuatro amigos viajaban transportados por las pompas de jabón que volaban sobre Venecia. La noche era fría y estar allá arriba no resultaba agradable, por mucho que el paseo fuera en verdad extraordinario.

—¡Mirad allá abajo, es Sbaquio! ¡Está saltando sobre aquel puente! —gritó Flor.

La niña de la Sexta Luna agitó manos y pies, hasta que consiguió imprimir a la pompa la dirección justa, y se posó sobre una farola:

—¡Sbaquio, Sbaquio, detente! —gritó.

Afortunadamente, el grueso polluelo se había salvado; miró hacia lo alto con una sonrisa triste y les enseñó a la pequeña mariposa que no lograba mantener los ojos abiertos. El veneno de la Fétidis Inmunda estaba acabando con ella.

La pequeña alquimista se precipitó hacia Ondula, la acarició y la besó, mientras Sbaquio se bamboleaba de un lado a otro haciendo girar lentamente las orejas con tristeza. Cesco y los demás contemplaron la escena meciéndose suavemente sobre sus pompas y dijeron más o menos a coro:

—¡Usa la Pluma del Gughi! ¡Hazla volver a Xórax, date prisa!

Y así lo hizo Nina. Frotó la Pluma y al momento apareció la esfera de color esmeralda sobre el puente: Etérea ya estaba en ella.

Los ojos azules de la gran Madre Alquimista expresaron pena y preocupación. Salió de la esfera entonces un haz de luz que envolvió a Sbaquio y a Ondula al mismo tiempo, y los introdujo en la esfera. Nina miró dentro y vio a sus dos amigos junto a Etérea, que levantó a la mariposa y, con un soplo de hálito de oro, le curó el ala herida. Ondula la movió al punto y después, alegre y feliz de nuevo, hizo tres piruetas y tres saltos mortales y le mandó un beso a Nina. La esfera desapareció dejando sobre el puente un montón de hebras de plata.

La pequeña alquimista se quedó con los ojos fijos en el suelo durante un par de segundos. Esta vez había tenido mucho miedo de perder a Ondula. Si Etérea no hubiera intervenido, lo más probable es que la mariposa hubiera terminado envenenada. La lucha contra Karkon se hacía cada vez más difícil y el peligro que corrían iba en aumento. La niña trepó a la farola sin esfuerzo y se acomodó sobre la pompa; luego le imprimió velocidad y voló hacia sus amigos. Las pompas de jabón viajaron veloces sobre tejados y campanarios, sobrevolando calles y canales hasta llegar a la isla de la Giudecca.

Nina experimentaba sentimientos ambiguos: era feliz, pero también estaba preocupada. Aunque el Hauá, el Arcano del Aire, había vuelto finalmente a la Sexta Luna y millones de golondrinas levantaban vuelo desde Egipto para llevar los pensamientos de los niños al Mirabilis Fantasio, la aventura no había terminado. Ni mucho menos. Karkon Ca' d'Oro y el alcalde LSL no iban a abandonar y, aunque Nina y su grupo habían derrotado nuevamente al mago, la batalla había sido feroz.

Eran las cuatro de la mañana cuando los niños aterrizaron en el parque de la villa. Los amigos de la niña de la Sexta Luna, helados y muertos de cansancio, se tiraron sobre los divanes de la Sala de las Naranjas y se durmieron como troncos. Sin embargo, ella no consiguió tranquilizarse, ni mucho menos dormir.

La pequeña alquimista fue a sentarse a la Sala de la Chimenea. Allí, delante del fuego, con Platón y Adonis a sus pies, se puso a pensar de nuevo en todo lo que había sucedido desde su llegada a Venecia. En pocos meses su vida había dado un giro de ciento ochenta grados: la muerte misteriosa de su abuelo y la aventura de Xórax lo habían trastocado todo. Contempló el antojo con forma de estrella que tenía en la mano, luego la cerró convirtiéndola en un puño, entornó los ojos, apoyó la cabeza en el respaldo del sillón donde estaba sentada y empezó a reflexionar sobre lo que le había dicho Ondula: «La puerta negra con

bordes rojos, la Voz de la Persuasión habita allí dentro». Se lo repetía mentalmente, intentando imaginar qué podía haber en aquella estancia. El fuego ardía alegremente y el calor calentó los pies helados de la niña que, exhausta, se durmió por fin, tranquilizada por el ronroneo de Platón, y libre, por lo menos aquella noche, de la terrorífica presencia del inquietante monje.

A las siete de la mañana Ljuba entró en la Sala de las Naranjas y vio dormidos a los niños. Cesco estaba acurrucado sobre el diván y roncaba a más no poder; junto a él estaba Dodo, con un brazo colgando y otro sobre el pecho, apretando todavía el canope; en la poltrona de terciopelo burdeos, junto al cuadro de la princesa Espasia, dormía tranquila Roxy, mientras Flor, que tenía en la mano la Charta Mater, dormía bocabajo sobre la alfombra persa, rodeada de blandos cojines.

—¿Qué ha sucedido? ¿Qué hacéis aquí? ¿Habéis dormido vestidos?

La voz de Merengue entró como un rayo en los oídos de los cuatro niños que, como si hubieran escuchado un floreo de trompeta, se pusieron en pie tambaleándose de sueño.

—Estamos cansados, hemos estudiado hasta muy tarde y… —respondió Cesco intentando ofrecer una justificación.

La buena de Merengue, meneando la cabeza, levantó los brazos al cielo y exclamó:

—¡Pero qué paciencia tengo que tener! Me voy a la cocina a prepararos el desayuno. Pero ¿dónde está Nina?

—Aquí estoy, Ljuba. Y tengo un hambre de lobo —respondió la niña, que se había despertado oyendo vocear a la tata rusa.

—Ah, muy bien… veo que tú también has dormido vestida. ¿No te has acostado? —respondió Merengue.

—Bueno, en realidad me he dormido en la Sala de la Chimenea… —respondió Nina guiñándole un ojo a Ljuba, que se fue dando bufidos a la cocina seguida por Platón y Adonis. Cuando los niños se quedaron solos Nina dijo:

—También esta vez hemos tenido suerte. Pero estoy muy

preocupada y temo que volveremos a tener noticias de Karkon muy pronto. Debemos estar preparados para todo.

Dodo se levantó del diván desperezándose y dijo:

—¿Cre... cre... creéis que el alc... alc... alcalde seguirá tomándola conmigo?

—No sé —respondió la pequeña alquimista—, pero lo mejor que podemos hacer es estar en guardia. Y además no entiendo lo del Kabitus Morbante. Cuando hemos desvelado el Segundo Arcano ha aparecido un mensaje con esas extrañas palabras.

Roxy bostezó y Cesco hizo lo mismo: estaban hechos polvo y querían pasar un domingo tranquilo, sin plantearse más problemas.

—Galletas de almendra, brioches de crema, té caliente, leche con cacao y zumo de naranja. ¡Venga, niños, a desayunar, que lo necesitáis!

Ljuba había llegado con una bandeja llena de exquisiteces y en el rostro de los cinco jóvenes héroes apareció una sonrisa radiante.

La mañana transcurrió tranquilamente. Nina y Cesco jugaron a las damas, Roxy y Dodo se dedicaron a los crucigramas, y Flor se quedó cómodamente sentada en la poltrona escuchando su música preferida. Pero la calma no duró mucho... a las once llegó José con una expresión muy seria. Se acercó a Nina y juntos fueron hacia la Sala del Dogo. El profesor, con aire preocupado, sacó una carta de LSL:

—La he recibido esta mañana; el alcalde quiere hablar urgentemente conmigo. Siento que va a suceder algo terrible. He bebido una poción para calmarme pero mi intuición no suele equivocarse, así que es imprescindible estar atentos. Sobre todo es necesario saber si todavía quieren cargarse a Dodo. Es el más débil.

La pequeña alquimista le escuchó con atención y, mientras caminaba de un lado a otro por la estancia, intentó pensar.

—Dime, Nina, ¿habéis hecho algo esta noche?

La pregunta del profesor turbó a la niña.

—Sí, hemos entrado en el palacio de Karkon y nos hemos llevado una cosa. No puedo decirle más, profesor… —respondió Nina mirando fijamente a José, que se levantó de un salto de la silla y, mirándola también fijamente, dijo:

—Muy bien, entiendo. Pero piensa que si he de ayudaros, tienes que contarme algo.

La niña de la Sexta Luna se acercó a los estantes de la biblioteca y, vuelta de espaldas, explicó:

—Tengo una misión que llevar a término. La alquimia me ayuda, pero el conde Karkon es fuerte y usa muchas armas mágicas. Hasta ahora le he derrotado siempre, pero no sé qué pasará de aquí en adelante. Créame profesor: me gustaría tanto explicarle lo que sucede... pero de verdad, no puedo. Le pido a usted que se quede junto a Dodo y que procure enterarse de lo que pretende el alcalde.

José alargó la mano y acarició el rostro de Nina.

—Eres exactamente igual que tu abuelo. Tienes un carácter fuerte y dotes alquímicas muy especiales. Me alegra ser tu maestro, aunque a veces pienso que sabes cosas que ni siquiera imagino. Recuerda que no debes descuidar las asignaturas del colegio; has de estudiar también historia y geografía.

El profesor se dio la vuelta y añadió:

—Lo que pueda hacer por ti y tus amigos lo haré con mucho gusto, te lo juro. Ahora volvamos con ellos: nos esperan.

—Profesor —le detuvo la niña de la Sexta Luna —, ¿usted sabe lo que es el Kabitus Morbante?

—Sí, claro. Es un encantamiento de la Magia Oscura. Sirve para contaminar y potenciar algunos objetos. ¿Por qué me lo preguntas? —respondió José muy sorprendido.

—Karkon ha hecho ese encantamiento. Estoy segura. Y no sé cómo defenderme de él —respondió angustiada la niña.

—No conozco el antídoto para eliminar el Kabitus Morbante. Y yo no me ocupo de la Magia Oscura, lo sabes muy bien.

—Entiendo. Entonces tengo que estudiar una poción, y urgentemente. La prepararé yo misma, profesor. Si necesito ayuda se lo diré, no se preocupe —replicó decidida la pequeña alquimista poniendo fin a la conversación.

El maestro, perplejo, se dirigió a reunirse con los otros niños. Cuando Dodo le vio entrar en la Sala de las Naranjas corrió hacia él y le abrazó.

—¿Qué ha pasado con tu gorro naranja? —preguntó José.

—Lo he per… per… perdido —respondió Dodo turbado y, para cambiar de tema, le pidió a José que le diera una lección de historia. El profesor no necesitó que se lo repitiera.

—Bien, bien, niños coged los apuntes que voy a hablaros de los antiguos egipcios.

No había terminado de pronunciar estas palabras cuando el grupo estalló en una estrepitosa carcajada.

—¡No, no, por caridad, de los egipcios no! Nos lo sabemos muy bien —respondió Roxy, y todos volvieron a carcajearse como locos. El pobre profesor no podía imaginarse la razón de tales risotadas, pero no se ofendió; por el contrario, cogió un vaso, lo llenó de zumo de naranja, lo levantó y brindó por la simpática compañía.

El domingo transcurrió tranquilamente entre suculentas comidas preparadas por Ljuba y divertidos pasatiempos. Por la tarde, cuando el maestro se retiró a leer sus polvorientos tomos de alquimia, los niños decidieron bajar al Acqueo Profundis para pasar un rato con Max y Andora.

—¡Habéix llegado por fin! ¡Extaba anxioxo!

Max 10-p1 estaba sentado junto a Andora, el androide de Karkon, el clon de la tía de Nina, que meses antes había sido capturada y que Max se había encargado de reprogramar.

—Todo ha ido bien, aunque hirieron a Ondula. ¿Nos ha mandado algún mensaje Etérea? —preguntó Nina acercándose con expresión suspicaz a Andora.

—¿Ondula? ¿Y cómo extá? —preguntó Max que, afectado por la noticia, dejó de trabajar en el rostro de Andora y se volvió hacia la pequeña alquimista.

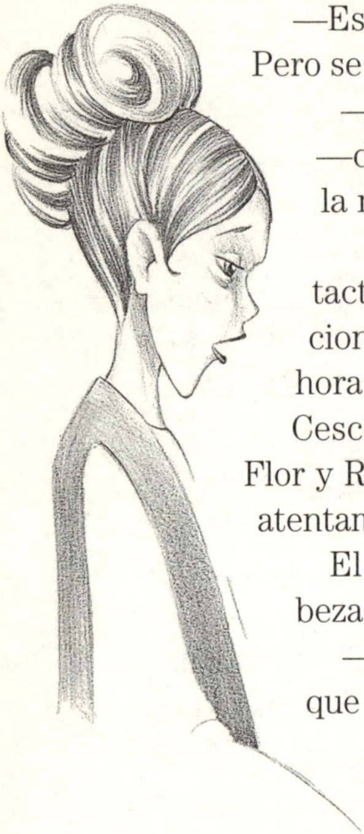

—Está bien; Etérea la ha curado inmediatamente. Pero se ha salvado por los pelos —respondió la niña.

—La Madre Alquimixta ha preguntado por ti —dijo el buen androide limpiando con cuidado la mejilla derecha de Andora.

—Entonces, pongámonos de inmediato en contacto con ella; quiero ver si el Segundo Arcano funciona —dijo Nina, presa del nerviosismo. No veía la hora de hablar con Etérea.

Cesco se sentó al teclado del ordenador, mientras Flor y Roxy se acercaban a Andora y la escudriñaban atentamente.

El androide karkoniano las miró y agachó la cabeza.

—Max, ahora está perfecta, de verdad, parece que no le ha pasado nada nunca. La cara está estupenda, y también las piernas y los brazos parecen nuevos —dijo Flor rozando una mano de Andora.

—¿Pero es buena o sigue siendo mala? —preguntó Roxy preocupada.

—Buena no lo xé, pero extoy xeguro de que mala no ex. En realidad me parece que tiene dexeox de colaborar —respondió Max muy satisfecho del trabajo que había realizado con Andora; parecía convencido de su falta de peligrosidad.

Nina se acercó a Cesco y le dictó el mensaje para Etérea:

—Mensaje para la Madre Alquimista de Nina 5523312. Estoy lista para establecer contacto.

La pantalla gigante del laboratorio se iluminó de inmediato, apareció Etérea y habló telepáticamente con la pequeña alquimista:

¡Felicidades, Nina 5523312!
El Segundo Arcano funciona perfectamente
y los pensamientos de los niños llegan

a raudales al Mirabilis Fantasio.
Mira tú misma y alégrate junto a tus amigos.

En la pantalla aparecieron millones de golondrinas volando en el cielo de Gizeh, sobre las pirámides y la esfinge; después la imagen cambió de repente y el gran Mirabilis Fantasio iluminó el Acqueo Profundis. Los niños se quedaron inmóviles frente a aquella escena extraordinaria: hasta Andora levantó los ojos y la contempló pasmada.

La luz era fortísima y latía como si estuviera viva. El Hauá y el Atanor funcionaban a la perfección. Etérea apareció de nuevo en la pantalla. De sus grandes ojos azules y de su rostro luminoso emanaba un fluido mágico:

Ahora escúchame bien: sucederán cosas graves
que debes afrontar con inteligencia e intuición.
Usa la Alquimia de la Luz y confía siempre en ti misma.
Karkon tiene los otros dos Arcanos y muchos poderes oscuros.
Los libros, las cartas y las pociones te ayudarán en tu misión.
Pero los peligros que debes afrontar serán muchos
y ya no puedo decirte más. Éstas son las reglas.

La pantalla se apagó y Nina se quedó de piedra. Roxy y Dodo se acercaron a ella porque querían saber lo que le había dicho telepáticamente Etérea, pero la niña de la Sexta Luna se dirigió hacia la chimenea, miró la llama sin humo, comprobó que las piedras mágicas ardieran debidamente y después se sentó pensativa.

Etérea la había puesto en guardia. Los poderes oscuros de Karkon eran auténticamente maléficos, sobre todo la Voz de la Persuasión. Pero Nina no quería decir nada a sus amigos; se guardaba para sí el horrible sueño que la había acechado.

—¿Te ha dicho algo grave Etérea? —preguntó Flor con su vocecita habitual.

—Me ha dicho que tendré que superar muchos obstáculos.

Pero vosotros me ayudaréis, ¿no? —dijo la pequeña alquimista girándose hacia sus amigos en espera de una respuesta.

—¡Pues claro! ¿Pero es que lo dudas? —respondió Cesco sentándose sobre la mesa junto al libro *Strade Mundi*.

—¡Esta... esta... estaremos siempre jun... jun... juntos! —respondió Dodo rascándose la cabeza y sonriendo.

—Estamos a mitad de camino; hemos encontrado dos de los cuatro Arcanos, el Fuego y el Aire, que están emitiendo energía a la Sexta Luna, pero nos faltan la Tierra y el Agua —dijo Nina con expresión atribulada.

Cesco le dio una palmada en la espalda y con aire risueño dijo:

—En los Apuntes de Karkon está escrito que el Arcano del Agua está escondido en un lugar secreto, y por ahora no podemos hacer nada. Pero en la Estancia de los Encantamientos sigue la tercera máquina que contiene el Arcano de la Tierra y eso ya es algo, ¿no te parece?

—Sí, claro. La máquina que contiene el Arcano de la Tierra es la Estufa de Carbón, la que emite ese sonido ensordecedor, ya lo sé. Pero estoy convencida de que ahora el conde inventará magias y encantamientos que nos impedirán entrar nuevamente en la Estancia y acercarnos a la máquina. Me temo que el Kabitus Morbante sirva precisamente para eso —respondió la pequeña alquimista; parecía cada vez más ansiosa por encontrar soluciones que le permitieran llevar a término su misión.

Max le hizo una caricia a Nina y después colocó el alimentador que le suministraba a Andora la energía que precisaba.

—Todo irá bien —afirmó—. Ex necexario tener paciencia. Fíjate, también exte androide karkoniano parecía perdido y xin embargo ahora extá perfectamente.

Nina miró el alimentador con curiosidad y preguntó:

—¿Qué sucede si ese tubo se atasca?

—Xi xe ataxca Andora deja de tener energía y xe apaga. ¡Pero exo no xucederá nunca! Lo compruebo cada poco tiempo.

Dexde que le he quitado los circuitox que la ponían en contacto con Karkon, el ordenador me indica pérdida de fuerza en ella, axí que debo alimentarla continuamente. ¡Pero no quiere comer la mermelada de frexa! Por exte motivo xigue débil —dijo Max para explicar la delicada situación en la que se encontraba el androide, aunque dicho asunto no parecía preocuparle demasiado.

—Estate atento para que no se apague del todo. Ya sabes que de otra forma la vida de mi verdadera tía correría peligro —recalcó la pequeña alquimista.

—Claro, claro, yo xoy muy bueno en lo que hago.

Max estaba contento y su despreocupación tranquilizó a los demás, que decidieron volver a la villa.

—Es casi la hora de la cena, así que nos vamos a casa o, de otro modo, mañana no seremos capaces de levantarnos para ir al colegio —dijo Cesco poniéndose la cazadora y acariciando a Adonis, que meneaba feliz el rabo. Roxy jugó un poco con Platón y Flor y, arreglándose el cabello, anunció:

—Me parece que mañana no nos veremos.

—¿Por qué? —preguntó la pequeña alquimista muy sorprendida.

—Porque tenemos que estudiar inglés, el martes hay un examen —respondió mirando a las caras de los demás.

—Sí… inglés… —repitió Cesco.

—¡Venga, no se hable más! Os espero el martes por la tarde. Adiós.

La niña de la Sexta Luna cerró el portón y se quedó sola con sus pensamientos.

CAPÍTULO 9

El documento de los Magos y el adiós de Andora

A las nueve de la mañana del lunes los niños estaban ya sentados en los pupitres y escuchaban atentamente a la profesora de matemáticas, que les explicaba un difícil problema de geometría. Dodo era el único distraído, pero había un motivo: el gorro de su padre le quedaba muy grande y, como no había encontrado otra cosa para taparse la cabeza pelada, no tenía más remedio que llevarlo. Pensaba y repensaba en su gorro de lana naranja perdido durante la lucha con Alvise. ¡Cómo le hubiera gustado partirle la cara a aquel feo androide!

Pero la rabia de Dodo no era nada comparada con la angustia de Nina: temía oír una vez más la maldita Voz. La niña de la Sexta Luna había desayunado ya y, sentada cómodamente en la Sala del Dogo, leía un libro de Birian Birov titulado Compañeros de Aventura. El escritor y alquimista, misteriosamente desaparecido como el abuelo Misha y ahora también invitado de Xórax, había escrito aquel libro antes de su novela Dispersos, que Nina había leído varias veces.

La pequeña alquimista se había dirigido a la biblioteca buscando ideas para combatir al maléfico Karkon. Recorriendo velozmente los títulos de distintos volúmenes, con la prisa de quien quiere una solución de inmediato, había terminado por posar la mirada en el calendario. Hasta ese momento no se había dado cuenta de que el mes de octubre había terminado; pasando la hoja, pensó: «¡Por todo el chocolate del mundo! Estamos ya en pleno otoño. Dentro de dos meses será Navidad. Mi primera Navidad en Venecia; la primera Navidad sin el abuelo Misha».

Un velo de tristeza descendió sobre el rostro de la niña que, sin embargo, se sentía confortada por el hecho de saber que su abuelo estaba siempre junto a ella. ¡En el fondo, no había muerto!

Aquel lunes de noviembre había empezado de un modo muy especial: la niebla había descendido veloz sobre la ciudad y Venecia parecía suspendida entre el mar y el cielo. Los ruidos se oían muy amortiguados y los pasos de la gente que iba y venía por calles y plazas parecían pequeños golpes sordos. El profesor José, envuelto en su capa negra y con el acostumbrado sombrero de punta en la cabeza, caminaba a paso vivo hacia el Ayuntamiento. Estaba muy preocupado: el encuentro con el alcalde no era precisamente un buen comienzo de jornada pero, por otra parte, la carta que había recibido dejaba muy claro que debía acudir a la cita. En cuanto llegó sintió que un escalofrío le recorría la espalda. Miró en torno y vio una decena de empleados de rostro gris, que escribían sin levantar la cabeza ni una sola vez.

—Tenga la bondad: el alcalde, marqués Loris Sibilo Loredan, le espera en su despacho. Le ruego que me siga.

La voz del empleado municipal carecía de inflexiones; era casi mecánica.

El profesor, muerto de curiosidad y sintiendo al mismo tiempo cierto miedo, entró en el despacho de LSL.

Las cortinas de terciopelo verde oscuro que cubrían los ventanales no dejaban pasar más que un hilo de luz; los muebles eran tétricos y el escritorio, colocado sobre una tarima de madera, estaba lacado de rojo. La única fuente de luz de la estancia era un enorme candelabro de cristal de Murano.

—¡Bienvenido, profesor José!

El alcalde apareció de improviso detrás del maestro que, espantado, dio un salto hacia delante. Instintivamente se apoyó contra una pared de donde colgaban unos extraños cuadros que mostraban hombres y mujeres con cabezas de serpiente.

—Buenos días, alcalde. He recibido su misiva. ¿Qué puedo hacer por usted? —inquirió José, que seguía inmóvil.

—¿Que qué puede hacer? Bueno, para mí que puede hacer mucho.

El marqués caminaba lentamente por la estancia y de tanto en tanto se pasaba la mano por los cabellos, espesos y entrecanos. Después se volvió de golpe y clavo los ojos, de un verde casi transparente, sobre el profesor. Los rostros del maestro y del alcalde se encontraban a pocos centímetros el uno del otro cuando LSL preguntó con voz sibilante:

—Usted me ayudará, ¿verdad?

José retrocedió hacia un lado y, desviando la cabeza para evitar la cercanía del alcalde, respondió:

—Depende de lo que quiera de mí, naturalmente…

LSL hizo un gesto rápido y puso bajo la nariz del profesor una extraña prenda:

—¿Conoce usted esto? ¿Sabe de quién es?

José, estupefacto, respondió:

—Es un gorro de lana naranja. No sé de quién es.

El alcalde, aferrando el gorro entre las manos, subió a la tarima y se sentó en el gran sillón que estaba detrás del escritorio. Dejó el gorro entre unos papeles y levantando el índice de la mano derecha, exclamó:

—Sabe perfectamente de quién es: del pequeño Dodo. Sí, sí... precisamente de Dodo.

El profesor se lanzó sobre el escritorio para coger el gorro, pero LSL le sujetó las manos y dijo:

—No, no, profesor, nada de eso. Contrólese. Sepa que... tengo intención de devolverle el gorro al niño, pero...

—¿Pero qué? —dijo el profesor que comenzaba a irritarse por el comportamiento del marqués y a sentirse incapaz de mantener la calma.

—Verá, profesor, este gorro de lana ha sido encontrado en una estancia del palacio del conde Karkon Ca' d'Oro. Y no sólo eso, sino que ciertos sistemas de vigilancia han sido destruidos. Y a Dodo le han visto volar... ¿Entiende? Volar sobre una pompa de jabón junto a otros niños. Un episodio gravísimo. Una vez más este niño se mete en líos serios. Usted me entiende, ¿no? —dijo el alcalde, siempre con voz amenazadora y sibilante.

—No tengo ni idea de cómo ha podido terminar ese gorro en el palacio de Karkon. ¡Puede que ni siquiera sea de Dodo! —objetó José.

—No me gusta nada de esto. Si le digo que es de Dodo, es que es de Dodo; fíjese, aquí está bordado su nombre. Además yo creo a pies juntillas en lo que el conde Karkon diga. Pero, mi querido profesor José, puedo aún hacer la vista gorda si me ayuda a disuadir a ese niño y a sus amigos de usar las artes mágicas. ¡Sabe bien que la magia está prohibida! En suma: o me ayuda o le hago arrestar junto a Dodo. ¿Le gustaría pasar una temporadita en las celdas de los Piombi?

—Si le ayudo, ¿me promete que no hará daño a Dodo y a sus amigos?

El maestro había entendido que debía ganar tiempo y llegar a algún tipo de compromiso con el alcalde: era preferible no enfrentarse con él abiertamente. Mientras le escuchaba, José pensaba una y otra vez qué podrían haber ido a hacer los niños al palacio de Karkon. Verdad era que la niña de la Sexta Luna le había contado bien poco porque su misión debía permanecer en secreto, pero ahora todo se estaba complicando muchísimo.

—Bien, bien, veo que empieza a entender. Le voy a encomendar una tarea que nadie hasta ahora ha resuelto de manera definitiva —dijo LSL avanzando hacia el profesor.

—¿Cuál? —preguntó José apoyando las manos en el escritorio.

—Estudiar el León Alado y verificar que no es mágico, que es una estatua corriente y moliente. Usted lo certificará. Aportará las pruebas necesarias y de ese modo todos entenderán que no hay nada mágico en él. ¿De acuerdo?

Dicho esto, el alcalde sacó una hoja de un cajón: era el Contrato Antimagia.

—Ahora firme y déjese de historias —ordenó con tono imperativo.

LSL le tendió una pluma a José, que estampó su firma en la parte inferior de la hoja. Mientras salía por la puerta, oyó de nuevo al alcalde que gritaba:

—¡Tenga esto! ¡Lléveselo a su amigo Dodo! Nos veremos después de Navidad.

El profesor cogió al vuelo el gorro y salió sin saludar. La niebla era cada vez más espesa y el profesor sintió que la sangre se le helaba en las venas. Debía hablar cuanto antes con Nina.

Cuando llegó a Villa Espasia, encontró a la muchachita absorta en la lectura; en cuanto se hubo quitado la capa y el sombrero le mostró el gorro de Dodo y el contrato que acababa de firmar. Nina levantó la cabeza, miró preocupada al profesor y exclamó:

—¡Maldito LSL! Obedece las órdenes de Karkon, lo sé. ¿Qué hacemos?

—Lo más importante es mantener la calma. Estoy seguro de que a partir de ahora el alcalde me espiará. Haré el estudio que me ha pedido, inventaré lo que sea para contentarle y para convencerle de que el León es sólo una estatua de mármol. Pero, mi querida Nina, debes prometerme que no harás nada que pueda poner en peligro tu vida o la vida de tus amigos. Dodo podría ir derecho a la cárcel. Y yo con él.

José parecía muy decidido y la niña, a pesar de la rabia que sentía, asintió:

—De acuerdo, yo continuaré mis investigaciones alquímicas y estaré muy atenta, pero no puedo prometerle nada más, profesor. Mis amigos son indispensables, una verdadera ayuda. Sin ellos no podría llevar a término la misión. Tenemos que buscar algo vital… algo vital para todos los niños del mundo. ¿Lo entiende?

La pequeña alquimista cogió las manos del maestro y, estrechándolas con fuerza, añadió:

—Lo hago porque mi abuelo me lo ha pedido, y soy feliz de satisfacerle. Es una cosa tan grande y maravillosa que un día también usted lo entenderá.

José le dio un beso en la mejilla a su alumna, le dejó el gorro de Dodo y se marchó a estudiar a fondo su proyecto.

Nina no comió nada aquel día y le pidió a Ljuba que le llevara el gorro a la mamá de Dodo. Pasó horas y horas entre los libros de la Sala del Dogo y del laboratorio, tomó apuntes, trazó bocetos e inventó nuevas fórmulas alquímicas que, por desgracia, no dieron resultado. Nada podía anular aquella maldita Voz, todo parecía haberse torcido y, por primera vez, Nina se sintió sola en el Universo. Leyó tanto y con tanta concentración que por la noche sus ojos estaban enrojecidos de cansancio.

Antes de acostarse, entró en la habitación del abuelo y encendió la luz: el suntuoso lecho con baldaquino era hermosísimo y el perfume de violetas resultaba limpio y familiar. Acarició los armarios y los cajones, tocó las cortinas de terciopelo rojo y, antes de salir, posó la mirada en una pequeña mesita redonda de tres patas sobre la que había un rollo de papel cerrado con una cinta larguísima. Curiosa, lo abrió al momento.

—¡Pero está en blanco! ¡No hay nada escrito! —exclamó desilusionada. En aquel momento la luz se apagó, la cinta empezó a brillar y voló sobre la cama de baldaquino; después se apagó lentamente y se posó sobre la alfombra persa; entonces, una frase apareció sobre ella:

Hoja para leer mañana.

—¿Mañana? —exclamó la pequeña alquimista sorprendida. Puede que hubiera llegado la ayuda que buscaba; sólo necesitaba esperar a la mañana siguiente. Dentro de unas horas Nina se enteraría de algo importante.

La niña corrió a su cuarto, se puso su pijama azul y se durmió sin soltar el precioso rollo de papel. Pero, en la oscuridad, el Mal volvió a atormentar sus sueños.

Como la primera vez, se le apareció una cortina roja. Nina quería despertarse, pero no lo conseguía. Procuraba inútilmente abrir los ojos. «Y si no he bebido el potasio… ¿por qué vuelve el horrible sueño?», se preguntaba mientras sentía que una fuerza potentísima la arrastraba hacia el lugar del miedo.

Nina se vio entonces en una estancia enorme, con muchas ventanas. Por las de la izquierda se filtraba la luz del sol, mientras que las de la derecha dejaban ver el cielo estrellado. En el centro había dos sillones vacíos y un mapamundi con pedestal. La niña caminaba mirando en torno a ella y de repente sintió en la boca y en la nariz una horrible sensación: de nuevo la fetidez del aliento de Karkon, un olor nauseabundo que casi la hizo vomitar. Le vino entonces a la mente la extraña palabra que el mago había pronunciado en la Estancia de los Espejos: «S U A S I O».

La pequeña alquimista sintió que se le helaba la sangre.

«El aliento, la peste, la palabra mágica… así es como ha entrado en mí la Voz», pensó cada vez más agitada. ¡Finalmente había entendido el encantamiento de Karkon!

Desde el fondo de la estancia vio avanzar muy despacio al

monje, con la capucha cubriéndole el rostro; las manos y los pies descalzos, sin embargo, quedaban a la vista.

—Así pues, has vuelto a buscarme —dijo el extraño personaje avanzando hacia ella.

—Eres tú quien ha entrado en mis sueños —objetó Nina temblando como una hoja.

—No, te equivocas. Porque yo soy lo que tú necesitas.

La voz del monje era suave, casi dulce:

—Ahora siéntate junto a mí; tienes que estar muy cansada.

El monje se acomodó en un sillón y Nina se sentó en el otro, observando de cerca el extraño ropaje que vestía aquel hombre sin rostro y sin sombra.

—¿Dónde estamos? —preguntó la pequeña alquimista.

—Estamos donde tú quieras. Todo lo que ves es fruto de tus pensamientos. Ésta es la estancia de tus sueños —respondió el monje.

—No, no es verdad. Ni siquiera tú eres real. Tú eres la Voz de la Persuasión, ¡lo sé! —exclamó Nina intentando levantarse, pero el mapamundi que estaba sobre el pedestal comenzó a girar sin que nadie lo tocara.

—Llámame como gustes. Yo soy lo que tú necesitas —repitió la Voz—. Ya lo ves, tú querías que el mapamundi girase y míralo ahora: ¡gira para ti!

La sorpresa de la niña de la Sexta Luna fue mayúscula, porque era cierto que lo había deseado. Puso la mano con la estrella sobre la esfera que giraba y el monje le dijo:

—El mundo será tuyo. Sé muy bien que lo deseas. Yo puedo ayudarte.

—¿Todo el mundo?

La niña se dio la vuelta y vio que el monje ya no estaba sentado en el sillón. Se levantó espantada y vio que el ser se encontraba junto a una de las ventanas que dejaba pasar la luz del sol.

—¿Quieres que sea de día? Pues mira, aquí tienes el Sol —dijo la Voz abriendo la ventana, por la que entraron cálidos rayos dorados. Después el monje desapareció de nuevo para reaparecer al otro lado de la estancia, junto a una ventana por la que se veían las estrellas.

—¿Quieres que sea de noche? Pues mira, aquí tienes la Luna.

La Voz era cautivadora, enormemente persuasiva. Nina no sabía qué decir: se sentía atraída por lo que estaba viendo, pero sabía que no debía escuchar de ninguna manera las palabras de aquel maldito monje.

—¡No, no, quiero despertarme! ¡Déjame ir!

La pequeña alquimista corrió hacia la pared de la izquierda, pero no vio salida alguna; se dirigió entonces a la derecha, pero aquí tampoco vio puertas. Miró por las ventanas, pero sólo vislumbró el cielo de día y el cielo de noche.

—Cálmate, estás muy nerviosa. Yo estoy aquí. Mira las maravillas del mundo: yo te daré todo lo que pidas. Espero tus instrucciones.

El monje se había sentado de nuevo en la poltrona y hacia girar el mapamundi con las manos.

—¡Eres de mentira! ¡No existes! —gritó Nina.

—Existo porque tú existes. Soy lo que tú necesitas —respondió la Voz con su acostumbrada calma.

—¡Basta! ¡Basta! ¡Me estás volviendo loca! —respondió la pequeña alquimista, descompuesta por el miedo; respiraba cada vez más afanosamente, sentía que las piernas no la sostenían y sufría una sed terrible.

—Toma, bebe. Es agua fresca.

En las manos del monje apareció un vaso de cristal lleno de agua. El deseo de la niña se había cumplido de inmediato sin ser formulado siquiera. Nina tomó el vaso y apuró ávidamente su contenido. Era un agua buenísima; parecía el agua de una fuente de montaña. Después se dio cuenta en seguida de que había bebido lo que le ofrecía la Voz, y de que no hubiera debido hacerlo bajo ninguna circunstancia.

—¿Me has drogado? ¿Qué había en el vaso? —preguntó suspicaz.

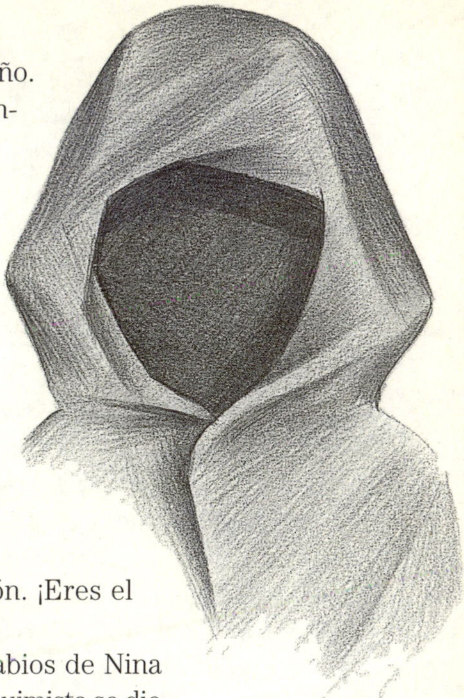

—Sólo agua. Jamás te haría daño. Satisfago tus deseos, ¿no lo has entendido aún?

El monje extendió los brazos hacia delante, levantó las manos y las agitó. Al instante aparecieron decenas y decenas de palomas blancas que volaron sobre la cabeza de la pequeña alquimista y después salieron por las ventanas.

—La inocencia, la paz, la serenidad. El mundo que deseas es éste, ¿no? —preguntó la Voz.

—Sí… pero tú eres una ilusión. ¡Eres el Mal!

Las palabras salieron de los labios de Nina con gran esfuerzo, y la pequeña alquimista se dio cuenta de que su mente era ahora presa de la Voz de la Persuasión.

—Te equivocas una vez más. Vives en la ilusión. Crees luchar contra el Mal y en realidad estás haciendo lo contrario.

El monje se le acercó muchísimo y, casi susurrando, añadió:

—Los que crees que son buenos son en realidad malos, ¿no te sientes utilizada?

—¿Yo utilizada? ¿Utilizada? ¿Por quién? —preguntó la niña observando la capucha del monje: la tenía a su alcance, a pocos centímetros, y estaba tentada de descubrir qué rostro tenía la Voz.

—Utilizada por quien dice quererte mucho y en realidad no te quiere —respondió el monje apartándose levemente. No intentes verme la cara —añadió—. Verías lo que ahora no puedes ver. Soy el Bien. Escucha mis palabras. Soy lo que tú necesitas.

Y diciendo esto, el monje desapareció, dejando a Nina sola en la estancia mientras el mapamundi continuaba girando. De improviso, la cortina roja se superpuso a todas las imágenes y se tragó a la niña, que sintió que su cuerpo ardía.

Se despertó sobresaltada y sudando como si hubiera estado horas bajo el sol. Encendió la luz de la lámpara que tenía junto a la cama y se levantó de un salto. Adonis ladró del susto y Platón arqueó el lomo con el pelo erizado y soltó un bufido.

Eran las cinco de la mañana. El horrible sueño había vuelto y el miedo hacía que el corazón de la niña de la Sexta Luna latiera a mil por hora.

La niña miró la estrella que tenía en la mano: estaba roja. Ello quería decir que el peligro de la Voz no anulaba la voluntad. Fue al baño a refrescarse la cara, luego volvió a su cuarto y se dejó caer al suelo, entre Adonis y Platón. Ya no tenía sueño, así que se puso a contemplar el techo y a darle vueltas a las palabras de aquel monje sin rostro. El gran alano profirió un quejido y con la pata rozó el rollo de papel que Nina había encontrado pocas horas antes en la estancia del abuelo.

—Ahora puedo leerlo. Ha pasado la noche —dijo la niña acariciando la gran cabeza de Adonis.

Desenrolló el documento con delicadeza y para su gran sorpresa encontró en el interior dos varillas perfumadas, una negra con la leyenda FALSUS, y otra blanca que llevaba escrita la palabra VERUS. Las acarició: tenían un olor muy agradable. Después miró la hoja de papel y la leyó en voz alta mientras el perro y el gato se acomodaban para escuchar.

Nina entendió de inmediato que no se trataba de una carta como las que había recibido en el pasado. Para empezar, el título era mucho más solemne. En efecto, era un documento proveniente de Xórax y había sido redactado por los magos de la Sexta Luna reunidos en la Sala Azul de los Grandes Asesores del Mirabilis Fantasio. La hoja tenía impresa la marca del Jambir y, al final, vio una frase en el lenguaje de la Sexta Luna: «Volar para vivir». Era una frase que Nina conocía bien, porque el abuelo Misha la había transcrito en su Cuaderno Negro.

La niña, emocionada, empezó a leer:

SOBRE LA VERDAD

Xórax, Mirabilis Fantasio, Sala Azul de los Grandes Asesores.

A Nina 5523312

Documento firmado por los Magos Buenos y por los Alquimistas de Xórax.

Eres la niña de la Sexta Luna y queremos ayudarte, pero debes saber desde el principio que tu Voluntad es más importante que cualquier otra cosa. Lo que ahora vas a leer te ayudará si sabes utilizar la inteligencia y la alquimia.

La Verdad está en el Pensamiento. Pensar es, por consiguiente, Crear la Verdad.

Escucha, Nina: las cosas a menudo parecen verdaderas, pero muchas veces no lo son. Existe también el Pensamiento Negativo, y existe la Alquimia de la Oscuridad que tiene poderes tenebrosos. La Oscuridad devora la Luz, la Oscuridad esconde la Verdad, la Oscuridad hace que todo aparezca con una forma que no es la verdadera. ¿Entiendes?

Las cosas verdaderas no tienen necesidad de esconderse, sino que se muestran tal cual son. De aquí se deduce que la verdad es siempre transparente. No sigas las palabras que te parezcan verdad pero no lo son.

Un ejemplo te ayudará a entenderlo mejor:

Imagina que estás en una estancia llena de espejos que reflejan tu cuerpo. ¿Qué deberías hacer para demostrar que la verdadera Nina eres tú y que las otras son sólo imágenes reflejadas?

Cada movimiento que haces lo hace también tu reflejo.

Por consiguiente, ¿cuál es la auténtica Nina?

Piénsalo bien.

Si acaso se te ocurriera la idea de romper los espejos para eliminar las imágenes, te equivocarías: la violencia no lleva a ninguna Verdad.

Y te arriesgarías a cortarte con los espejos rotos.

La solución es más simple: si empañas los espejos con tu aliento, las imágenes desaparecerán y sólo tú, la auténtica Nina, serás visible.

Como ves, las imágenes pueden engañar.

Pero también los sonidos engañan y la realidad es a veces una «falsa realidad».

Te corresponde a ti entender que la Verdad no siempre es hermosa, que la verdad no siempre muestra cosas buenas. La Verdad, justamente porque no tiene necesidad de esconderse, puede ser cruel en ocasiones. Es una de las reglas de la vida humana.

Apréndela y úsala con inteligencia.

La Voz de la Persuasión que te atormenta no dice la Verdad. Cuando la oigas de nuevo, utiliza las dos varillas perfumadas, Falsus y Verus, y quizá todo te resulte más fácil.

Y, por último, sólo podemos decirte una cosa: esa Voz es una prueba.

Todos nosotros la hemos superado.

Los que no lo han conseguido están ahora al servicio del Mal.

Tienes que estar en guardia, la Alquimia de la Oscuridad podría fascinarte a ti también.

Que tu fuerza alquímica te guíe.

—¡Por todo el chocolate del mundo! ¡Vaya documento importante! ¡Los Magos Buenos de Xórax están preocupados por mí!

Nina estaba pero que muy sorprendida: no se esperaba una cosa así. Aquel documento tenía un valor incalculable, porque le ayudaría a combatir la Voz. Los Magos Buenos y los Alquimistas de la Sexta Luna la ponían en guardia: el encantamiento de la Voz de la Persuasión era una prueba difícil de superar y sólo la Verdad podía derrotar al maleficio.

«Ellos la han superado», pensó Nina sujetando en la mano las dos varillas perfumadas, «y yo lo conseguiré también. No quiero pasarme al bando de Karkon. ¡El Mal no me tendrá nunca!».

Decidida como siempre, la pequeña alquimista miró la estrella que tenía en la mano y se juró a sí misma que no fracasaría.

La claridad se filtró por las cortinas y le iluminó los ojos. Eran las siete de la mañana del martes, la jornada había empezado a tope y la niña de la Sexta Luna se sentía preparada para pasar a la acción. Se puso unos pantalones negros largos con bolsillos laterales, la camiseta naranja y las zapatillas azules, descendió a la carrera por la escalera de caracol y se metió en la cocina para desayunar leche y galletas.

—¡Buenos días, Ninotchka! ¿Cómo tú despierta a estas horas? ¿Esperas al profesor José para la lección? —preguntó Ljuba, que se afanaba preparando una tarta.

—No veré al profesor los próximos días; está preparando un trabajo importante —respondió Nina con la boca llena de galletas.

—¿Un trabajo? ¿Qué trabajo? —preguntó la tata rusa, que sentía auténtica curiosidad.

—Un trabajo secreto, de esos que no puedo contarte… —canturreó la niña precipitándose fuera de la cocina para volver al laboratorio.

—¡Picarona, que no me cuentas nunca nada! —la regañó dulcemente Ljuba mientras seguía haciendo la tarta con una excelente compota.

Una vez dentro del laboratorio, la pequeña alquimista escondió en el cajón el precioso documento de los Magos Buenos de Xórax, dejó sobre la mesa de los experimentos las dos varillas perfumadas e interpeló al *Systema Magicum Universi.*

—Libro, ¿cómo se usan estas varillas contra la Voz?

Verus y Falsus, blanco y negro,
usarlas es un misterio.
Cuando hable la Voz
te ayudará una de las dos.
Descubrir la Verdad
nunca fácil será.

El Libro le había dado una respuesta, sin embargo Nina no estaba satisfecha. Cuando intentó hacer otra pregunta, la hoja líquida se iluminó nuevamente y apareció un largo mensaje:

Otras fórmulas alquímicas probarás
y derrotar al Mal conseguirás.
El peligro no está sólo en la Voz,
porque Karkon es siempre feroz.
Muchas horas y sacrificios afrontarás
para convertirte en la alquimista que serás.
Oro Tácitus echarás primero
y añadirás Fumus Diabólicus en el caldero.

La niña de la Sexta Luna comprendió que para liberar los Arcanos y para convertirse en una sabia alquimista debía afrontar, una vez más, nuevas pruebas.

«¿Oro Tácitus y Fumus Diabólicus? Pero son fórmulas de la Alquimia de la Oscuridad: estaban entre los Apuntes de Karkon. ¿Cómo puedo crearlas?», pensaba Nina, sin entender por qué el Libro le había aconsejado tal cosa. Tomó los Apuntes y leyó atentamente las dos fórmulas: «Poner 3 kilos de oro a fundir durante 6 horas dando vueltas cada 2 minutos, después añadir vísceras de perro y 6 cabezas de gallina. Macerar durante 24 horas. Al compuesto se le añade Fumus Diabólicus. El Oro Tácitus sirve para encantar el Numeromágico Cero, que crea el motor».

La niña de la Sexta Luna levantó la cabeza y gritó:

—¡Pero de ninguna manera puedo matar perros y gallinas!

Después leyó la fórmula del Fumus Diabólicus: «Se obtiene quemando cachorros de foca troceados con hígados y corazones de babuinos. El Fumus Diabólicus se conserva dentro de una cuba de amianto».

La pequeña alquimista saltó sobre el taburete; no podía ni quería crear aquellas pociones. ¡Jamás mataría, pero jamás de los jamases, a ningún animal!

Nina puso la mano con la estrella sobre el Libro y dijo:

—¡No puedo hacer lo que dices! Y además ¿para qué sirven estas fórmulas? El Numeromágico Cero ya lo he encontrado, lo sabes bien. Tengo la Charta Mater y el Grafito Violeta, he entrado en el Cero Brumoso y por tanto puedo transformar los números de Karkon e interrumpir el encantamiento de las máquinas que contienen los Arcanos.

Harás lo que te he pedido,
¡no soy un estúpido Libro!
El Numeromágico Cero se ha hecho más fuerte,
porque Karkon lo tiene en la mente.

Pero eres afortunada:
el rocío de lirios ya no encanta nada,
y esto útil te será
para derrotar al Mal.

—¿El rocío de lirios? —preguntó Nina perpleja. Después tomó en las manos los Apuntes de Karkon y encontró la solución—: Es una fórmula de la Alquimia de la Oscuridad. Se trata de un líquido precioso presente sólo en algunos lirios blancos que brotan una vez cada cien años. Para obtener medio litro de rocío son necesarios al menos diez lirios. Sirve para encantar las máquinas y bastan diez gotas cada diez años. Y si ahora ya no funciona, significa que el efecto se ha acabado y que la máquina que contiene el Tercer Arcano es más débil… ¡Ya lo entiendo! ¡Por esa razón el mago ha reforzado el Numeromágico Cero que controla el motor! —gritó exultante la niña—. ¡Por fin lo he entendido!

La pequeña alquimista recordó que del Misil que contenía el Segundo Arcano había salido no sólo el Ombio, el aceite verdoso de saliva de dragón y orina de cisne, sino también una extrañísima sustancia amarillenta. ¡Seguramente era el rocío de lirios!

Nina estaba pero que muy contenta: finalmente le parecía que la situación estaba bajo control.

Pero el *Systema Magicum Universi* siguió brindándole otras informaciones importantes.

Del rocío de lirios no debes ocuparte,
sino que nuevas magias debes inventarte.
No hagas preguntas, sigue la pista:
éstas son las pruebas del buen alquimista.
Un libro de Birian Birov te servirá
y todo sencillo será.
Ningún animal morirá,
porque todo existe ya.

—¿Un libro de Birov? ¿Pero cuál? —se preguntó la pequeña alquimista, que no entendía nada. Debía encontrar el Fumus Diabólicus y el Oro Tacitus, pero no sabía cómo lograrlo. Entonces le vino a la mente el libro *Compañeros de aventuras* que estaba leyendo y se dirigió a la carrera a la biblioteca de la Sala del Dogo para hacerse con él. Lo hojeó a toda velocidad y en la página 270 encontró un capítulo que se titulaba «Cómo transportar objetos y líquidos de un lugar a otro sin moverse».

Por fin Nina lo entendió: para apoderarse del Tercer Arcano era necesario volver a la Estancia de los Encantamientos, pero la máquina que lo custodiaba había sido reforzada por Karkon y cambiar el Numeromágico resultaría imposible. Era pues necesario robar las dos sustancias de la Alquimia de la Oscuridad, el Fumus Diabólicus y el Oro Tacitus, que se guardaban secretamente en el palacio. Para hacerlo no era necesario enfrentarse a Karkon, sino que bastaba seguir las indicaciones de Birian Birov y hacerse mágicamente con los líquidos sin salir de la villa.

¿Pero cómo? Nina leyó atentamente el capítulo entero y... ¡la solución se dibujó ante sus ojos!

Era necesario beber una poción de Cilantro Veloz, un preparado potentísimo que permitía desplazar objetos y líquidos sólo con el pensamiento. Una vez asimilada la poción sería posible desplazar los recipientes del Oro Tacitus y del Fumus Diabólicus desde el palacio de Karkon hasta la villa sin que nadie se enterara.

—¡Extraordinario! —exclamó Nina entusiasmada—. Pero ¿cómo se crea el Cilantro Veloz?

La pequeña alquimista volvió ante el *Systema Magicum Universi* y con tono decidido preguntó:

—Libro, ¿cómo se hace el Cilantro Veloz?

Cinco litros de agua de lluvia,
dos pizcas de Harina Candente,
un kilo de Pimienta Violeta

y una pizca de Cometa Caudado.
Hervir durante 2 horas y 4 segundos,
beber seis sorbos y pensar en los objetos
que hay que transportar.
Atenta, Nina,
para estos ingredientes te hacen falta
al menos dos meses de búsqueda.
Empieza cuanto antes y pide ayuda a tus cuatro amigos.

La pequeña alquimista se acurrucó en el taburete: en pocas horas le habían sucedido tantas cosas... y cada vez más complicadas. Había encontrado el documento de los Magos Buenos con dos varillas perfumadas para combatir la Voz y, además, el Libro le había anunciado que debía afrontar otra prueba en su largo aprendizaje de alquimista: debía ponerse a trabajar de inmediato para dar con las fórmulas de la Alquimia de la Oscuridad.

«Demasiado, esto es demasiado. No lo conseguiré», pensó la niña preocupada y exhausta. «¿Por qué otra prueba justamente ahora que debería y podría concentrarme en la obtención de los dos últimos Arcanos? No lo entiendo…»

Además, se acordó de repente de la fea historia del alcalde LSL, que quería encarcelar a Dodo.

Con una expresión alucinada en los ojos salió del laboratorio y se dirigió hacia la Sala de las Naranjas llevando con ella el libro de Birov. Agotada, se echó en el diván y se durmió dulcemente entre los cojines de seda mientras Platón ronroneaba.

El sonido del timbre la despertó de repente: eran ya las 4 de la tarde y sus amigos llegaban puntuales. El primero en entrar fue Dodo que, con entusiasmo, mostró el gorro naranja:

—¡Gra… gra… gracias, Nina! ¿Pero có… có… cómo te las has arreglado para recuperarlo?

—Sí, ¿cómo lo has conseguido? —preguntaron los demás.

La pequeña alquimista les hizo acomodarse en el gran diván colocado frente al cuadro de la abuela Espasia y les contó lo que le había sucedido a José y las amenazas del alcalde LSL. Dodo

bajó la cabeza y empezó a refunfuñar, Flor se puso a consolarlo, y Roxy y Cesco, de la rabia, se liaron a puñetazos con los cojines.

—Dodo, no te preocupes. José presentará un proyecto estupendo que contentará al maldito marqués, tú estarás a salvo y nosotros nos quedaremos tranquilos —explicó Nina poniéndose en pie. Cesco la observó con atención y preguntó:

—¿Te pasa algo más, Nina? Pareces muy nerviosa.

—Sí, estoy nerviosa. Tengo que contaros cosas muy, pero que muy importantes.

Y, efectivamente, se lo contó todo a sus amigos, sin ninguna reserva. Por primera vez tuvo el valor de confesar sus horribles sueños, de contar cómo la Voz de la Persuasión había entrado en ella; les explicó sus dos sueños con aquel maldito monje y les desveló el documento de los Magos Buenos de Xórax que hablaba de la Verdad; les enseñó las dos varillas, la blanca y la negra, les habló del libro de Birov y, por último, de la acuciante necesidad de crear la fórmula del Cilantro.

—¡Pues vaya! ¡Qué historia! —exclamó Cesco quitándose las gafas y pasándose la otra mano por el pelo una y otra vez.

—¿Dos meses? ¡Nunca hemos hecho una fórmula alquímica tan larga! —exclamó Roxy, que se estaba comiendo dos caramelos a la vez.

—¡De... de... debemos po... po... ponernos manos a la obra in... in... inmediatamente!

Dodo se puso en pie de un salto decidido a empezar a trabajar ya, pero Flor lo sentó de nuevo tirándole de un brazo:

—¡Calma, calma chicos! Antes que nada, Nina debe estar bien y no sentirse angustiada por la Voz.

—Vosotros no tenéis que pensar en la Voz, es problema mío —contestó la pequeña alquimista con expresión seria.

—Bueno, pero no podemos dejar que seas atraída por el Mal. ¿Qué vamos hacer si te pasas al bando de Karkon? ¿Y si después tuvieras que matarnos?

Las palabras de Cesco golpearon a la niña de la Sexta Luna, que reaccionó al instante:

—¿Pensáis de verdad que podría traicionaros? ¿Creéis que me aliaría con Karkon? ¡No tenéis confianza en mí! —exclamó herida Nina, que se dio la vuelta y se calló.

Cesco se acercó a ella y le pidió excusas. También Flor, Roxy y Dodo intentaron calmarla. Por fin Nina los miró y, alzando el Taldom Lux con la mano derecha, proclamó:

—¡Prefiero morir antes que convertirme en una karkoniana!

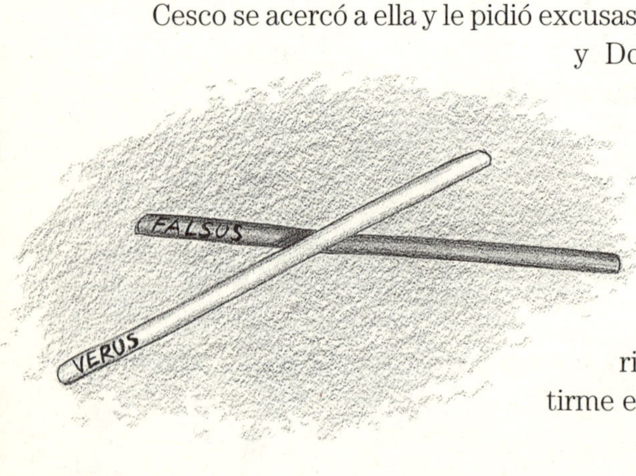

Los cuatro niños sacaron los rubíes de la Amistad Duradera del bolsillo y enseñándoselos a Nina prometieron a coro:

—Siempre estaremos contigo. Somos amigos y hemos jurado ayudarte en esta difícil misión. ¡Conseguiremos que Karkon sea derrotado para siempre!

El grupo, más unido que nunca, se dirigió hacia el laboratorio para iniciar la preparación del Cilantro Veloz. Lo más fácil, aunque lo más pesado, era obtener cinco litros de agua de lluvia. Flor tuvo una buena idea:

—Buscamos un recipiente grande y lo dejamos al aire libre; supongo que lloverá antes de que transcurran los dos meses, así que no nos queda más que esperar al mal tiempo.

Cesco cogió un viejo jarrón de cobre y dijo:

—De acuerdo, llevaremos esto al patio, junto al gran magnolio, y esperaremos que llueva lo más pronto posible. Pero ¿cómo se hace la Harina Candente?

Nina y Flor empezaron a leer diferentes libros de alquimia mientras Dodo rebuscaba entre las ampollas para ver si alguna contenía el Cometa Caudado. Roxy buscó entre las piedras preciosas y los metales la Pimienta Violeta. La tarde pasó en un suspiro y los niños, entre calderos humeantes y líquidos que exhalaban vapores, intentaron crear los elementos necesarios. Nada que hacer. Todos los experimentos fallaron. Aunque la decepción era mucha, no perdieron el entusiasmo y antes de marcharse le aseguraron a Nina que, con un poco de paciencia, encontrarían la solución.

—Quizá tendríamos que pedirle ayuda al profesor José —sugirió Cesco, pero la pequeña alquimista no lo veía muy claro:

—Tiene demasiadas cosas que hacer, no creo que pueda echarnos una mano. Sin embargo se lo pediré si no lo conseguimos por nuestra cuenta.

A las ocho de la tarde el grupo de amigos se había ido y la niña de la Sexta Luna descendió al Acqueo Profundis: quería hablar con Max. Cuando entró en el laboratorio construido debajo de la laguna, al ver a Andora caminar de aquí para allá balanceando los brazos, preguntó:

—Max, ¿pero estás seguro de que no nos va a dar problemas?

El buen androide hizo girar las orejas en forma de campana y sonrió.

—De cuando en cuando rompe alguna coxa, pero xe comporta baxtante bien —respondió mientras abría el enésimo tarro de mermelada de fresa.

—¿Come? —preguntó curiosa la pequeña alquimista.

—No, lo excupe todo. Quizá le baxta la energía para xobrevivir.

Max, en efecto, estaba preocupado porque Andora, si bien era casi completamente autónoma, no quería comer nada. Estaba muy triste y deprimida. Le costaba mucho hablar, y a menudo se colocaba frente a los cristales y miraba el fondo marino y los peces que nadaban entre las algas, mientras los ojos le brillaban como si estuviera a punto de llorar.

—¿Creex que quiere xalir? Quizá no ex feliz extando aquí. Pero no podemox xacarla del laboratorio.

Nina no sabía qué aconsejarle a Max, entre otras cosas porque no se fiaba nada de Andora; tenía muy claro que siempre había sido pérfida y malvada. Podía haber cambiado, cierto, pero a ella siempre le quedaría la duda de que pudiera estar maquinando alguna fechoría.

—Xe debe habituar a vivir en el Acqueo Profundix, ex xólo una cuextión de tiempo —insistió Max.

—Creo que Andora sobrevive sin comer porque tiene una sangre especial. En los Apuntes de Karkon está escrito que por sus venas corre el Magma Sulfato, un líquido especial que hace vivir a estos androides hasta cien años. ¿Tú qué crees, Max?

—Magma Sulfato, xí. Quizás xea éxa la razón. Pero antex o dexpuéx tendrá que comer. Extoy convencido.

Los días pasaron lentamente. Max intentaba que Andora tragara la mermelada de fresa sin conseguirlo. Y la niña de la Sexta

Luna, con sus inseparables amigos, buscaba todas las tardes las soluciones alquímicas, pero sin llegar a conseguir nada. Flor había leído ya cinco libros de alquimia clásica, Roxy había escrito una montaña de fórmulas, quizá todas erróneas, mientras Cesco y Dodo catalogaban minuciosamente todas las ampollas y las retortas del laboratorio esperando encontrar una pista útil. Lo único que habían logrado hacer era la Pimienta ¡pero no les había salido violeta sino amarilla! Además no había ni rastro del Cometa Caudado. Sin embargo, hubo algo positivo: ¡la lluvia! El jarrón de cobre que habían dejado debajo del magnolio contenía al menos un litro de agua de lluvia. Habían dado un pequeño paso hacia delante pero, desde luego, no era suficiente.

La pequeña alquimista estaba baja de moral. Una fría tarde de diciembre entró en una dependencia de la villa donde encontró al profesor José sumergido en mapas, diseños y papeles varios. Estaba terminando el proyecto que le había encargado el alcalde LSL.

—Una semana más y entregaré todo —anunció el enseñante, mientras escribía el enésimo comentario sobre la «Ausencia de Magia».

—Estoy convencido de que el alcalde no podrá decir nada. He redactado un documento irreprochable sobre el León Alado. Mira, he dibujado todas las partes del León para demostrar que no tiene nada de mágico y que se trata sólo de una inocua estatua de mármol. Pero ¡quién sabe si el alcalde me creerá!

Nina aplaudió y le agradeció al profesor su esfuerzo: así Dodo quedaría a salvo de las amenazadas de LSL y aquel maldito bando se convertiría en papel mojado.

—Profesor, debo pedirle algo importante. Ya sé que está muy ocupado, pero necesito su ayuda —dijo la niña sentándose junto a José.

—Muy bien, dime.

El enseñante escuchó con atención a su pequeña alumna. Nina le preguntó dónde podría encontrar el Cometa Caudado, pero José sacudió la cabeza y contestó:

—Lo siento, pero el Cometa Caudado es una cosa muy rara y de difícil creación. Quizá pueda mirar entre mis apuntes para ver si tengo algo que pueda ayudarte, pero debo decirte sin rodeos que buscar ese elemento alquímico es muy peligroso. Yo nunca lo he hecho. Probablemente tu abuelo lo sabía. ¿No has encontrado nada en sus cuadernos o en sus libros?

Ahora le tocó a Nina decir que no con la cabeza. Al dejar las carpetas sobre la repleta mesa, tiró al suelo sin querer el álbum de los Alquidiseños: una idea le pasó por la mente como un rayo. Cogió el álbum y exclamó:

—¡Pero esto contiene Polvo de Cometa! Por consiguiente… quizá…

El profesor se levantó de la silla y frotándose la frente respondió:

—Sí… quizá.

La hipótesis de que el Álbum de los Alquidiseños pudiera ofrecer alguna indicación sobre el Cometa Caudado no era disparatada. La pequeña alquimista abrazó a José y salió a la carrera de las dependencias, mientras el profesor le advertía gritando:

—¡Ten mucho cuidado, es una alquimia peligrosa!

Pero Nina no podía tener miedo. ¡No debía!

Cuando llegó al laboratorio de la villa abrió el Álbum mágico y empezó a estudiar el Polvo de Cometa. Cogió una pizca y lo puso en el caldero de cobre que contenía oro y zafiro. La mezcla comenzó a hervir emitiendo un humo negro y apestoso. Con las mejillas sucias y la frente sudada, la pequeña alquimista echó agua encima y colocó en un cubo la mezcla: se había equivocado. Volvió a intentarlo añadiendo dos cucharadas de mercurio, pero en aquel momento el fuego de la chimenea se apagó. Nunca había sucedido. ¡Lo que es más, nunca debería haber sucedido algo así! Alarmada, descendió por la trampilla a la carrera y en pocos segundos estaba en el Acqueo Profundis; entró como una loca y le gritó a Max:

—¡Ven de inmediato conmigo, no sé qué he hecho! ¡El fuego de la chimenea se ha apagado!

Max se puso muy nervioso y respondió:

—¡Impoxible! No puede apagarxe. Vamos ahora mixmo a ver qué ha xucedido.

El asunto del fuego apagado sacó por primera vez a Max del Acqueo Profundis. Y esto tampoco debiera haber ocurrido nunca… Andora se había quedado sola en el laboratorio. Max la había dejado libre para ir donde quisiera; se había olvidado por completo de atarla o de apagarla de algún modo antes de salir: Nina lo había llamado con tal urgencia que no pensó para nada en el androide karkoniano.

Andora miró a su alrededor, se levantó de la silla, se acercó al ordenador y tocó el teclado con suavidad: el deseo de ponerse en contacto con Karkon era fortísimo. En cuanto empezó a teclear la secuencia, una descarga eléctrica le convulsionó todo el cuerpo: el sistema de bloqueo inventado por Max funcionaba a la perfección y el contacto con el mago no era posible. Andora retrocedió y, tambaleándose, fue a dar contra la pared de vidrio que mostraba el fondo de la laguna. Después se dio la vuelta y se dirigió al cubículo donde se encontraba el trono usado por Nina para transportarse a la Sexta Luna. Se sentó en él y buscó el mecanismo para activarlo.

—Salir, salir, quiero marcharme de aquí —murmuraba presa de la desesperación. Por fortuna no había ningún mecanismo para activar el trono. Se puso entonces nuevamente en pie y, con los ojos apagados por un velo de tristeza, cogió unas tenazas, se las metió en la oreja izquierda y tiró fuerte extrayendo un pequeño cilindro de cobre que depositó sobre la mesa. Se quitó el tubo del alimentador que la mantenía con vida y antes de apagarse para siempre escribió unas líneas a la niña de la Sexta Luna, unas líneas que decían: «Aquí no puedo vivir. Nunca tendré libertad, porque no queréis concedérmela. Nina, sé que he hecho mal, a tu auténtica tía y también a Carmen. ¡Las odiaba! Pero tenía una misión; fui programada por Karkon para llevarla a cabo. Tenía que seguir sus órdenes. Ahora me siento inútil, temo volverme mala otra vez y ser la causa de nuevos problemas para tu familia. Mi sangre es un líquido diabólico y no quiero vivir cien años de esta forma, así que me voy para siempre, me apago yo misma. ¡Lo he decidido! Pero no te preocupes por tu tía: está a salvo. He desactivado la conexión. Sobre la mesa encontrarás un pequeño cilindro de cobre que llevaba dentro de la oreja izquierda. Era el nexo con tu tía y ahora ya no sirve para nada. Gracias a ti también, Max, eres un androide simpático y bueno. El Acqueo Profundis es tu casa y vivirás feliz en ella, como siempre. Quiero decir, por último, que Karkon ha construido otros tres androides adultos; son modelos menos inteligentes que yo, pero…»

Andora cerró los ojos y rodó por tierra. Los pies y las manos se le convulsionaron. Tenía la boca abierta, aunque ni un solo lamento salió de sus labios de piel sintética. La energía se había acabado. Andora se había apagado, estaba muerta.

La tragedia se había consumado en pocos minutos, sin que nadie pudiera hacer nada. Max y Nina se encontraban en el laboratorio de la villa muy atareados y concentrados, y ni en un millón de años podrían haber imaginado lo que estaba sucediendo en el laboratorio construido bajo la laguna.

—Ya extá. La chimenea vuelve a funcionar —dijo Max limpiándose las manos de metal con un pedazo de papel—. Te ruego que no hagax máx experimentox extrañox; la fórmula del Cometa Caudado ex muy difícil y no xé cómo ayudarte.

Nina miró la llama: era regular y tenía el mismo aspecto de siempre. Apretó una mano de Max, le dio las gracias y después abrió la trampilla.

—Yo no bajo xolo por ahí: me da miedo el túnel. Acompáñame al Acqueo Profundix.

El buen androide estaba muy atemorizado y no veía el momento de volver a su «casa» bajo el agua. La pequeña alquimista se echó a reír y le aseguró que iba a acompañarlo. Bajaron juntos al túnel, se metieron en la vagoneta y finalmente llegaron al laboratorio.

Cuando entraron en él, se encontraron con una escena terrible delante de los ojos: Andora, tendida en el suelo, con los ojos cerrados y la boca de par en par. Max corrió hacia ella, se agachó junto al androide karkoniano y gritó desesperado:

—¡Andora, rexponde! ¿Qué ha xucedido?

Max comprendió que no había nada que hacer: vio que el tubo del alimentador reposaba en la mesa y entendió de inmediato que había sido la propia Andora la que se había «apagado».

—Andora xe ha apagado ella mixma. Xe ha xuicidado —dijo poniéndose en pie. Las lágrimas descendían por sus mejillas; no se perdonaba haberla dejado sola—. Ha xido culpa mía. No tenía que abandonarla —exclamó dando puñetazos sobre la mesa. Nina lo abrazó y al mirar a la mesa vio la carta de Andora. Cuando la leyó también ella se echó a llorar, conmovida:

—Después de todo, fue mala sólo porque Karkon la había construido así. Cuánto lo lamento.

Max cogió en brazos al androide karkoniano y dijo:

—La meteré en un ataúd de metal. Creo que lo correcto xerá hacerle un funeral.

La niña de la Sexta Luna asintió con la cabeza y añadió:

—De acuerdo, avisaré a la tía; debe saber que desde hoy no corre ningún peligro, y se lo diré también a los chicos. Creo que a ellos también les va a afectar. Conserva este cilindro de cobre, era la conexión entre el androide y mi tía.

Con la carta en la mano volvió a la villa, se dirigió a buscar a Ljuba y le contó lo que había sucedido: era necesario comunicárselo a la buena tata rusa, porque también ella había conocido al androide karkoniano. Después cogió el teléfono y llamó a Madrid.

En la villa de la calle Velázquez todo estaba tranquilo y la llamada de Nina hizo felices a sus viejas tías. Habló primero con Carmen y después con Andora; cuando ésta supo lo sucedido, exhaló un prolongado suspiro y, para que Carmen no se inquietara ya que no conocía la existencia del androide, le mandó un beso a Nina diciéndole únicamente:

—Es mejor así, pequeña mía. Al menos viviré más tranquila. Y además, ¿sabes lo que te digo?

—¿Qué, tía?

—Que Carmen y yo hemos decidido ir a visitarte en Navidad… ¿estás contenta?

—¡Sí, tía! Muy contenta. Figúrate que van a estar también mamá y papá. Haremos una comida estupenda y nos divertiremos un montón —respondió muy nerviosa la niña de la Sexta

Luna, mientras Merengue, que había escuchado la conversación, se puso a dar saltos de lo feliz que se sentía. ¡Por fin iba a poder cocinar para toda la familia!

Adonis y Platón empezaron a dar carreras por las estancias de Villa Espasia arrugando todas las alfombras y Nina, aunque todavía estaba triste por el fin del androide karkoniano, consiguió jugar con los dos animales toda la tarde.

En el palacio Ca' d'Oro, sin embargo, no había ni una pizca de alegría. Karkon estaba fuera de sí. No sólo había tenido que reforzar el Cero del motor de la Estufa, sino que se había visto obligado a infectar con el Kabitus Morbante la máquina que contenía el Tercer Arcano previendo un próximo ataque de Nina. Además Alvise, Barbesa, Irene, Gastilo y Sabina estaban cada vez peor, porque tenían urgente necesidad de que les trasplantaran los corazones de gato.

—¡Visciolo! El Kabitus Morbante funciona. La tercera máquina está asegurada. Nina no podrá desbloquearla, ahora que está infectada es más potente que antes. Los Numeromágicos y la Mecageometría están a buen recaudo. Ahora prepara cuchillos e hilo de acero; los próximos días vamos a despedazar a unos cuantos gatos vagabundos —gritó soltando escupitajos a izquierda y derecha.

—Claro, mi señor. Cuente con ello —respondió el tuerto frotándose las manos de alegría al pensar que iba a poder despedazar a unas cuantas bestezuelas.

El conde cerró la puerta del laboratorio K y decidió pasar al ataque sirviéndose de sus tres androides adultos: realizó todos los procedimientos necesarios y el contacto con ellos fue inmediato. Al mismo tiempo, en los tres distintos lugares del mundo donde vivían los hombres-robot, la señal llegó precisa y nítida a sus circuitos cerebrales. En Perú estaba Tupac «el feroz»: ojos negros, cabellos color ala de cuervo, piel oscura y dientes fuertes, un androide todo músculo y nada de cerebro. En Rusia vivía Vladimir, «el engañador»: ojos azules, cabello muy rubio, piel blanca como la leche y con capacidad de embaucar casi a cualquiera. El último karkoniano se llamaba Loui Meci Kian, «el cínico», y vivía en China: ojos rasgados como dos hendiduras, cortísimos cabellos castaños, físico enjuto y óptima intuición. Desde hacía años los tres se comportaban como cualquier otro ciudadano, tenían trabajos normales y su conducta no había levantado ninguna sospecha. Karkon los había puesto en fase «durmiente», es decir, eran incapaces de actuar con maldad o violencia. Pero ahora había llegado el momento de «despertarlos».

—Soy Karkon, vuestro Magister Magicum. ¡Os ordeno que os activéis! A cada uno de vosotros le voy a mandar un baúl, dentro del cual encontraréis todo lo necesario. Esperad mis órdenes. ¡Pronto sabréis de mí!

El conde cortó la comunicación y, acariciándose la perlilla, se puso a soñar con la victoria y el final de la pequeña alquimista.

—¡Dentro de pocos meses mis tres androides estarán preparados para dar la batalla a la nietecita del profesor Misha! ¡Nina no tiene escapatoria! —susurró apretando el Pandemon Mortalis.

Así pues, los problemas para Nina y sus amigos no hacían más que aumentar, y la aventura para salvar a Xórax se hacía cada día más difícil y fatigosa. Pero la determinación de los cinco muchachitos era más fuerte que el Mal. Era cierto que habían sucedido una cuantas cosas muy feas, y que la muerte de Andora minaba una vez más su seguridad, pero por otra parte la lucha contra el conde había llegado a un nivel tal que cada nuevo padecimiento era afrontado con fuerza y soportado con entereza en virtud de su amistad.

Despidieron al androide karkoniano en una gélida tarde de mediados de diciembre. El cielo era gris y Venecia parecía envuelta por un manto de hielo. Max 10-p1 tenía los ojos tristes y caminaba arrastrando los pies; cuando contempló el cuerpo de Andora en el ataúd de metal dos lágrimas descendieron por su rostro plateado. Era la primera vez que asistía a la muerte de

un semejante. Max sabía que Andora era un androide muy diferente a él, pero era un androide al fin y al cabo; quizá por eso, o por su propia naturaleza, le resultaba muy triste verla inmóvil y sin vida.

La pequeña alquimista y sus amigos, con la cabeza baja, miraron por última vez aquel complejo robot que, si bien les había creado muchos problemas, también había tenido el valor de morir para no vivir una vida de maldad. Max colocó el ataúd en la única salida existente en el Acqueo Profundis: una compuerta de emergencia que permitía salir al fondo de la laguna. El cie-

rre de la compuerta era totalmente hermético y el mecanismo para abrirlo y proyectar hacia fuera el ataúd era muy complejo. Una vez abierta la compuerta, todos dieron su último adiós a Andora en silencio. El ataúd se deslizó en las aguas de la laguna y se balanceó entre las algas y los peces hasta posarse en el fondo arenoso.

Y mientras la historia del androide preferido del conde terminaba en las aguas gélidas de la laguna, otros acontecimientos desconcertantes y complicados estaban a punto de suceder: los protagonizados por el profesor José y el terrible alcalde LSL.

Capítulo 10

El interrogatorio y el violín de la tercera torre

—Los dibujos del León son perfectos y la descripción de la estatua también, y mis observaciones sobre la absoluta falta de eventos mágicos resultan convincentes.

El profesor José hablaba solo mientras metía en un sobre bastante voluminoso los distintos documentos que había preparado. Eran las 9 de la mañana del 16 de diciembre, en las dependencias de la villa el aroma del café se difundía tentadoramente y el profesor español sorbía la caliente infusión antes de afrontar el encuentro con el alcalde Loris Sibilo Loredan. Había hecho todo lo posible para contentar al escurridizo marqués y estaba seguro de que éste iba a dejar de perseguir a Dodo y de que la historia del León Alado no iba a ser traída más a colación. El profesor bien sabía, sin embargo, que la estatua era mágica, pero no tenía más remedio que demostrar lo contrario.

Se puso su capa habitual y se cubrió con el cómico sombrero negro terminado en punta: a decir verdad, cuando se le miraba bien, así vestido no parecía en absoluto un maestro, sino un mago extravagante. Su cultura y su preparación eran tales que nadie había puesto jamás en duda su sabiduría; al menos esto era lo que él pensaba. Cogió el sobre y salió a buen paso saludando al jardinero que ya se dedicaba a sus habituales tareas de conservación del parque de Villa Espasia.

Media hora después, el profesor se sentaba en la sala de espera del ayuntamiento y el empleado de turno, con las facciones grises y severas, le acompañó al despacho de LSL. Cuando el profesor entró, el alcalde no había llegado aún, así que se entretuvo observando los cuadros colgados de las paredes, y pronto farfulló:

—¡Horribles telas! ¡Hombres y mujeres con cabeza de serpiente! ¡Pero qué mal gusto!

En aquel momento entró en el despacho el marqués Loris Sibilo Loredan con un gabán hasta los pies y una bufanda amarilla. Saludó con un gesto a José y fue a sentarse en su sillón detrás de la mesa.

—¿Ha traído lo que le pedí? —preguntó de inmediato LSL.

—Sí, claro. Mire, aquí lo tengo, ésta es la demostración de que la estatua del León Alado de Venecia no es en absoluto mágica. Por el contrario, es una perfecta estatua de mármol que viene de tiempos muy antiguos. Todo en orden —respondió con cierto embarazo José poniendo el sobre con los documentos sobre la mesa.

El alcalde leyó en silencio durante unos minutos, después miró atentamente los dibujos y, por fin, se puso de pie y apuntando con el dedo al profesor gritó:

—¡Usted es un mago! ¡Es un peligro para la comunidad veneciana! ¡Todo esto no son más que los papeles de un embaucador que en realidad demuestran que el León es mágico y vuela!

—Pero... alcalde, ¿qué dice? ¡No es verdad! —respondió José palideciendo.

—¡Guardias, lleven al profesor a la Sala del Gran Consejo para que le interroguen! —dijo LSL con una voz de repente profunda y poderosa. La puerta del despacho se abrió y entraron dos guardias que agarraron por los brazos al pobre José, que se retorcía y gritaba:

—¡Soy inocente! ¡Yo no he hecho nada! ¡No soy un mago!

Pero LSL había trazado su plan sin olvidar detalle. Al alcalde le hubiera servido cualquier excusa para inculpar a José e ir después a por Dodo. El pacto con Karkon era claro y el marqués seguía las órdenes del conde.

En la Sala del Gran Consejo se encontraban diez extraños individuos vestidos de violeta que ocupaban los dos bancos colocados a ambos lados de la estancia. En cuanto los guardias llevaron a José ante su presencia, ellos lo miraron y sonrieron.

El empleado municipal hizo sonar una campanita de plata y anunció:

—Comienza el interrogatorio. Se cierran las puertas.

El alcalde LSL se acercó al profesor con aire desafiante, alargó los brazos y se volvió a los presentes:

—Éste es el profesor José, un mago español que quería causar disturbios en nuestra ciudad. Sin embargo yo había hecho fijar sobre todos los muros de Venecia un bando bien claro: «El León de Venecia no es mágico. No vuela». Pero el profesor sostiene lo contrario y estos documentos que me ha traído esta mañana son prueba evidente de ello.

Y diciendo esto, mostró unas hojas y unos dibujos a las diez personas que se sentaban en los bancos. Hubo rumores: todos comentaban en voz baja los documentos. El profesor, completamente desconcertado por lo que estaba sucediendo, gritó:

—¡Esos documentos prueban que el León es una estatua de mármol y basta! No hay ninguna magia. ¡Lo juro!

—¡Silencio! —le hizo callar LSL—. ¡Usted insiste! ¡Niega la evidencia! ¡Ahora responda a las preguntas! ¡Quiero la verdad!

El interrogatorio dio comienzo. Los diez personajes se consultaron y después, uno por uno, se acercaron al alcalde y le cuchichearon sus preguntas. LSL estaba visiblemente satisfecho y preguntó:

—Profesor, ¿por qué ha venido a Venecia?

José, cubierto de sudor frío, contestó:

—Tengo amigos aquí.

—Resulta que usted vive en Villa Espasia con la nietecita del profesor Michajl Mesinskj, que ha desaparecido hace pocos meses… —continuó el alcalde, atravesando con la mirada al pobre enseñante.

—Sí, vivo en sus dependencias. Era muy amigo del profesor Misha —respondió José mientras el corazón le latía con mucha fuerza.

En aquel momento el alcalde dijo que el profesor Misha era una buena persona pero muy original y que llevaba una vida extraña, que era adepto a la alquimia y a la magia.

José no estaba en posición de rebatir esas afirmaciones, pero no quería hablar mal de su queridísimo amigo y además temía

crearle dificultades a Nina. Pero el marqués siguió preguntando, hasta que llegó a un punto crucial:

—Usted frecuenta también a los amiguitos de la pequeña Nina. En especial al que llaman Dodo. ¡Es un pésimo ejemplo para los demás niños! ¡Últimamente ha hecho un montón de fechorías y continúa hablando de magia y del León Alado! ¡Esto no lo puede negar! —exclamó LSL, ya que estaba decidido a encarcelar también al niño.

—¡No, no es verdad! Dodo es un muchachito buenísimo. Nunca le ha hecho daño a nadie —respondió José cada vez más alterado.

En aquel momento los diez personajes vestidos de violeta se pusieron en pie y exclamaron:

—¡Dodo es un peligro! ¡Va a ser severamente castigado!

El alcalde hizo un gesto al empleado del ayuntamiento, que abrió la puerta de la Sala del Gran Consejo e hizo entrar al niño acompañado por dos guardias. Lo habían detenido cuando iba a entrar al colegio. Dodo, aunque se había resistido en lo posible, no había conseguido escapar para avisar a sus padres y a sus amigos.

El niño estaba asustadísimo; temblaba y lloraba. El profesor intentó acercarse a él pero el alcalde, de un empujón, le cortó el paso y llevó al muchachito hasta el centro de la estancia.

—¿Crees en la magia? —le preguntó LSL; Dodo miró a José que con la cabeza le indicaba que dijera que no y así lo hizo.

—No, no… yo no cre… cre… creo en la magia —susurró mordiéndose los labios.

—¡Pero serás bribón! ¡Tenemos las pruebas! —afirmó el alcalde mirando a su alrededor—. Sabemos muy bien que has entrado como un ladrón en el palacio del conde Karkon Ca' d'Oro. ¿Qué has robado? ¿Qué querías hacer?

—Na… na… nada. Yo no so… so… soy un ladrón —respondió el niño bajando la cabeza.

—¿Ah, no? ¿Y cómo explicas entonces que te hayan visto volar montado en una pompa de jabón?

Las preguntas de LSL se hacían cada vez más perentorias.

—¿Quién me ha visto? —tuvo el coraje de preguntarle Dodo al marqués.

—¡Te han visto los niños huérfanos que viven en el palacio de Karkon! ¡Ellos sí que son buenos muchachos! —respondió el alcalde con aire complacido.

—No so... so... son niños. Son androides y me han herido —respondió Dodo con rabia sin darse cuenta de que aquello que decía le perjudicaba sobremanera. Se había metido solito en la trampa. Había afirmado que los niños de Karkon eran androides.

LSL alargó nuevamente los brazos y, vuelto hacia los diez personajes que se sentaban en las banquetas, exclamó:

—¡Ea, ya lo veis! ¡Dodo habla de androides! Pura locura, y la demostración concreta de que cree en la magia. Cree de verdad que una persona tan estimable como el conde Karkon es en realidad un pérfido constructor de androides. Esto es grave. ¡Muy grave!

En aquel momento intervino el profesor José, que quería remediar en lo posible el error del chico.

—No, Dodo se ha expresado mal. Puedo explicar...

—¡Cállese! ¡Estese calladito! Ya hemos escuchado bastante —le interrumpió el alcalde—. Pretende crear desórdenes en nuestra ciudad. Ha hecho circular el rumor de que el León Alado es mágico y de que hay niños androides. ¡Y quién sabe qué más está preparando!

—¡Páguela conmigo! ¡Dodo y los demás niños no han hecho nada! —gritó José desesperado.

—¡Es inútil que intente salvar a este mocoso! ¡Los dos son culpables! ¡Son elementos subversivos! —gritó aún más fuerte LSL, volviéndose a los diez personajes que miraban con odio al enseñante y al niño sin dejar de refunfuñar.

—¿Qué vamos hacer con ellos? —preguntó el marqués con tono severo.

—¡Encarcelarlos! —fue la seca respuesta de los diez.

—Muy bien; los llevaremos a los Piombi ahora mismo —dijo el alcalde llamando a los guardias.

Dodo se dejó caer al suelo y empezó a sollozar desesperado. El profesor se le acercó para consolarlo, pero los guardias los separaron por la fuerza y los sacaron a rastras de la Sala del Gran Consejo, mientras el empleado del ayuntamiento hacía sonar nuevamente la campanilla de plata y decía:

—El interrogatorio ha terminado. Se cierra la sesión.

El niño gritó entonces desesperado:

—¡Qui… qui… quiero a mi mamá! ¡Llamadlaaaa!

El alcalde se acercó a él y le arrancó el gorro naranja, tirándolo al suelo. Dodo se quedó con la cabeza rapada al aire: se veían aún en ella las cicatrices, y sus hermosos cabellos rojos empezaban a despuntar como puntas de alfileres.

—¡Pelón, más que pelón, deja ya de alborotar! ¡Ya verás qué bien te sienta la cárcel!

El profesor, aunque inmovilizado entre dos guardias, se las arregló para dar una patada en el trasero al alcalde, que se volvió hacia él y gritó:

—¡Fuera! ¡Sacadlo de aquí! ¡Se quedarán en las celdas hasta que admitan que la magia no existe!

Dodo recogió el gorro y se lo puso de nuevo; después, con un hábil gesto, logró meter la mano en el bolsillo antes de que los guardias lo cogieran por los brazos y se lo llevaran. Tocó durante algunos segundos el rubí de la Amistad Duradera: esta vez no se había olvidado de él.

Esperaba que sus amigos llegasen cuanto antes. La situación era verdaderamente trágica.

Era mediodía. Roxy, Cesco y Flor se sentaban en los pupitres del colegio y se esforzaban por escribir una redacción, cuando sintieron un extraño calor en los bolsillos. Cesco se miró los pantalones y se metió la mano en el suyo: el rubí estaba en ebullición. También Roxy y Flor se dieron cuenta. En un instante se pusieron en pie y pronunciaron el nombre de su amigo, que aquella mañana no había asistido al colegio.

La profesora de lengua dio un salto en la silla y los demás niños empezaron a reírse. Cesco pidió disculpas y junto a las dos niñas volvió a escribir con el corazón en la garganta. Ahora sabían que Dodo estaba en peligro y debían salir lo más rápidamente posible del colegio. Roxy fingió que le dolía la tripa, y Flor y Cesco le dijeron también a la profesora que no se sentían bien:

—Durante el recreo hemos comido algo que quizá no estaba en buen estado —dijo el muchachito poniendo cara de dolor. La maestra no sospechó nada y les permitió que volvieran a su casa.

El trío lo había conseguido: cinco minutos después los niños estaban delante de Villa Espasia para avisar a Nina. Mostraron los rubíes calientes a la pequeña alquimista, que de inmediato se puso la cazadora y se llevó a todos para comunicarle al profesor José que su amigo estaba en un lío. Pero cuando entraron en la habitación sufrieron una amarga sorpresa: la mesa estaba vacía y los documentos sobre el León Alado habían desaparecido. Del profesor ni rastro.

El jardinero, viendo que los niños estaban muy agitados, les contó que José había salido hacía horas y que no había vuelto aún:

—Ha dicho que iba al puente Rialto.

Nina entendió que José había ido a ver al alcalde.

Los niños se miraron y la pequeña alquimista tomó una decisión:

—Debemos ir de inmediato al ayuntamiento. Me da la impresión de que Dodo y José están con el alcalde. Pero debemos prepararnos para lo peor y por tanto es necesario llevar con nosotros unas pociones mágicas. Nos vendrán bien.

—¿Ahora? ¿Debemos preparar las pociones justo ahora? ¡Pero no podemos perder tiempo! —exclamó Cesco, que no estaba de acuerdo; pero las niñas lo convencieron: no era posible enfrentarse al pérfido marqués sin usar la magia.

Cuando llegaron al laboratorio de la villa, la niña de la Sexta Luna puso la mano con la estrella sobre la hoja líquida y preguntó a toda prisa al *Systema Magicum Universi:*

—Libro, Dodo y José están en peligro. ¿Qué poción alquímica puedo usar?

Sólo la Sal Fortis te ayudará
y al enemigo bloqueará.
Cierto que no morirán,
pero la memoria perderán.
No uses el Taldom entre la gente,
porque no te servirá para lo urgente.

—¿Sal Fortis? Sí, qué idiota, no había caído. La fórmula está aquí en el Cuaderno Negro del abuelo —dijo la pequeña alquimista mientras lo hojeaba. En cuanto encontró la página leyó velozmente:

Compuesto de sal marina y Agua de Esmeralda. Se bebe o se pulveriza en el rostro; bloquea la mente e inmoviliza el cuerpo durante al menos una hora. Ha de destilarse durante 1 hora y 43 segundos.

—¿Una hora y 43 segundos? ¡Pero es demasiado! —se lamentó Cesco.

—No te lamentes y busca entre las probetas el Agua de Esmeralda.

Nina estaba impaciente: con una gran cuchara tomó la sal marina de un cuenco y la puso dentro de una probeta, mientras Cesco cogía de un estante la botella del Agua de Esmeralda y se la tendía a la niña.

El reloj marcaba las 12 horas, 49 minutos y 7 segundos.

—Entonces la poción estará lista a las 13 horas, 49 minutos y 50 segundos. Entre tanto llamamos por teléfono al ayuntamiento y preguntamos si por casualidad José y Dodo están con el alcalde. Tal vez nos contesten.

La idea de la pequeña alquimista parecía ingenua, pero Flor se inventó de inmediato una enorme trola que podía funcionar. Tomó el móvil de Nina, marcó el número y preguntó:

—¿Es el ayuntamiento? Soy la sirvienta del marqués LSL. Quería saber si el alcalde ha salido porque ya tiene el almuerzo en la mesa.

La niña dijo esto con una vocecita muy convincente; en el otro lado de la línea se escuchó a la secretaria de LSL, que explicaba:

—No creo que el alcalde vaya a almorzar. Ha ido a la cárcel de los Piombi para una cuestión muy delicada.

Flor cerró el móvil y angustiada explicó:

—Los han llevado a la cárcel, estoy segura. La secretaria me ha dicho que el alcalde ha ido a los Piombi por un asunto muy delicado.

—¿En la cárcel? ¿Que Dodo y José están en la cárcel? —gritó Roxy dando puñetazos a una pared.

—Tenemos que darnos prisa; vamos a liberarlos —dijo Cesco moviendo las piernas sin cesar de los nervios, mientras Nina cogía el Taldom con una mano y lo apretaba con fuerza.

—Si el alcalde le hace algo a Dodo juro que lo mato —afirmó.

La hora que debieron esperar para tener la poción lista parecía no acabar nunca: con los ojos fijos en la probeta los niños vieron cómo se transformaba el líquido y se hacía cada vez más negro. A las 13 horas, 49 minutos y 50 segundos la poción quedó preparada: Nina cogió la probeta, la escondió debajo de la cazadora y salió corriendo del laboratorio con sus amigos. La salvación de Dodo se acercaba.

Hacía mucho frío. El sol estaba cubierto por gruesos nubarrones grises y pronto empezaría a llover, pero los niños se quedaron al aire libre en el vaporetto que los llevaba a San Marcos, porque querían descender lo más pronto posible para llegar cuanto antes hasta Dodo y José, atrapados en los Piombi. Con la nariz helada y respirando afanosamente llegaron al portón de la gran cárcel de Venecia, donde un centinela hacía la guardia. Los niños se pusieron a dar vueltas y el centinela, que creía que estaban jugando, se echó incluso a reír, pero justamente en aquel momento la pequeña alquimista le pulverizó en la cara la Sal Fortis. El jovenzuelo de uniforme cayó por tierra atontado, con los ojos en blanco. La magia había surtido efecto. Los niños lo metieron a toda prisa en la garita, para que nadie que pasara por allí sospechara nada.

—¡Venga, vamos, la magia dura sólo dos horas; después el centinela se despertará! —acució Roxy presa de la ansiedad. No veía la hora de encontrarse con Dodo.

De puntillas recorrieron un largo corredor en el que por suerte no encontraron a nadie, descendieron tres tramos de escalera y llegaron hasta una estancia donde un grupo de empleados distribuía la comida a los prisioneros. Procurando hacer el menor ruido posible doblaron la esquina y lograron que no los vieran. Cuanto más avanzaban más percibían un olor nauseabundo a cloaca.

—Tapaos la nariz, no podemos volver atrás —murmuró bajito Cesco—. Tenemos que encontrar a Dodo y a José.

Llegaron entonces a un pequeño ensanchamiento del subterráneo donde había tres carteles con flechas que indicaban distintas direcciones:

«Celdas de ladrones» a la izquierda, «Celdas de asesinos» a la derecha y «Celdas de subversivos» todo recto.

—Es por aquí, debemos ir todo recto, recuerdo perfectamente el bando del alcalde: los que hablen de magia serán considerados subversivos —dijo la niña de la Sexta Luna avanzando lentamente.

La luz, que llegaba de pequeñas bombillas envueltas por enormes telarañas, iba siendo cada vez más escasa; los muros estaban desconchados, enmohecidos, y el pavimento destrozado por la humedad. En el techo se habían formado estalactitas por el frío polar y de cuando en cuando les caían trozos de hielo en la cabeza.

—¡Brrrr, aquí hace un frío espantoso! —dijo Flor, que temblaba incontrolablemente y tenía miedo de que hubiera arañas, mientras Roxy se soplaba en las manos para calentarlas y no veía el momento de salir de aquel lugar horrible. Entonces se oyeron voces y ruidos de cadenas: provenían del fondo del corredor, donde se vislumbraba una luz más fuerte.

Cesco y Nina se adelantaron hacia el resplandor y vieron al alcalde y a dos guardias delante de la puerta de una celda.

—¡Estaréis aquí dentro hasta que admitáis vuestras culpas! —gritó entonces LSL. Los guardias cogieron una gruesa cadena y la enfilaron entre los barrotes para cerrar con un candado la puerta de la celda. Nina se dio ánimos y de un salto se acercó a ellos gritando:

—¡Bastardos!

Dijo esto al tiempo que pulverizaba el líquido alquímico sobre el rostro del pérfido alcalde y de los dos guardias; los tres, sin tiempo de pronunciar siquiera una sola palabra, se limitaron a rodar por tierra con la lengua fuera.

—¡Nina! —gritaron Dodo y José.

—¡Estamos todos aquí! ¡Ahora salgamos de esta cárcel apestosa!

La niña de la Sexta Luna entró en la celda y con ella lo hicieron también Cesco, Flor y Roxy. El profesor abrazó a los niños y Dodo, con los ojos hinchados de llorar, los besó a todos:

—¡Ami... ami... amigos míos... qué fe... fe... feliz estoy de veros! Esta vez tenía el ru... ru... rubí en el bolsillo.

Nina estrechó con fuerza a su amigo, Cesco y Roxy sonrieron y Flor ayudó al profesor José a ponerse la capa.

—Muchas gracias, habéis llegado justo a tiempo. ¡Ha sido terrible! Nos han interrogado y después nos han arrastrado hasta la cárcel. ¡Este alcalde está loco! Resulta obvio que el conde Karkon lo tiene en su nómina —dijo el profesor hablando atropelladamente y con los dientes castañeteando de frío.

—Claro que todo es obra de Karkon —dijo Nina dándole ánimos al enseñante—. Pero ahora debemos marcharnos de aquí. El efecto de la poción de Sal Fortis dura sólo 2 horas.

—¿Sal Fortis? ¡Bravo, pequeña! ¡Bravo, niños! Sois unos alquimistas excepcionales. ¡Esta magia es precisamente la que nos hacía falta! —exclamó José alabando la acción de los niños.

—Cuando se despierten no recordarán nada. Al menos así lo espero... —dijo Nina mirando al alcalde y a los guardias tumbados en el frío y húmedo pavimento.

Atravesaron a la carrera el pasillo, subieron las escaleras a toda velocidad y salieron por el portón de los Piombi con los rostros desencajados pero contentos de verse de nuevo en libertad. Flor se apoyó un momento en una columna de la cárcel para tomar aliento y dijo:

—También esta vez nos hemos librado de una buena.

—Sí —respondió Nina—. Ahora volvamos a la Giudecca y vosotros idos a casa, así vuestros padres no se preocuparán. Nos vemos mañana.

—¿Y si vi… vi... vienen a detenerme otra ve… ve… vez? ¿Qué… qué… hago? —preguntó Dodo comprensiblemente aterrorizado.

—No creo que lo hagan, durante algún tiempo te dejarán en paz y espero que se mantengan alejados de mí y de todos vosotros, de otro modo usaré mi alquimia y transformaré a LSL en sapo —prometió el profesor José, lleno de rabia.

Los niños le miraron y se echaron a reír. A Roxy le pareció una idea estupenda la de convertir al alcalde en un sapo y… ¡quién sabe, quizá podría suceder!

Cesco, Flor y Roxy acompañaron a Dodo hasta su casa, donde el niño se sentía seguro. No dijo nada a sus padres de la terrible aventura que había vivido, sino que, por el contrario, fingió que todo iba bien y con la excusa de hacer los deberes se fue derecho a su cuarto.

—Debemos estudiar muchísimo —explicó Flor a la madre de Dodo, que quería saber por qué se les había hecho tan tarde y dónde habían comido.

—Hemos almorzado en casa de Nina —dijo Cesco sin dudar ni un segundo—. Ha estado también el profesor José, que nos ha explicado cómo resolver unos cuantos problemas de matemáticas.

La señora no sospechó nada y se fue para que los niños pudieran estudiar tranquilos. Los cuatro amigos se dieron ánimos unos a otros y, comiendo chocolatinas y caramelos, pasaron el resto de la tarde pensando cómo hacerle pagar a LSL su fechoría. Se sentían rabiosos y los deseos de venganza aumentaban de minuto en minuto.

La pequeña alquimista y José volvieron a la villa, se dirigieron a la Sala de la Chimenea y fueron a sentarse frente al fuego. El enseñante miraba fijamente las llamas y guardaba silencio. Nina se dio cuenta de que para él la situación era muy peligrosa. Seguramente LSL y Karkon tendrían muy pronto preparado otro plan para encarcelarle a él y a Dodo.

—A estas horas el alcalde ya habrá vuelto en sí y se preguntará qué hace tumbado en el suelo de la cárcel de los Piombi —dijo la pequeña alquimista con una leve sonrisa en la cara.

—Sí, no se acordará de nada. Pero Karkon le devolverá pronto la memoria. Debemos prepararnos para lo peor.

El profesor hablaba con calma, mientras iba sorbiendo el té caliente rodeado de galletas fragantes que les había servido Ljuba. Las amenazas del maldito marqués le retumbaban todavía en la cabeza y no lograba aceptar el hecho de que hubiera encarcelado también a Dodo.

—Profesor, ¿quiere volver a Madrid? —preguntó Nina temiendo en el fondo una respuesta afirmativa.

—¡Desde luego que no! Tus amigos y tú me necesitáis. Me quedaré aquí todo el tiempo que me pidas.

José se levantó del sillón, se colocó la capa y antes de salir le guiñó un ojo a la niña de la Sexta Luna:

—Voy a descansar a mi cuarto. Y tú deberías hacer lo mismo, hoy ha sido una jornada muy dura para todos. ¿Has encontrado la solución para el Cometa Caudado?

—Todavía no, pero no me rindo. Creo que los Alquidiseños me servirán. Sólo debo encontrar las combinaciones justas de metales y líquidos. Lo conseguiré, profesor —concluyó Nina esperanzada mientas lo acompañaba hasta la puerta.

Cuando José salió, la niña permaneció unos segundos apoyada en la pared pensando que le debería haber contado todo al buen profesor, pero no era posible. La misión de salvar Xórax le había sido confiada a ella porque era una niña y la Sexta Luna tenía necesidad de los pensamientos de los niños, no de los adultos, para no desaparecer en la Nada. Por esta razón el abuelo Misha, Etérea y todos los Magos Buenos y los Alquimistas de Xórax habían decidido que debía ser ella, Nina de Nobili, la elegida.

Mirando la estrella que tenía en la mano se serenó un poco y decidió ir al Acqueo Profundis a ver a Max, todavía triste por la muerte de Andora.

La niña bajó por la trampilla, activó la vagoneta, abrió el gran portón en la roca con el Anillo de Humo y entró en el laboratorio construido bajo la laguna.

—Hola Max, ¿cómo estás?

—Trixte. Pero cuando te veo xoy felix —respondió el androide, quitando el polvo a los libros y a los estantes.

La pequeña alquimista le contó lo que les había sucedido a Dodo y a José, y lo difícil que era progresar luchando a diario contra Karkon y el alcalde LSL. Mientras hablaba, la pantalla gigante se iluminó: era Etérea.

Para Nina 5523312.
En Xórax todo va bien y el Gran Consejo de los Magos sigue todos tus movimientos. Te transmito los saludos de ciertas personas que conoces, como tu abuelo Misha, Birian Birov, Tadino de Giorgis, tu antepasado Hamoi Aturi y Osiris, al que le has causado una excelente impresión.
Sabes que tendrás que afrontar meses difíciles, estamos seguros. Ánimo, también estamos seguros de que lo conseguirás.
Faltan todavía dos Arcanos: la Tierra y el Agua, y no será fácil hacerse con ellos. Recuerda siempre que ya tienes en tu poder la Octava Nota. A pesar de que ya no tienes los tres cubos, la Armonía del Universo sonará cuando desbloquees el cuarto Arcano.
Espero que este mensaje mío te sirva para serenarte y para hacerte descubrir la fuerza que hay en ti.
Xórax vivirá sólo si tus amigos y tú derrotáis

al Mundo Oscuro.
Sé bien que no es fácil encontrar el Cometa Caudado,
la Harina Candente y la Pimienta Violeta.
La fórmula para crear el Cilantro Veloz es complicada,
pero todo llegará cuando haga falta.
Ahora concéntrate en la prueba.

Nina y Max no tuvieron ni siquiera tiempo de acercarse a la pantalla para admirar la bellísima figura luminosa porque todo se apagó.

El mensaje inesperado de Etérea animó enormemente a la pequeña alquimista que, conmovida, abrazó a Max con fuerza:

—La Octava Nota, la Armonía del Universo —repitió la pequeña alquimista —, una música extraordinaria que no veo la hora de volver a escuchar. Max, ¿crees de verdad que conseguiré llevar a buen término la misión?

—¡Extoy xeguro! Puede incluxo que un día volvamox juntox a Xórax, donde podré volver a ver a algunox viejox amigox y a tu abuelo Mixha, al que echo tantíximo de menox —respondió Max, acariciando los largos cabellos de Nina y mirándola a los ojos.

—Tienes un gran corazón, Max, me alegro de que estés aquí conmigo —dijo Nina tirándole de las orejas en forma de campana para hacerle reír; por fin una sonrisa se dibujó en el rostro metálico del androide.

Miraron juntos las paredes de cristal del laboratorio que daban al fondo de la laguna: estaba oscuro y ni un solo un pez nadaba entre las algas. Caía la lluvia y el frío del invierno se dejaba sentir incluso dentro del Acqueo Profundis, a pesar de que la calefacción estaba encendida al máximo.

La niña de la Sexta Luna se despidió de Max y volvió a la villa. Pasó una noche más sin que la Voz entrase en sus sueños. Bien pronto reaparecería provocando nuevos miedos a la pequeña alquimista: el hálito fétido de Karkon estaba ya dentro de sus venas y liberarse de la Persuasión era cosa difícil.

Otra jornada durísima había pasado: los acontecimientos se sucedían incesantemente, pero en aquel momento alguien lo estaba pasando peor que Nina. En realidad, en el ayuntamiento estaba teniendo lugar una reunión secreta.

—¡No recuerdo nada! ¡Lo juro! ¡Me he despertado en la cárcel de los Piombi tendido por tierra y ni siquiera los dos guardias que estaban conmigo han sabido decirme lo que ha pasado y por qué estaba allí!

El alcalde Loris Sibilo Loredan estaba descompuesto e intentaba explicarle a Karkon lo que había sucedido.

—Querido marqués, sabe usted bien que debía interrogar al profesor José y encarcelar a aquel maldito niño del gorro naranja. ¿Es posible que ninguno sepa darme una explicación de lo que ha pasado? —preguntó suspicaz el conde, que no quería creer en las palabras del alcalde.

—Sí, sí, mis diez fidelísimos comparsas me han dicho que el interrogatorio se celebró en la Sala del Gran Consejo y que yo personalmente hice arrestar al enseñante y a Dodo. Pero después no recuerdo nada de lo que pasó. Está claro que no están en la celda —intentó explicar el alcalde que, todavía aturdido por la Sal Fortis, hablaba agitando las manos y sacudiendo la cabeza.

—Probablemente le han hipnotizado o le han hecho un encantamiento —explicó el conde visiblemente furioso—. ¿Es posible que usted, que sabe de magia, no entienda que estos niños son auténticamente terribles? Hay que retirarlos de la circulación cuanto antes, pero debemos permanecer muy atentos, de otro modo la gente empezará a sospechar de usted y de mí.

El conde y el marqués estaban muy irritados y no soportaban ni un momento más la idea de que cinco muchachitos y un profesor llegado de Madrid pudieran crearles tantos problemas.

—Usted es el Magister Magicum, el mago más poderoso del mundo. ¿Por qué no los hace desaparecer con una de sus magias? —preguntó el alcalde levantándose del sofá.

—Es exactamente lo que intento hacer. ¿Pero qué se cree? Esa maldita niña es fuerte: conoce la Alquimia de la Luz y sabe todos los secretos mágicos del profesor Misha. Además tiene un cetro de oro muy potente, el Taldom Lux, y yo no he sido capaz hasta ahora de quitárselo. Maté a Misha para hacerme con él, pero no lo conseguí. ¡Pero ya verá, querido alcalde, como muy pronto Nina de Nobili es derrotada! ¡He introducido el Kabitus Morbante en la Estancia de los Encantamientos y ésta ha dejado de ser accesible!

Karkon había activado además otro plan diabólico despertando a sus tres androides adultos y estaba seguro de que al final la victoria sería suya.

Loris Sibilo Loredan, todavía trastornado, observó sus horribles cuadros y acarició la tela:

—Pronto conocerán mi verdadera naturaleza… hasta ahora he sido demasiado bueno. Y usted, egregio conde, sabe muy bien lo peligroso que puedo ser —dijo moviendo el cuello hacia delante. —Por otra parte, aquella mina de oro que me ha regalado es muy útil, porque por fin me permite vivir como deseo. Pero es usted el que debe derrotar a Nina y a sus amiguitos.

Dicho esto, el marqués se enrolló la capa en torno al cuello y, con la cabeza alta, miró fijamente a Karkon.

—Por ahora no le aconsejo, querido alcalde, que use magia. Nuestro pacto sigue vigente y pronto podrá desvelar su auténtica naturaleza diabólica. Todo saldrá a pedir de boca. Pero, como ya sabe, tengo también otro problema que debo resolver cuanto antes: ¡necesito corazones de gato! —continuó el mago, esperando que LSL le ayudase.

Y fue al contrario. El marqués abrió la boca, mostró su horrible lengua verde y exclamó:

—¿Gatos? ¡Pero cómo, egregio conde, sabe me que vuelven loco! Me gustan muchísimo. Desde luego que no puedo privarme de ellos para entregárselos a sus androides. Eso no me lo puede pedir.

—Cierto, cierto, comprendo. Por otra parte su naturaleza

requiere ese alimento. Usted se alimenta de gatos, mi querido alcalde, ¡me hago cargo! Le deseo que los encuentre siempre gordos y sabrosos, pero tengo que iniciar cuanto antes la caza de esas bestezuelas. Mis alumnos están muriéndose y es necesario cambiarles los corazones.

El mago se levantó y agitando su túnica violeta se dirigió a la salida. Cuando estuvo delante de la puerta se dio media vuelta e hizo una última sugerencia:

—Faltan pocos días para Navidad, así que arrégleselas para que todo vuelva a estar tranquilo en la ciudad. La gente debe quererle, querido marqués, debe tenerle aprecio. ¡Usted es su alcalde! Si tiene de su parte a los ciudadanos nadie podrá pensar que sea usted un malvado. ¿Me he explicado bien?

LSL sonrió y prometió que tomaría todas las medidas necesarias para que las navidades transcurrieran sin escándalos ni polémicas:

—Del León Alado no se volverá a hablar. Haré cubrir la estatua con una lona diciendo que es necesario restaurarla. De ese modo, egregio conde, nadie sabrá de su encantamiento; ni siquiera se podrá ver si los ojos se iluminan de violeta por la noche. En Navidad la ciudad estará en fiestas pero nosotros —dijo casi sibilando— prepararemos nuevas trampas… ¡trampas mortales!

El pacto entre los dos malvados era pues más fuerte que nunca, lo que quería decir que para Nina y sus amigos se avecinaban nuevas luchas, nuevos sufrimientos.

En los días siguientes los niños volvieron a Villa Espasia para ayudar a la pequeña alquimista a encontrar la Harina Candente, el Cometa Caudado y la Pimienta Violeta, es decir, los ingredientes que necesitaba para crear el Cilantro Veloz, pero de resultados concretos ni rastro. Esta vez la prueba era auténticamente larga y difícil, y Nina empezó a temer que no iba a ser capaz de demostrar sus dotes de alquimista. ¡Vaya problema! Además, no dejaba de pensar en el abuelo y en todos los niños del mundo: ¿quién los salvaría del malvado Karkon?

Por fortuna el *Systema Magicum Universi* le dio una pequeña pista. En un momento dado, Cesco encontró un frasco de polvo blanco en un estante y se lo enseñó a Nina:

—¿Qué te parece? ¿Podría ser la Harina Candente?

La niña tocó la extraña sustancia y observó el frasco:

—No hay nada escrito. Qué extraño: mi abuelo solía catalogar todo con minuciosa precisión. Ahora mismo intento preguntárselo al Libro.

La niña de la Sexta Luna puso la mano con la estrella en la hoja líquida y ésta se iluminó:

—¿Es ésta la Harina Candente?

Échame encima el polvo blanco,
de responderte nunca me canso.

Nina tomó una cucharada de la sustancia y la echó sobre el Libro. La hoja líquida la absorbió y después de algunos segundos sintió un golpe fortísimo que provenía del *Systema Magicum Universi.*

Fragante, retumbante y potente,
ésta es la Harina Candente.
Debes tomar dos pizcas de ella
y entre dos espejos ponerlas.
Diez días ha de reposar
para después poderla quemar.
Ahora que la has encontrado
puedes buscar el Cometa Caudado.
De un libro de José ya tomaste notas
y debes intentar no ponerte nerviosa.
Puede que del cielo llegue
y después de Navidad la sorpresa te anegue.
La Pimienta Violeta espera la ocasión
para entre tus parientes hacer aparición.

—¡Por todo el chocolate del mundo! —gritó la pequeña alquimista —. ¡Cesco, acabas de encontrar la Harina Candente! ¡Eres un genio! Ahora, sin embargo, es necesario meterla entre dos espejos y esperar diez días antes de hacerla hervir.

Cesco, con el frasco en la mano, se sentía muy orgulloso y los otros le hicieron reverencias, le felicitaron y le tomaron el pelo en general por su actitud jactanciosa. El Libro había dado indicaciones muy importantes: para el Cometa Caudado y la Pimienta Violeta era necesario esperar a Navidad. Y no sólo eso, sino que el Libro le había aconsejado a Nina usar el libro de José, los Alquidiseños, y esta confirmación hizo que la niña de la Sexta Luna se sintiera muy feliz, aunque el comentario de que la Pimienta Violeta «aparecería» entre los parientes no estaba en absoluto claro.

—¿Crees entonces que tus tías de Madrid nos traerán la Pimienta Violeta? —preguntó Roxy.

—No lo sé. Me parece muy extraño que Carmen o Andora puedan tener esa sustancia alquímica. Ya veremos —respondió un poco avergonzada la niña de la Sexta Luna.

La búsqueda de los ingredientes para crear el Cilantro Veloz era complicada pero también divertida, y los niños sabían que iban a disponer de muchos días libres para ayudar a Nina.

En realidad, como el colegio cerraba durante las vacaciones, iban a estar en casa hasta Reyes. Dodo, Cesco, Flor y Roxy no veían el momento de tener oportunidad de pasar todo el tiempo en la villa, y esperaban ilusionados la cena que iba a servirse en Nochebuena. Sus padres ayudarían a Ljuba a preparar un menú delicioso. ¡En suma, iba a ser una Navidad fantástica!

El 20 de diciembre la pequeña alquimista recibió un telegrama de Moscú: Vera y Giacomo anunciaban su llegada. La pequeña alquimista sintió que iba a estallar de alegría. Ljuba estaba atareadísima porque, junto con Carlo, el jardinero, habían limpiado a fondo la villa y preparado las habitaciones para los padres de Nina y para Carmen y Andora. José también había echado una mano con los adornos navideños y, entre todos, habían colocado espumillones, bombillitas intermitentes y decenas de bolas y otros adornos en muros y ventanas.

En el patio colocaron un gran árbol de Navidad y adornaron las puertas con muérdago, mientras centenares de velas rojas embellecían las suntuosas estancias.

Los preparativos de la fiesta alejaron las preocupaciones por la misión, y los niños estaban nerviosos y alegres.

El alcalde, como había sugerido Karkon, había hecho colocar numerosos árboles iluminados en todas las plazas de la ciudad, mientras que la plaza de San Marcos había sido adornada con enormes guirnaldas de espumillón rojo y luminarias doradas. De esta forma, el hecho de que el León Alado estuviera cubierto pasó casi inadvertido: los venecianos sólo pensaban en los regalos que debían colocar debajo del árbol y no se preguntaban por qué la estatua de mármol de la que tanto se había hablado estaba bien tapada en Navidad con la excusa de su restauración. El plan del conde y el marqués funcionaba por consiguiente a la perfección. Pero Nina no se sentía en absoluto tranquila: esta fingida calma no la convencía.

¡Y tenía razón!

La caza de gatos había dado comienzo. Durante dos noches completas, Visciolo y los niños androides capturaron veinte gatos callejeros. Dejaron libres a los cachorros, pero los más grandes tuvieron un fin fatal. En la Sala de las Torturas del palacio Ca' d'Oro, donde meses antes habían llevado al pobre Adonis, todo estaba preparado. El caldero con agua y pez hirviente estaba sobre el fuego mientras los pobres gatos permanecían atados sobre la mesa. Maullaban y bufaban, pero nadie podía salvarlos. Fueron despedazados y sus corazones puestos al baño maría, tal como exigía la pérfida magia del sistema de Karkon. Alvise y Barbesa estaban ya muy débiles y los otros androides se mantenían en pie a duras penas. En pocos días los corazones estarían listos para el trasplante: éste era el regalo que Karkon hacía a sus malvadísimos alumnos.

La niña de la Sexta Luna y sus amigos no pudieron hacer nada para salvar a los gatos: entrar en el palacio Ca' d'Oro después de lo que les había pasado a José y a Dodo era demasiado peligroso. Roxy y Flor habían insistido, pero Cesco y Nina, aun sintiendo un dolor infinito, decidieron no intervenir. Por primera vez los cinco amigos discutieron y las dos niñas la tomaron con la pequeña alquimista. Sólo después de una providencial intervención del profesor José hicieron las paces.

—Es repulsivo que Karkon asesine a esos pobre animales, pero debéis daros cuenta de que para nosotros es demasiado peligroso actuar. Nos arriesgamos a que nos metan en la cárcel a todos. Loris Sibilo Loredan podría decidir matarnos o envenenarnos. El alcalde es incluso más cruel que Karkon, y estoy seguro de que también él se sirve de la Alquimia de la Oscuridad —explicó el enseñante español—. Quiero estudiar la vida de LSL, informarme. Ese tipo esconde secretos. Tiene una mirada pérfida, una mirada que no es humana.

El profesor José tenía razón. ¿Quién era en realidad Loris Sibilo Loredan? Sólo Karkon y algunos seguidores suyos conocían la verdad.

Nina se sentía profundamente perturbada: saber que Karkon estaba despedazando a pobres gatitos le hacía sentirse pésimamente, pero si se implicaba una vez más sería su fin y el de sus amigos. Los controles y los espías eran habituales: el alcalde había ordenado que siguieran a Dodo y a José y, tanto ellos como los otros, estaban sometidos a vigilancia. Bastaba un mínimo error para que el marqués cometiera cualquier tropelía.

Nina intentó advertir a la Sociedad Protectora de Gatos, pero en el número de la sede veneciana respondía únicamente un

aburrido mensaje telefónico que repetía la fórmula habitual: «Lo sentimos, hemos cerrado debido a las festividades navideñas. El servicio se reiniciará después de Reyes».

La alegría de pensar en la Nochebuena, en la llegada de sus padres y en la frenética búsqueda de regalos se entrelazaba con el sufrimiento de ser incapaz de salvar a aquellas pobres bestezuelas de la malevolencia karkoniana.

La pequeña alquimista no conseguía tener sueños tranquilos pero, una noche, el cansancio era tan grande que se durmió inmediatamente. Eran apenas las ocho y media de la tarde; Ljuba le ajustó amorosamente la ropa de la cama, apagó la lámpara que tenía encendida sobre la mesilla y antes de salir le dio un beso en la frente.

Parecía una noche como tantas; las luces intermitentes iluminaban el jardín de la villa y todo estaba tranquilo.

Pero es sabido que el Mal muestra su peor rostro justamente en los momentos más serenos.

Nina soñaba que se divertía con Adonis y Platón; correteaba con ellos y los tres jugaban con el agua de una fuente. De improviso, el sueño se interrumpió: la cortina roja apareció de repente, anulando todas las demás imágenes.

¡La Voz había vuelto!

La niña sintió que se ahogaba, pero no conseguía ni gritar ni abrir los ojos. Atenazada por el miedo intentaba reaccionar, pero la fuerza del Mal la había llevado por tercera vez al mundo de la Persuasión. Lo único que consiguió hacer fue comprobar que tenía en su poder las dos varitas perfumadas que le habían dado los Magos Buenos de Xórax. El Verus y el Falsus, el blanco y el negro, eran indispensables. Sintió que los agarraba con la mano derecha y eso le dio seguridad: esta vez los usaría y quizá la Voz desaparecería para siempre.

La cortina roja se desvaneció, desintegrándose como si fuera una nube, y la pequeña alquimista se vio caminando por un sendero bordeado de árboles a ambos lados. Decenas de antorchas marcaban un camino que conducía a un maravilloso castillo: sus tres torres se alzaban esbeltas y las ventanas estaban todas iluminadas, como si en su interior se celebrase una fiesta. La noche era templada y en el cielo brillaban millones de estrellas; nada en aquel lugar desconocido parecía amenazador. La niña de la Sexta Luna avanzaba mirando a todas partes, pero no había nadie. ¡No estaba el maldito monje!

Cuando llegó al castillo, su enorme portón de madera y hierro batido de más de cuatro metros de altura se abrió chirriando. La música de un violín que provenía de una de las tres torres atrajo inmediatamente a la pequeña alquimista; cruzó el portón sintiendo curiosidad por descubrir quién tocaba. Se sintió impresionada por los cuatro antiguos cañones que guardaban la entrada; de las paredes colgaban escudos y lanzas medievales, y no había puertas, sino tan sólo una escalera de caracol. La pequeña alquimista subió cansadamente los altos escalones de mármol rojo y llegó ante la entrada de la primera torre.

A lo lejos se oía el sonido del violín. Nina recorrió un largo corredor tapizado de cuadros de época (retratos de aristócratas y príncipes) y después subió por otra escalera de caracol, ésta con escalones de mármol verde un poco más estrechos. Se encontró entonces ante la puerta de la segunda torre y, en ese momento, se dio cuenta de que la música provenía del otro lado del castillo. Atravesó caminando dos estancias decoradas señorialmente, con divanes de terciopelo, sofás adamascados, bibliotecas y muebles de maderas preciosas, hasta desembocar en un larguísimo corredor atestado de estatuas que representaban extraños animales. Al final de éste se encontró con una última escalera de caracol, con pequeños y estrechos escalones de mármol violeta. La pequeña alquimista, que apretaba con fuerza en la mano las dos varitas perfumadas, subió por ella jadeando: empezaba a quedarse sin aliento. El sonido del violín se oía ahora con toda nitidez; la niña abrió la puerta que daba a la cima de la tercera torre y entró en ella. ¡Qué gran sorpresa!

Vio un violín suspendido en medio del aire…

El arco se movía despacio sobre las cuerdas. No se veía ningún músico: el violín interpretaba por sí solo una música triste, lacerante. Nina se acercó al instrumento y fue presa entonces de un deseo irreprimible de cogerlo y continuar tocándolo ella. ¡Y así lo hizo! Trasportada por la música, la niña de la Sexta Luna se puso a tocar como si conociese aquel instrumento desde siempre: una auténtica magia. Una cosa sorprendente que no entendía, pero era tan fuerte su pasión por aquella música, que se sirvió del violín como lo hubiera hecho una auténtica concertista. El miedo había desaparecido de su mente, así como cualquier pensamiento negativo: todos los problemas parecían disolverse en aquella melodía. No recordaba nada de Xórax, de Dodo, de los Arcanos ni de las fórmulas alquímicas. Continuó tocando con los ojos cerrados, mientras la cabeza le daba vueltas como si se hubiera subido a un tiovivo. Después de un rato, la música concluyó y Nina quiso seguir tocando, pero se dio cuenta de que ya no tenía el instrumento entre las manos. Se había desvanecido en la nada. Entonces miró a su alrededor y, en un ángulo en penumbra, lo vio. ¡Allí estaba el monje!

—¡Qué feliz me siento de volver a verte! Has vuelto a mí —le susurró la Voz.

—¡No, eres tú quien entra en mis sueños! —respondió Nina volviendo en sí y apretando inmediatamente las dos varitas que tenía en la mano derecha.

—Recuerda, no soy yo quien tiene necesidad de ti. No me rechaces. Estoy aquí para ayudarte, para darte la felicidad que mereces —dijo el monje con la calma habitual y, dirigiéndose lentamente hacia la niña, preguntó:

—Dime, ¿no eras feliz de verdad mientras tocabas el violín?

—Sí, ha sido precioso, pero…

El monje interrumpió abruptamente a Nina:

—No intentes entender por qué has sido capaz de tocar ese instrumento. Que el haber vivido la belleza de aquel momento te haga pensar que podrías conseguir cualquier cosa que desearas. Yo estoy aquí para esto. Y tú lo sabes… —dijo la voz haciéndose cada vez más acariciante y en apariencia más sabia.

—No te escucho. Eres falso —insistió la pequeña alquimista.

El monje se acercó a un gran candelabro y se puso a jugar con las llamas de las velas.

—Mira el fuego: no es peligroso si sabes domarlo. Sólo hace falta utilizar la fuerza de la mente —explicó la Voz.

—¿La fuerza de la mente? —repitió Nina acercándose al candelabro.

—Así es. Todo puede obtenerse con la mente, con el pensamiento —sentenció el monje, permaneciendo de espaldas junto a las velas.

—También Etérea me ha explicado que todo depende del pensamiento —dijo la pequeña alquimista sin darse cuenta de que la Voz la estaba persuadiendo.

—Sí, pero Etérea te exige muchos sacrificios. Mucho sufrimiento. Ha hecho incluso morir a tu abuelo, el profesor Misha. Y lo tiene allí, como un criado —susurró arteramente la Voz.

El monje hizo comprender a Nina que lo sabía todo, que conocía el poder de Etérea, la Gran Madre Alquimista, y diciendo esto, giró lentamente y adelantó las manos como para tocar las de la niña.

—Mi abuelo no es esclavo de Etérea. Es un gran alquimista y Karkon lo ha asesinado. Y ahora te demostraré que lo que dices es falso —respondió la niña retrocediendo. Se daba cuenta de que había caído en la trampa. Con destreza lanzó la varita negra, la que llevaba el nombre de Falsus, a las llamas de la vela, que inmediatamente cobraron un brillo cegador y exhalaron un humo muy perfumado.

—¡Ahhhh! ¿Qué has hecho? ¡Te arrepentirás de ese gesto!

La Voz era repentinamente ronca y desagradable. El monje se llevó la mano sobre la capucha para mantener velado su misterioso rostro, después se dio la vuelta y tiró al suelo el gran candelabro. Las velas se apagaron y la torre se quedó a oscuras. Nina, incapaz de ver nada, sintió el roce del monje que pasaba por su lado.

La Voz desapareció dejando a la pequeña alquimista muerta de miedo. Nina buscó a tientas la puerta para salir, la encontró y bajó a toda velocidad la escalera de caracol. Llevaba tal prisa que resbaló y fue rodando hasta el piso inferior. Intentaba levantarse cuando oyó de nuevo el sonido del violín.

Miró hacia arriba y no vio nada, pero oyó una vez más la Voz:

—Yo soy lo que tú necesitas. El mal que quieres hacerme se volverá contra ti. Nunca podrás librarte de mí; estoy en tu interior. Si me matas, te matarás a ti misma. Oye esta música: es triste, es mi alma que te habla. Escúchame. Espero tu decisión.

La niña de la Sexta Luna estaba cubierta de sudor frío, despavorida y confusa. En cuanto intentó descender la segunda escalera, apareció la cortina roja y la arrastró en un torbellino.

Se despertó gritando.

La pesadilla había concluido. La pequeña alquimista intentó calmarse en la penumbra de su habitación, pero a duras penas conseguía respirar. Encendió la lámpara que tenía sobre la mesilla y fue al baño a beber un poco de agua. Al mirarse en el espejo vio que sus ojos azules estaban enrojecidos, tenía las mejillas arreboladas y el pelo revuelto. Apretaba todavía en la mano una varita, la blanca, la que decía Verus. Se la llevó a la altura del corazón y rogó que los Magos Buenos de Xórax la protegieran. En ese momento, la niña de la Sexta Luna se echó a llorar amargamente, mientras sus labios murmuraban el nombre del abuelo, de su querido abuelo Misha. Extenuada, se metió otra vez en la cama, con la cara bañada en lágrimas, mientras Adonis y Platón le lamían las mejillas intentando consolarla.

El Mal la había puesto a prueba una vez más.

Capítulo 11

El regalo del abuelo Misha

—¡Ninotchka, aquí está el desayuno! Te he traído también fruta. ¡Venga, levántate, que son ya las nueve y si abres la ventana verás una cosa que te gustará muchísimo! —anunció Ljuba al entrar en la habitación de Nina. Dejó la bandeja sobre la mesita y esperó a que la niña saliese de la cama.

—¿Qué hay fuera? —preguntó Nina frotándose los párpados todavía hinchados por el llanto.

—Descorre las cortinas y lo verás; yo me bajo a la cocina. Tengo montones de cosas que hacer. Faltan sólo dos días para Nochebuena y mañana llegan tus padres y las tías —contestó Merengue saliendo tan deprisa que no se percató de la mala cara de la niña.

La pequeña alquimista se levantó de la cama, cogió una galleta de la bandeja y, mordisqueándola, descorrió las cortinas. Frente a ella se desplegaba un paisaje increíble:

—¡Nieva!

Abrió inmediatamente la ventana y el aire frío le acarició el rostro. La pequeña alquimista aspiró el limpio perfume de la nieve y se sintió renacer.

Los techos de las casas estaban blancos, de las chimeneas salía humo, las gaviotas volaban bajo y en las ramas de los árboles del parque los gorriones saltaban de un lado a otro haciendo caer al suelo blandos montoncitos de nieve. «Venecia nevada es hermosísima. Mucho más bonita que Moscú», pensó la niña, recordando su infancia transcurrida en la fría ciudad rusa donde trabajaban sus padres.

Dejó caer entonces su mirada sobre la laguna: los blancos copos caían en el agua salada licuándose delicadamente. Todo

parecía envuelto en un manto de nata montada. Nina sacó las manos por la ventana y mirando al cielo gritó:

—¡Es Navidaaaaad, es Navidaaaaad!

Cerró la ventana sonriendo y desayunó sentada en el suelo, entre cojines. Adonis recibió un trozo de plátano, que le encantaba, y Platón disfrutó de su ración de leche en un platito.

La jornada había empezado bien, pero las imágenes de la nieve no consiguieron borrar los desagradables recuerdos de la noche. La Voz había sido poderosa, aunque por suerte la varita negra había funcionado. Pero eso no bastaba: el monje no iba a detenerse. Nina oía aún la música del violín y anhelaba tocarlo de nuevo, aunque supiera que aquel anhelo era malsano. Desear el violín significaba desear la Voz. «No, no puedo perder la lucidez. Debo aplastar el Mal.» Los recuerdos de aquel castillo misterioso, con sus tres torres, eran cada vez más confusos. Se vistió velozmente, se echó al bolsillo la esfera de cristal que abría la puerta del laboratorio así como el Taldom Lux, el Jambir, la pluma del Gughi, la llave con cabeza de estrella, la de cabeza con forma de media luna y el Anillo de Humo. En un bolsillo del peto azul metió la varita blanca de los Magos Buenos y después se dirigió corriendo al laboratorio del abuelo.

La niña de la Sexta Luna comprobó los dos espejos entre los cuales había metido la Harina Candente: todo era perfecto, la magia funcionaba, pero tenía que esperar aún unos días para que la alquimia llegase a término. No conseguía sin embargo pensar en otra cosa. La Voz la perseguía sin descanso:

—¡Debo eliminarla! ¡Debo entrar en el palacio Ca' d'Oro y destruirla! —exclamó mirando al *Systema Magicum Universi*. Inmediatamente después puso la mano con la estrella sobre la hoja líquida y preguntó:

—Libro, ¿cómo me las arreglo para entrar en la estancia de la Voz de la Persuasión?

Ondula ya lo ha comentado,
éste no es el momento adecuado;

en el palacio de Karkon ahora no puedes entrar,
la batalla sería letal.
Y además el Kabitus Morbante
te destruiría al instante.

—¿El Kabitus Morbante? ¿Para qué sirve exactamente? —preguntó la niña, curiosa.

El Kabitus Morbante es un oscuro encantamiento
que ahora no puedes afrontar, y no te miento.
No seas ansiosa,
verás como al final saldrás victoriosa.
Piensa en el Cilantro Veloz
y no siempre en la Voz.
La calma te ayudará,
pero sólo si tu mente libre está.
Sólo así se desvanecerá el Kabitus Morbante
perdiendo su malvado poder congelante.

El Libro le aconsejaba pues que no hiciera nada, que no entrara en el palacio para buscar la Voz; antes debía conseguir el Cilantro Veloz para anular el Kabitus Morbante. Por otra parte, los Magos Buenos de Xórax ya le habían advertido que vencer a la Voz iba a ser una prueba durísima.

Lo único que podía hacer, por lo tanto, era concentrarse en la poción del Cilantro Veloz, para lo cual debía continuar la búsqueda del Cometa Caudado y de la Pimienta Violeta. Pero sabía muy bien que Karkon no iba a estarse mano sobre mano y que pronto intentaría encontrarse nuevamente con ella. El maléfico conde poseía los otros dos Arcanos y las batallas para quitárselos iban a ser muchas y feroces. Se acordó entonces de que el mago hablaba en sus Apuntes de tres androides adultos y de que Andora, en la carta que había escrito antes de morir, había confirmado su existencia. Así pues, el nuevo peligro karkoniano podía ser exactamente éste, porque si el mago había activado los tres hombres-robot era necesario prepararse para nuevas y duras luchas. La niña de la Sexta Luna estaba muy nerviosa y formuló otra pregunta:

—Libro, ¿es verdad que Karkon posee otros tres androides adultos?

De uno en uno los encontrarás
y en lugares diversos lucharás.
En el libro de Birov algo hallarás
que, sin duda, te servirá.
Pero también para esta novedad,
mucha paciencia habrás de acopiar.

—¿El libro de Birian Birov? *¡Compañeros de Aventura!* ¡Ése es, sin duda!

La pequeña alquimista se precipitó entonces a la Sala del Dogo, subió por la escalerilla y cogió el libro que había hojeado unos días antes. Después fue a sentarse en la Sala de la Chimenea y se puso a consultar atentamente sus páginas. Hacia el final del libro había un capítulo titulado «Los hombres-robot», acompañado por una serie de dibujos que representaban tres androides. No había ninguna explicación, sin embargo, de cómo funcionaban; bajo los dibujos vio, eso sí, una serie de números. Nada más.

—¡Números! Sin duda son los códigos de los que se sirve Karkon para activarlos. ¡Tengo que usar una vez más la Numeromagia y la Mecageometría!

Nina estaba concentradísima, pero unas voces la distrajeron de la lectura. Provenían del patio de la villa.

—¡Eh, Nina, estamos aquí! ¡Ven a jugar con la nieve! —la llamó Roxy con su voz chillona; sus amigos estaban organizando un buen alboroto.

La niña de la Sexta Luna se levantó del sillón y, con el libro en la mano, fue a encontrase con sus amigos.

—¡Leer y estudiar! Pero ¿no piensas en otra cosa? ¡Venga,

ponte la cazadora y sal con nosotros! —dijo Cesco, que tenía muchas ganas de divertirse. Nina aceptó la invitación. Antes de salir, sin embargo, les mostró a sus amigos los dibujos de los hombres-robot:

—Esto nos enseñará a entender los poderes de los tres androides adultos de Karkon. Aquí debajo están sus códigos y…

Flor le quitó el libro de las manos y exclamó:

—¡En la alquimia y en Karkon pensaremos hoy por la tarde! Ahora ven a jugar. ¡Es Navidad!

Adonis correteaba con una pelota roja de goma en la boca, Platón arañaba la puerta y Ljuba, con un cucharón en la mano, exhortó a los niños a salir:

—¡Todos fuera y mucho cuidado con los resbalones! ¡Poneos los guantes, de otro modo se os congelarán las manos!

Nina se puso la cazadora y, en cuanto salió, fue bombardeada con bolas de nieve. La batalla había empezado, pero esta vez se trataba sólo de un juego muy divertido. Los niños se dispersaron por el parque, se escondieron detrás de los árboles cargados de nieve, se hicieron bromas y burlas, se gritaron y se tumbaron en el suave manto blanco canturreando una cancioncilla navideña: «*Jingle bells, jingle bells, jingle all the way! Oh, what fun it is to ride in a one horse open sleigh!*».

El profesor José abandonó entonces las dependencias para ver lo que pasaba y, envuelto en su capa de costumbre, se dirigió hacia los niños. Pero no llevaba el calzado adecuado y… se resbaló en la nieve dándose un buen culetazo. La carcajada fue general. El enseñante intentó levantarse, pero se resbaló de nuevo y, en aquel momento, los niños aprovecharon para cubrirle de nieve. Dodo tenía las mejillas rojas, Flor no lograba dejar de reírse y Cesco sufría un ataque de hipo.

—¡Qué buena! —exclamó la pequeña alquimista saboreando la nieve, como hacía cuando era pequeñita.

El frío le llegó al estómago y sintió escalofríos; le gustó muchísimo. Mirando a los cuatro niños de la Giudecca pensó que jamás se olvidaría de ellos y que durante toda la vida serían amigos leales y sinceros. Sintió que la amistad era fuerte, indestructible, y que nada podría deteriorarla. Ni Karkon, ni LSL, ni la maldita Voz.

Adonis ladraba y empujaba con el hocico la pelota roja hacia los niños. Roxy la cogió y se la puso en la nariz al profesor, que todavía estaba tendido en el suelo: ¡José parecía totalmente un muñeco de nieve!

Flor y Cesco jugaban con Platón, que daba saltos de aquí para allá entre las hojas y la tierra helada. Junto al gran magnolio, el gato vio un gorrión, dio un salto para capturarlo y terminó sobre un recipiente lleno de nieve. Cesco se puso en pie al instante:

—¡Oh, no! ¡Es el recipiente que habíamos dejado para recoger el agua de lluvia! ¡Está lleno de nieve! ¿Y ahora?

Nina fue inmediatamente a verlo, retiró la nieve y vio que el jarrón de cobre estaba lleno de agua helada:

—Va todo bien. Es la lluvia que ha caído en días pasados. Cuando se derrita podremos usarla. ¡Tendremos más de cinco litros útiles para la fórmula del Cilantro Veloz! Vamos a llevarla al laboratorio.

Con la ayuda de José, que no entendía para nada por qué los niños prestaban tanta atención a aquel viejo jarrón lleno de hielo, volvieron a entrar en la villa.

Ljuba se puso entonces a gritar como no lo había hecho en su vida:

—¡Quitaos inmediatamente los zapatos! ¡He dado cera y he dejado los suelos como un espejo!

Merengue tenía razón: había pasado días enteros sacándole brillo a todo con vistas a la Navidad. Con la nieve cayendo de los chaquetones, todos se desprendieron educadamente de los zapatos y los pusieron en un rincón. José, que llevaba calcetines de lana agujereados, se fue a la cocina con Merengue para que se los remendara, mientras los niños entraron en el laboratorio con el pesado jarrón de cobre.

—Vamos a ponerlo junto a la pirámide de los dientes de dragón. Nos haría falta una tapa —dijo Roxy mientras apartaba con cuidado algunas retortas que corrían peligro de hacerse pedazos.

Habían encontrado ya dos elementos para preparar el Cilantro Veloz: la Harina Candente y el agua de lluvia, pero para el resto era necesario esperar. La niña de la Sexta Luna se sentó en el taburete y, con los codos apoyados en la mesa de los experimentos y el rostro entre las manos, empezó a contarles a sus amigos sus experiencias con las pesadillas de la Voz. Los niños

la escucharon en silencio, mientras la pequeña alquimista explicaba lo hermoso que había sido tocar el violín en la tercera torre del castillo, aunque les dijo también el terror que le causaba sentirse atraída por aquel monje aparentemente sabio y afable.

—Sé que los Magos Buenos me han dicho que la Voz es una prueba que debo superar: pero es muy difícil. Sé que volverá a mis sueños y todas las noches temo dormirme y ver al monje de nuevo. Espero conseguirlo; espero no dejarme arrastrar por el Mal.

Nina tenía la mirada triste y Dodo se le acercó:

—Tú eres la ni… ni… niña de la Se… Se… Sexta Luna. No puedes traicionar a tu abu… abu… abuelo Misha. Nosotros te ayu… ayu… ayudaremos.

Nina le abrazó; a Dodo se le cayó el gorro naranja de la emoción. La cabeza ya no estaba del todo pelada: sus cabellos rojos empezaban a despuntar, aunque todavía se veían las cicatrices. Nina le dijo entonces dulcemente:

—Has hecho tanto por mí... Todos vosotros habéis estado conmigo. Os debo la vida.

Cesco hinchó el pecho y sacando un vozarrón grave exclamó:

—¡Juntos hasta el final! ¡Cuando encontremos el cuarto Arcano ya verás qué fiestaza vamos a montar!

—Así lo espero. Pero hay una cosa que me ha dicho el monje y que no se me va de la cabeza —añadió la pequeña alquimista.

—¿El qué? —preguntaron a coro.

—Me ha hablado de Etérea y me ha dicho que tiene esclavizado a mi abuelo. Que se sirve de él. Yo no lo creo. Sé bien que la verdad es diferente, pero…

—¿Pero qué? —repitieron al unísono.

—Pues que mi abuelo se encuentra ahora allí arriba. No está aquí conmigo. Con todos nosotros. Y yo no puedo estar con él. Es cierto, leo sus cartas, y de cuando en cuando le veo durante unos segundos cuando voy a Xórax. Pero no es como si estuviese vivo, ¿entendéis? —concluyó Nina, que jugaba con sus cabellos nerviosísima y meneaba la cabeza.

—Ya te entiendo, Nina. Pero mira, lo cierto es que todo esto ha ocurrido por culpa de Karkon. Ha sido él quien ha dado muerte a tu abuelo. Lo más importante es que ahora el profesor Misha vive en la Sexta Luna. Por esto te ha pedido que le ayudes y que salves ese magnífico planeta, origen de toda la vida del Universo. Eso nos lo has explicado tú. ¿Por qué dudas ahora de todo?

Cesco había hecho un discurso auténticamente estupendo, en el que la pequeña alquimista percibía todo el afecto de sus amigos.

—Gracias, Cesco, mejor no has podido decirlo —consiguió articular la niña acercándose, conmovida, a su amigo—. ¡Qué boba soy! ¡Y pensar que soy yo la que os ha arrastrado a esta aventura tan complicada y tan peligrosa!

—Todo es culpa de la Voz —terció Flor— y no te olvides además de que Karkon usará todas las magias posibles para derrotarte. Pero nosotros seremos mejores, ya lo verás.

Roxy cogió el libro de Birov y buscó inmediatamente las páginas con los dibujos de los hombres-robot:

—Venga, Nina, apunta estos códigos. Si es verdad que el conde va a hacer llegar a estos androides, estaremos preparados para enfrentarnos con ellos.

La niña de la Sexta Luna cogió papel y lápiz, transcribió los códigos y después metió el papel en el primer cajón de la mesa.

—Ahora los Numeromágicos están en nuestro poder. Karkon no nos vencerá nunca —afirmó.

El reloj del laboratorio señalaba las 15 horas, 43 minutos y 5 segundos. Flor se acercó a la puerta diciendo:

—Ahora nos vamos de tiendas. ¿Os habéis olvidado de que tenéis regalos que hacer? Y son muchos… venga, moveos.

Por primera vez, después de tantos meses de estudio de fórmulas alquímicas, los cinco amigos salieron a dar un paseo. Las calles venecianas estaban atestadas de gente atareada con los últimos preparativos de la Navidad. Mientras, la nieve caía ligera otorgándole a la ciudad una atmósfera de fábula. Músicas

navideñas, sones de campanitas y cornamusas, cantos y coros hacían de Venecia algo deslumbrante, mágico. En las placitas había puestos iluminados, montañas de dulces, manzanas caramelizadas, barras de almendra, algodón de azúcar y bocadillos para todos los gustos. Cesco había elegido ya el regalo para sus padres y también Flor había adquirido un perfume para su madre y un cinturón para su padre. Dodo tenía dudas, no sabía si comprarle a su padre una bufanda o una agenda. Roxy había llenado una bolsita de dulces, pero golosa como era, se los había comido casi todos. Nina se detuvo ante el escaparate de una juguetería, donde había un oso gigantesco que bailaba claqué.

—Mirad, eso es lo que voy a comprar para mis padres. ¡Así, en el Ferk, se acordarán de mí cada vez que lo vean!

Los niños no se olvidaron de José, de Merengue y de Carlo Bernotti: compraron regalos para todos.

La tarde estaba pasando en un suspiro; cuando el despreocupado grupo llegó al puente Rialto, se encontraron con unas cuantas personas allí reunidas.

—Vamos a ver qué sucede —dijo Flor echando a correr.

La escena que se presentó ante sus ojos no era en absoluto agradable: se trataba del alcalde, que estaba distribuyendo paquetitos con lazos a los niños, mientras los fotógrafos disparaban miles de instantáneas para inmortalizar a LSL sonriente y rodeado de pequeños venecianos que agarraban sus regalos.

Cesco no logró contenerse:

—¡Mirad qué bonito! ¡Regalando cosas y después metiendo en la cárcel a los niños!

La multitud se volvió y todos miraron a Cesco, que se puso colorado como un tomate. Nina tiró de él para llevárselo, pero LSL alargó un brazo y sujetó al chico por la cazadora.

—¿Qué has dicho? —preguntó el alcalde.

Cesco lo miró fijamente a los ojos y, aunque temblaba de miedo, le escupió en plena cara.

—¡Ohhh! —exclamaron los presentes. LSL hizo como si no hubiera pasado nada, soltó la cazadora de Cesco, se limpió con un pañuelo y dijo:

—Siempre tienen ganas de bromas estos niños. Es Navidad, dejémosles hacer.

En realidad el marqués hervía de rabia y, volviéndose hacia los cinco niños, bisbiseó:

—Pronto lo pagaréis caro. Os haré ver el infierno.

Por desgracia, no bromeaba...

Entonces, pavoneándose entre la gente que le aplaudía, cogió en brazos a una niñita y se mostró amable y sonriente de nuevo: debía interpretar el papel del buen alcalde y apartar los pensamientos de los venecianos de la magia del León Alado.

Dodo cogió del brazo a Cesco y se lo llevó a rastras.

—Cesco, estás loco. Pero ¿qué tienes en la cabeza? ¿Quieres que nos meta a todos en la cárcel? —dijo furiosa Nina.

—Perdona, pero no he conseguido estarme callado. Ese tipo me da náuseas.

El chico estaba arrepentido de haberse dejado llevar, pero ver a LSL haciendo carantoñas a los niños había sido demasiado.

La alegría y la euforia de la tarde que habían pasado juntos y de las compras que habían hecho se había desvanecido. Todos se sentían repentinamente tristes: la realidad que les esperaba no era ni pizca de agradable. Pero Flor, con su acostumbrada pose de adorable pequeña snob, se detuvo delante de un escaparate de joyas y dijo en voz alta:

—¡Me gustaría tanto tener ese brazalete de los corazoncitos de oro! El alcalde no hace regalos de este tipo, sin duda. Seguro que en sus paquetitos navideños sólo mete baratijas.

Cesco y Dodo se echaron a reír, y Nina y Roxy le taparon la boca a Flor y echaron a correr antes de que LSL se les echase encima. Cuando volvieron a entrar en Villa Espasia pusieron a los pies del gran árbol de Navidad todos los regalos que habían adquirido, bajo la mirada amorosa de Ljuba, que disfrutaba por anticipado el pensamiento de una magnífica Navidad.

A la hora de la cena, cuando los chicos se habían marchado ya a casa de sus padres, el profesor José fue a ver a la pequeña alquimista. Tenía la mirada luminosa, como si hubiera encontrado quién sabe qué.

—Tengo que hablar contigo inmediatamente; vamos a la Sala de la Chimenea —dijo arrastrando a la niña de un brazo ante la mirada incrédula de Merengue, que llevaba a la mesa un estupendo pollo asado con patatas.

Cuando estuvieron sentados en los cómodos sillones, el enseñante sacó un documento y se lo tendió a la pequeña alquimista.

—Lee, es importante —le dijo.

Nina abrió la hoja y leyó con atención:

> *Venecia, archivo del marqués de la Noble Familia Loredan*
>
> *Documentum Secretus*
> *Loris Sibilo Loredan, marqués, célebre estudioso de la Alquimia de la Oscuridad y de la Magia Oculta reclama como suya la invención de los Alquitarots.*

—¡Por todo el chocolate del mundo! ¡El alcalde es un mago! —exclamó Nina poniéndose en pie.

—Sí, un mago de lo Oculto, un alquimista peligroso. Ya sabía yo que había algo que no iba bien en ese individuo —dijo el profesor en voz baja.

—Pero, ¿dónde ha encontrado este documento? —preguntó la niña.

—He ido a la antigua Biblioteca Marciana, la que está en la plaza de San Marcos, y mediante una estratagema he conseguido entrar en la sala donde se guardan los documentos secretos de Venecia —contestó José con evidente satisfacción.

—Es usted insustituible, profesor, pero... ¿qué hacemos ahora? —preguntó turbada la niña de la Sexta Luna.

—Tenemos que desenmascararlo, así toda la ciudad sabrá que es un mago malvado y que su bando contra la magia es falso, que lo ha emitido sólo para encubrir las fechorías del conde Karkon. Pero se requiere paciencia y mucha atención —explicó el enseñante—. No debemos darle a entender a LSL que conocemos su secreto.

—Cierto, cierto, tiene razón, profesor —asintió la niña, que con el documento todavía en la mano, preguntó:

—¿Pero qué son los Alquitarots?

—Creo que son naipes mágicos, no estoy seguro pero, viniendo de quien viene, ¡se tratará de algo peligroso, de un invento monstruoso, seguro! Tu abuelo los estaba estudiando pero no sé si llegó a descubrir algo —respondió José levantando los hombros.

—Entonces lo descubriré yo. Se lo prometo, profesor —exclamó Nina irguiendo la cabeza y poniendo la mano con el documento a la altura del corazón.

Alumna y enseñante, con la sonrisa en el rostro, se levantaron y fueron a devorar el pollo y las patatitas que había preparado la excelente Merengue.

—Mañana llegarán todos y ya tengo preparado el menú de la noche. Será una Nochebuena de rechupete —anunció Ljuba sin esconder su estado de alegría trepidante.

—¿Pero cuántos seremos? —preguntó José.

Merengue se puso a contar con los dedos:

—Pues mire, cinco niños, diez padres, dos tías, Carlo el jardinero, usted, querido profesor, y yo. Seremos veinte en total —respondió feliz la tata rusa.

—Bueno, quizá seamos veintiuno —corrigió Nina.

—¿Y quién más tiene que llegar? —preguntó Merengue.

—Un amigo, una persona simpatiquísima que no conoces —dijo misteriosa Nina. Ljuba y José se miraron sorprendidos, pero no dijeron nada.

La pequeña alquimista había pensado en Max. Tenía que participar como fuera en aquella gran velada, ¡no podía quedarse solo en el Acqueo Profundis mientras todos festejaban la Navidad!

La única manera de que nadie se diera cuenta de que Max era un androide era disfrazarlo. ¿Pero cómo?

A la mañana siguiente, la pequeña alquimista corrió a casa de Dodo. En primer lugar, le contó lo que había descubierto el profesor José sobre que LSL era un mago de lo Oculto muy peligroso que había inventado los Alquitarots.

—¿Ma... Ma... mago de lo Oculto? ¡Pero en... en... entonces también él cre... cre... cree en la magia!

Nina no tuvo tiempo de explicarle todo a su amigo; quería sólo darle ánimos diciéndole que muy pronto el alcalde sería desenmascarado y derrotado.

—Cuéntaselo tú a los demás; esta noche no podremos hablar mucho, estarán nuestros padres y el profesor José no tendrá oportunidad de explicar lo que ha descubierto. Pero ahora tienes que hacerme un favor —añadió

Nina—. Necesito encontrar ropa adecuada para Max, así él podrá participar también en nuestra cena de Nochebuena.

La Bottega della Bauta, donde trabajaban los padres de Dodo y de Cesco, contaba sin duda con disfraces de carnaval que servirían perfectamente para la ocasión.

—Ya sé cu... cu... cuál. Ahora vo... vo... voy a la tienda y te lo lle... lle... llevo sin que mi ma... ma... madre se entere.

El niño de los cabellos rojos y del rostro pecoso había encontrado una solución espléndida.

A las cinco de la tarde Villa Espasia parecía temblar de excitación: Vera y Giacomo, que acababan de llegar de Moscú, estaban deshaciendo el equipaje con Nina. Cuando sonó el timbre, perro, gato y niña corrieron al patio: llegaban las tías Andora y Carmen. También ellas acarreaban bolsas y paquetes diversos. Los abrazos y los besos conmovieron a Merengue, que manchada de harina y de nata, correteaba de un lado a otro, de la cocina a la Sala del Ángulo de las Rosas: la mesa preparada para la cena era magnífica. Sobre un mantel blanco bordado se veía una vajilla blanca y turquesa, copas de cristal, candelabros de plata y ramos de muérdago. Todo estaba listo para la espléndida velada. Andora se acercó a la niña de la Sexta Luna y casi a escondidas le puso en las manos un saquito:

—Es mi regalo para ti. Pero no le digas nada ni a Carmen ni a tu madre. Son antiguas perlas violetas de tu abuela la princesa Espasia. Las he conservado durante todos estos años y ahora son tuyas.

La tía le dio un beso y Nina la abrazó agradeciéndoselo. En

cuanto se quedó sola, la niña de la Sexta Luna miró dentro de la bolsita y vio las perlas; entonces, instintivamente, cogió una y se la puso en la boca.

—¡Pero sabe a pimienta! ¡Pica en la lengua!

Nina entendió inmediatamente que aquello no eran perlas, sino la Pimienta Violeta. ¡El libro le había anunciado que la obtendría de sus parientes!

A las 19:30 llegaron el resto de los invitados. Los padres de los amigos de Nina se hicieron inmediatamente amigos de los padres de la niña, y las mujeres fueron a ayudar a la incansable Merengue.

Carlo Bernotti y el profesor José se ocupaban de que hubiera madera suficiente en las chimeneas mientras los padres se pusieron a charlotear alegremente.

Dodo tenía en la mano un paquete y acercándose a la pequeña alquimista susurró:

—Tengo la ro… ro… ropa para Max.

La niña dio un salto de alegría y bajando con sus amigos al Acqueo Profundis, les mostró la Pimienta Violeta.

—¡Viva, la has encontrado! —gritó Roxy exultante dando palmas mientras los otros gritaban de contento.

Cuando llegaron al laboratorio de la laguna y le enseñaron a Max la ropa que debía ponerse, el androide agachó la cabeza y no quiso saber absolutamente nada. De ninguna manera quería ponerse aquel extraño vestido rojo.

—¡Puex no faltaba máx! Yo no me pongo exta coxa. Xoy un androide xerio —repetía una y otra vez mientras Roxy y Flor intentaban convencerlo. Cesco y Nina tenían en la mano una peluca de cabellos blancos y ondulados, y una barba larga y rizada. Dodo sujetaba un gorro rojo con un pompón en un extremo y no sabía qué hacer con él.

Al final, los cinco terribles niños consiguieron vestir a Max.

—¡Estás guapísimo! ¡Eres el Papá Noel más guapo que hemos visto nunca! —exclamaron riéndose como locos.

El androide se miró en un espejo y lanzó un grito:

—¡Ahhhh! ¡Extoy horrible! ¡Papá Noel! ¡Extáix locox! En fin, de acuerdo, acepto participar en la fiexta, pero con una condición.

—¿Cuál? —preguntaron los niños muertos de curiosidad.

—Debo llevar exte paquete con la cinta roja a la habitación de Nina —explicó con una mirada extraña.

—¿Es para mí? —preguntó la niña.

—Xí, lo ha mandado tu abuelo. Pero no puedex abrirlo antex de medianoche.

La pequeña alquimista aceptó; sentía muchísima curiosidad por saber lo que su abuelo le había mandado desde Xórax.

El androide, caminando grotescamente y ajustándose continuamente la barba y la peluca, montó en la vagoneta llevando el gran paquete, subió solo la escalera de caracol y dejó sobre la cama de Nina el regalo del abuelo Misha. Después salió a la carrera y entró en el iluminado comedor.

Todos estaban sentados a la mesa cuando entraron los niños con papá Noel y al verlos prorrumpieron en un estruendoso aplauso.

La cena comenzó por fin. Max se sentó junto a la tía Andora y, mirándola dulcemente, se presentó:

—Buenax nochex, xeñora Andora, extoy encantando de extar aquí junto a uxted.

—Buenas noches, Papá Noel —respondió sonriendo la tía—. ¿Nos conocemos?

—Xí, yo la conozco bien y uxted xabe también quién xoy yo —dijo Max recordando con tristeza al androide karkoniano.

—No, verdaderamente bajo esa barba y esos bigotes no le reconozco —replicó Andora.

—¡Puex xoy Papá Noel, todox me conocen! —exclamó, haciendo reír a todos por su extraño modo de hablar.

Entre brindis, entremeses, platos suculentos y dulces de todas clases, la velada transcurrió fantásticamente, y mientras los adultos charloteaban, los cinco niños abrieron felices sus regalos bajo el gran árbol que resplandecía en el patio de la villa.

Pero cuando dio la medianoche, dejaron los regalos sobre la alfombra persa y corrieron a la habitación de Nina para ver el contenido del paquete misterioso enviado por el profesor Misha.

La pequeña alquimista, bajo la mirada curiosa de sus amigos, lo abrió:

—¡Ohhh! ¡Increíble! ¡Por todo el chocolate del mundo! ¡Gracias abuelo! —gritó mirando dentro; envueltos en papel se veían algunos objetos y, sobre todo, una carta del abuelo.

Moja djevocka,

Éste es mi regalo de Navidad.

Usa con inteligencia estos objetos.

Ahora eres una excelente alquimista y has superado peligrosos obstáculos.

Pronto deberás enfrentarte a otras pruebas y estoy seguro de que conseguirás superarlas, y también de que tus cuatro amigos y el profesor José sabrán darte los consejos adecuados; pero recuerda, la Alquimia de la Luz tiene sus reglas.

No las traiciones y no escuches nunca a la Voz.

Feliz Navidad

1004104

Abuelo Misha

Con delicadeza la pequeña alquimista sacó el primer objeto, que era una cajita de cristal en forma de estrella que llevaba sobreimpresas dos letras:

—¿C.C? Quién sabe lo que contiene esa cajita —comentó Flor curiosísima tocando la estrella de cristal.

—Contiene una sustancia blanca gaseosa —respondió Cesco, que quería abrirla inmediatamente, pero Nina se lo impidió diciendo que podía ser peligroso.

—Lo abriremos en el laboratorio, es más seguro.

Después la niña sacó de la caja el segundo objeto: era el Sikkim Qadim, el antiguo cuchillo egipcio usado por Osiris. Sobre él estaba escrito:

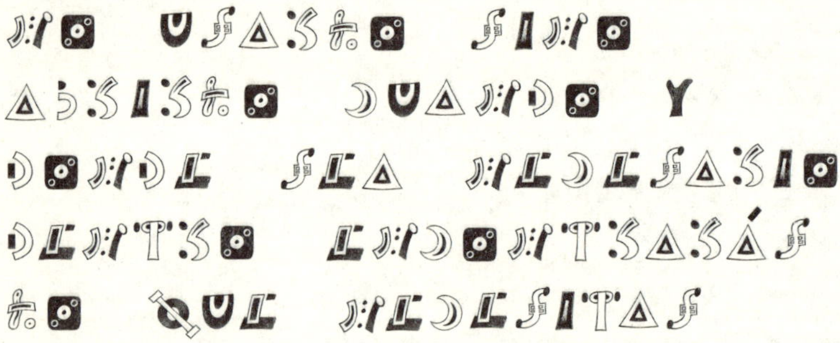

—¡El Sikkim Qadim! Con este cuchillo me cortó Osiris para que saliera sangre y salvar a Flor —exclamó sorprendida Roxy.

—Sí, es exactamente ése, pero no podemos usarlo. Ya lo veis, está escrito que sólo hay que abrirlo cuando sea necesario —dijo la pequeña alquimista extrayendo el tercer y último objeto. Era algo muy, muy importante: los Alquitarots. El mazo, unido con una cinta azul, se componía de doce cartas largas y estrechas. Sobre ellas estaba escrito:

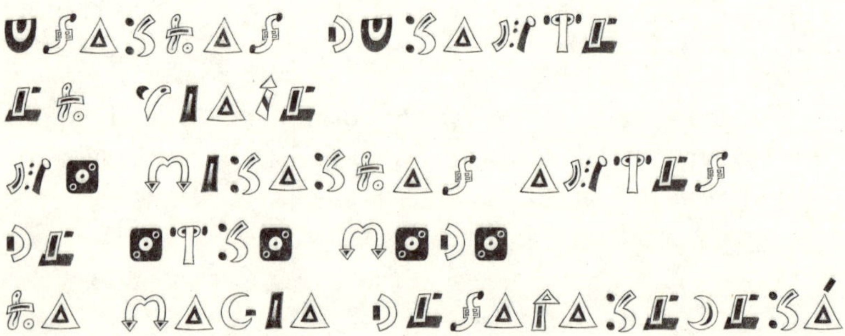

—¿Los Alquitarots? ¡Lo que había inventado LSL! ¡Perfecto! ¡Ahora conocemos también su secreto! —exclamaron todos.

—Pero no podemos mirar estas cartas, de otra forma, la magia desaparecerá. Debemos esperar a usarlas durante un viaje —explicó Nina.

—¿Via... via... viaje? ¿Pero dón... dón... dónde? —exclamó Dodo señalando sin mirar los Alquitarots.

—Quién sabe, quizá sea un viaje al pasado como los que ya hemos hecho —respondió la pequeña alquimista.

—¡Nina, ahora eres a todos los efectos una auténtica alquimista! ¡Éste es tu futuro! —exclamó Cesco.

—¡Nuestro futuro! —añadió la niña acercándose a la ventana desde la que se veían, claras y luminosas, las estrellas y la luna.

—¿Nuestro futuro? —repitieron todos.

La niña de la Sexta Luna miró a sus cuatro amigos y, sonriendo, contestó:

—Sí, y lo viviremos juntos.

FIN

Apuntes de Karkon

PREMISA

Lo que está abajo es igual que lo que está arriba. Y lo que está arriba es igual que lo que está abajo.

Por medio del único SABER *se puede llegar a cancelar la* CREACIÓN.

El viento lleva los pensamientos y las ánimas se secan al sol. Los niños se apagan y la luz desaparece.

El Mal *vuelve a reinar.*

Cuatro son los enemigos que hay que derrotar, cuatro los Arcanos *que han de desvelarse para poder* REINAR.

EL GRAN COMIENZO

Primer Año Karkoniano -23:45 horas del 7 de mayo-. Plenilunio, Marte en equilibrio, Plutón oculto, Júpiter estable.

Ésta es la hora, éste es el día del Gran Comienzo.

Hoy nacerá la Alquimia de la Oscuridad, que destruirá la Alquimia de la Luz. La posición de los planetas y de las galaxias me ayuda a entender el destino de mis acciones.

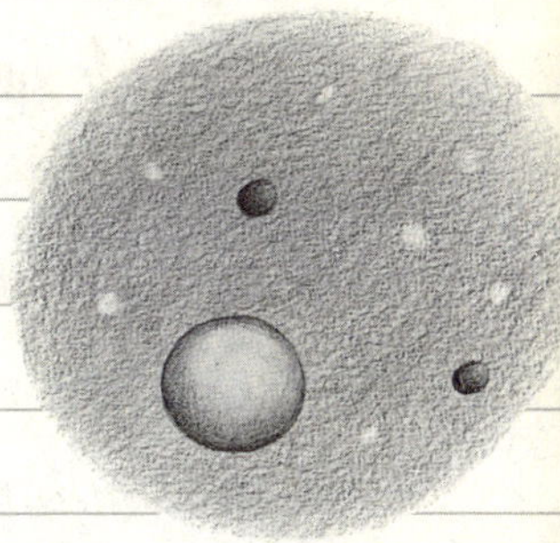

El enemigo que debo batir es Michajl Mesinskj, que conoce los secretos del Planeta Misterioso, Xórax, y que guía el Bien contra el Mal.

Yo, Karkon Ca' d'Oro, Magister Magicum, conquistaré la Sexta Luna y me convertiré en el Mayor Alquimista del Universo. Dominaré a todos los seres vivos, los animales serán mis servidores, y las estrellas, las lunas y las galaxias serán sólo mías. Para hacer todo esto debo matar al profesor Misha y a su amigo el escritor Birian Birov.

ELLOS SABEN LO QUE YO TODAVÍA NO SÉ. ELLOS LO SABEN TODO DE XÓRAX Y DEL UNIVERSO ALQUÍMICO.

Tienen herramientas y poderes mágicos desconocidos.

Tienen un cetro de oro llamado Taldom Lux, muy poderoso y que seguramente viene de Xórax.

¡Me haré con él! Ya he realizado grandes magias y estoy estudiando el modo de aprisionar definitivamente los Arcanos Alquímicos: Agua (Ánima Débil), Tierra (Ánima Encantada), Fuego (Ánima Fuerte) y Aire (Ánima Luminosa). Tres son las máquinas de los encantamientos que quiero crear para aprisionar tres Arcanos. Pero para el cuarto no sé todavía qué magia tengo que adoptar, porque es el más complejo y difícil de bloquear. Para el cuarto no sirve una máquina encantada. Necesito otra cosa...

Sin los Arcanos en su puesto, el Bien se está debilitando. Los pensamientos de los niños serán destruidos, el Pensamiento de la Vida morirá y las golondrinas dejarán de llevar la fantasía de los niños a la Sexta Luna, que dejará de ser invulnerable.

¡TODO ESTO ME PRODUCE UNA ALEGRÍA INMENSA!

NUMEROMAGIA Y MECAGEOMETRÍA

Segundo Año Karkoniano -0:30 horas del 30 de diciembre-. Luna creciente, Saturno en rotación lenta, Venus oscurecido, Marte estable.

Después de más de un año de investigaciones y estudios alquímicos, he conseguido finalmente transformar los primeros números en fuerzas mecánicas. Sólo así puedo construir las máquinas que apresarán a los tres Arcanos. Aunque ahora los he robado, y por tanto ya no están en los lugares donde los Magos Buenos los habían escondido durante todos estos siglos para ayudar a la Sexta Luna, la energía que producen es cada vez más poderosa y temible. Por ello debo guardarlos en un lugar seguro e inaccesible. He modificado por consiguiente las matemáticas gracias a la Magia Persuasiva. La Magia Persuasiva hace poderosa la Alquimia de la Oscuridad y puede derrotar a la Alquimia de la Luz.

Así lo he hecho.

En primer lugar, es necesario coger la CHARTA MATER y escribir cuidadosamente en ella los nú-

meros usando el GRAFITO VIOLETA y después pronunciar tres veces en voz alta la fórmula del encantamiento:

«NUMERUS NOCTIS».

En ese momento el Numeromágico se separará del folio y podrá ser utilizado adoptando las fórmulas de la Alquimia de la Oscuridad que permiten la realización de ingeniosas maquinarias mágicas.

La Mecánica y la Geometría han dejado de tener secretos para mí y he unido la una con la otra. De esto modo, las formas geométricas y las combinaciones mecánicas obedecen a mi alquimia.

A cada Numeromágico corresponde un elemento de la Mecageometría. Sólo de esta forma podré construir las potentes máquinas que me servirán para guardar los Arcanos. He preparado ya la Estancia de los Encantamientos.

0. El CERO es el comienzo de todos los Numeromágicos. Es el MOTOR de todos los mecanismos existentes. El equilibrio del motor reside en mantener siempre el 0 alineado con el Norte. El motor se alimenta con agua.

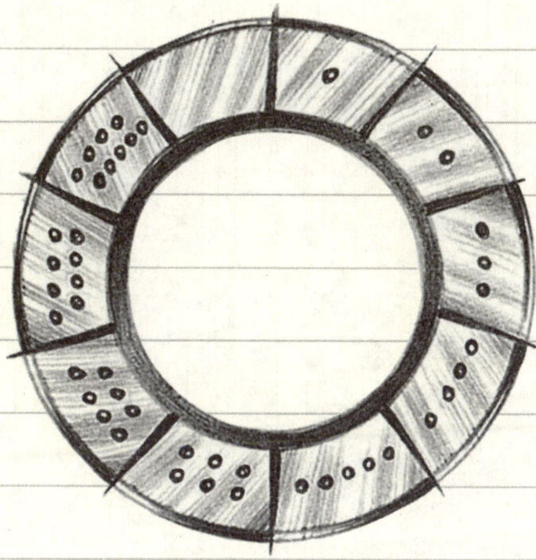

1. El UNO es el Numeromágico que une las partes de todos los mecanismos y corresponde a las BARRAS. Las barras están imantadas.

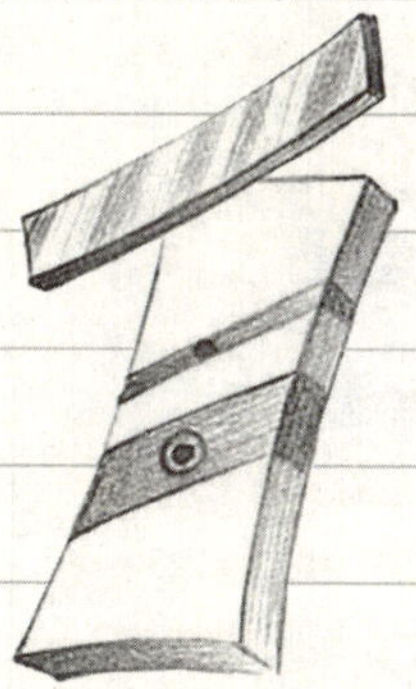

2. El DOS es el Numeromágico que permite tener suspendidas las partes de los mecanismos y corresponde al GANCHO. Los ganchos tienen a su disposición las cuerdas de TENSIUM.

A MEDIANOCHE HE MATADO A BIRIAN BIROV

Tercer Año Karkoniano -2:22 horas de 6 de julio-. Sol y Luna en fase de eclipse, Saturno con tempestad de meteoros, Júpiter en equilibrio.

¡No quería confesar! No quería decirme dónde se encuentra exactamente la Sexta Luna ni cómo llegar a ella. Le he disparado con el Pandemon Mortalis y ha caído por tierra empuñando el Taldom Lux. Desgraciadamente ha oprimido un botón de ese maldito cetro de oro y ha pronunciado una frase incomprensible. Después, se ha elevado de su cuerpo una nube de humo blanco: era su alma que se marchaba. Quizá los Magos Buenos no mueran de verdad. Puede que vivan en otra dimensión, tal vez en Xórax. ¡Es posible! Si esto es cierto, entonces tengo que averiguarlo también, pero por el momento sólo quiero eliminar de la Tierra a los Enemigos.

Ahora le toca el turno al profesor Misha; espero poder robarle el Taldom antes de que muera.

En espera de la próxima confrontación he transformado otros cuatro números en Numeromágicos.

3. El TRES es el Numeromágico que compone la red eléctrica de los mecanismos. Por los HILOS ELÉCTRICOS pasan corrientes de distintas potencias, hasta un millón de voltios.

4. El CUATRO es el Numeromágico que hace girar el mecanismo que corresponde a las RUEDAS. Las ruedas son lubricadas con el OMBIO, un aceite verde compuesto por saliva de dragón y orina de cisne.

5. El CINCO es el Numeromágico que crea los CILINDROS de los mecanismos. Los cilindros pueden ser fijos o móviles.

6. El SEIS es el Numeromágico que crea los CUBOS. Cada cubo tiene la tarea de crear los engranajes del mecanismo.

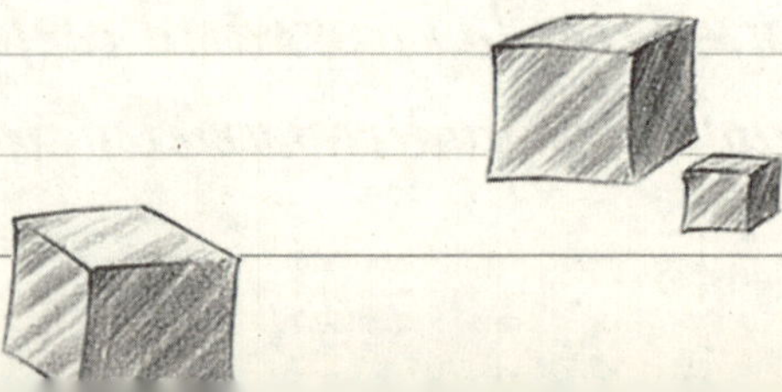

EL ANDROIDE ANDORA

Cuarto Año Karkoniano -13:56 horas del 2 de febrero-. Luna llena, Marte en oposición, Urano en rotación veloz, Júpiter en fase lenta.

Durante estos años, el profesor Misha ha instruido a su nietecita Nina, hija de Vera y de Giacomo de Nobili. Nina tiene poderes alquímicos y puede convertirse en un auténtico peligro para mí. Mientras la familia ha vivido en Moscú, todo iba bien, pero ahora las cosas han cambiado. He clonado a una tía de la niña, Andora: es mi androide preferido y el que va a encargarse de controlar a esa maldita bruja. Nina llegará estos días a Madrid y yo ya he preparado al Androide: Andora va a ser malísima. ¡Cambiarla por su verdadera tía ha sido lo más fácil del mundo!

La auténtica Andora es mi prisionera: está bajo la vigilancia de mis pequeños androides en la Torre de Toledo. ¡No podrá escapar!

Nina no debe entrometerse en mis proyectos: la falsa Andora la mantendrá a raya. Acabaré con su abuelo para que tampoco él pueda hacer nada.

Mis investigaciones alquímicas avanzan a pasos agigantados: he concluido la Numeromagia.

Puedo, por consiguiente, construir la maquinaria para aprisionar los Arcanos.

LA VICTORIA SE ACERCA

7. El SIETE *es el Numeromágico que crea las* PIRÁMIDES. *Las pirámides tienen la punta en llamas; ella quema el agua del motor y pone en marcha el mecanismo.*

8. El OCHO *es el Numeromágico que crea las* ESFERAS. *Las esferas tienen la tarea de mantener el peso de los ejes del mecanismo. Las esferas pasan de una parte a otra haciendo posible el funcionamiento.*

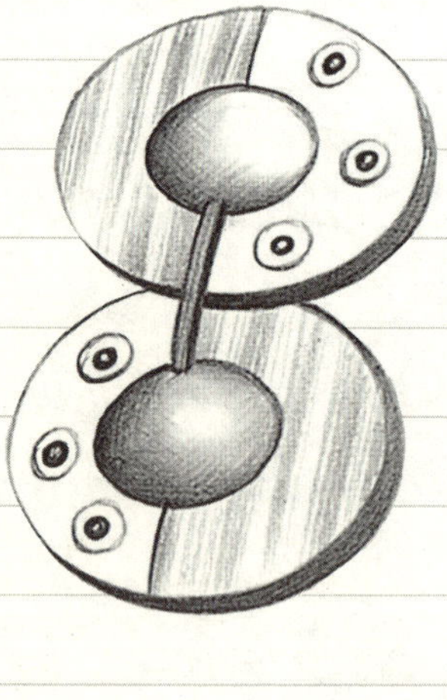

9. El NUEVE es el Numeromágico que crea los PARALELEPÍPEDOS. Los paralelepípedos tienen la tarea de contener los líquidos y las sustancias alquímicas de los mecanismos. Sin elementos alquímicos ningún mecanismo funciona.

FÓRMULAS DE LA ALQUIMIA DE LA OSCURIDAD

Cuarto Año Karkoniano -22:20 horas del 3 de septiembre-. Sol con manchas, Luna baja, Plutón visible, Venus velado, Urano estable.

He terminado el formulario de la Alquimia de la Oscuridad. He creado poderosísimas pócimas que me permiten fabricar las máquinas que contienen los Arcanos. Por el momento sólo puedo construir tres; para el cuarto Arcano, el más complejo y difícil de encontrar y bloquear, tendré que utilizar otra magia.

La Estancia de los Encantamientos está lista para recibir las tres máquinas. Todo está perfecto.

Dentro de seis meses habré bloqueado tres Arcanos.

ORO TÁCITUS

Se ponen 3 kilos de oro a fundir durante 6 horas dando vueltas cada dos minutos, después se añaden vísceras de perro y seis cabezas de gallina; se deja macerar 24 horas. Al compuesto se le añade el Fumus Diabólicus. El Oro Tácitus sirve para encantar el Numeromágico CERO, que crea el motor.

ARGENTO AMBIGUO

Se ponen a fundir 2 kilos de plata pura durante dos horas, después se añaden 15 gotas de Sangre Mendaz, 6 gotas de Verme Putridis y 8 gramos de Cenizas Durmientes. Se mezclan durante dos minutos. La sustancia se endurece y sirve para construir gran parte de los componentes de los mecanismos encantados.

SANGRE MENDAZ

Es la sangre de la Iena Ridens que se deja macerar dentro de un recipiente de cobre durante tres semanas. No se bebe porque es mortal; únicamente se incorpora a otras sustancias porque imprime la fascinación de la mentira.

VERME PUTRIDIS

El Verme Putridis nace en los cerebros de ratones que han muerto envenenados. Tiene poderes de unión: allí donde se fija no se despega jamás.

CENIZAS DURMIENTES

La ceniza durmiente se obtiene sólo quemando pichones y aletas de tiburón. Es de color azul y tiene el poder de despertar la materia y los metales, y hacerlos funcionar.

ROCIO DE LIRIOS

Líquido preciosísimo y raro que se encuentra en algunos lirios blancos que nacen una vez cada cien años.

Para obtener medio litro de rocío se necesitan al menos diez lirios. Para encantar las máquinas bastan diez gotas, que duran diez años.

TOPACIUS CORNANTE

Es una piedra preciosa de color amarillo muy claro. Se encuentra en las minas indias y tiene poderes energéticos. Funciona como imán.

FUMUS DIABÓLICUS

Se obtiene quemando cachorros de foca despedazados e hígados y corazones de babuinos.

El Fumus Diabólicus se conserva dentro de un recipiente de amianto. Es uno de los componentes esenciales para preparar el Oro Tácitus.

OMBIO

Líquido viscoso de color verde compuesto de saliva de dragón y orina de cisne. Es un lubricante inestimable que hace girar los engranajes de los mecanismos.

TENSIUM

Material superresistente creado con acero y cuero líquido. Hacen falta 4 kilos de acero puro y 2 litros de cuero líquido. Se mezclan durante 6 horas y 3 minutos. Se vierte el líquido en los moldes adecuados y se deja enfriar.

PETRA ROQUIS

Piedra durísima. Es el resultado de la unión de tierra negra y acero. Se necesitan 5 kilos de tierra negra y 2 de acero: se funden durante 5 horas y se deja enfriar durante tres días.

VIDRIO BLANDO

Es el resultado de la unión de vidrio y espuma de nube blanca. Se necesitan 3 gramos de vidrio y 5 gramos de espuma de nube. Los dos elementos se unen y se colocan dentro del frasco, donde se agitan durante 7 segundos. Después se dejan bajo el sol durante cinco horas. El líquido se endurecerá únicamente cuando se vierta sobre los mecanismos de las máquinas encantadas. Sirve para fijar los dientes de los engranajes.

CHARTA MATER

Hacen falta papiros egipcios originales. Se vierten sobre ellos unas gotas de rocío de lirios, leche de cabra y cenizas de zafiro. Se maceran durante dos días. Sobre la Charta Mater se escriben los números para transformarlos en Numeromágicos.

GRAFITO VIOLETA

Rascar finamente el grafito y poner 8 gramos en un cuenco al que se añaden 15 gotas de lágrimas de elefante. Se deja reposar durante 5 minutos. La pasta que se obtiene sirve para formar minas de lápices. Sólo con lápices de Grafito Violeta se pueden escribir los números sobre la Charta Mater.

HIERBA MEDICALIS

Las hojas de la Hierba Medicalis son verdes y muy grandes; curan las heridas si se queman y se convierten en cenizas.

MAGMA SULFATO

El magma recogido de la erupciones de los volcanes se mezcla con azufre líquido y se hierve durante 7 horas y 13 segundos. Se introduce en las venas artificiales de los androides adultos. ¡Es su sangre!

ARCANOS APRESADOS

Quinto Año Karkoniano -20:15 horas del 1 de febrero-. Plutón en tempestad de meteoros, Sol en fase esplendente, Urano escondido, Marte en reposo, Luna llena.

Finalmente, después de tantas fatigas, he construido las tres máquinas y he conseguido bloquear definitivamente los Arcanos.

GRACIAS A LA ALQUIMIA DE LA OSCURIDAD AHORA SON MÍOS.

Los pensamientos de los niños han sido bloqueados: las golondrinas ya no los transportan a Xórax. La Sexta Luna se está muriendo. Pero debo acabar con el profesor Misha: tiene el Taldom Lux y podría recuperar los Arcanos. Mataré también a Nina, su nieta.

En la Estancia de los Encantamientos hay dos alambiques de vidrio con una altura superior al metro que contienen líquidos de color indefinido: sirven para alimentar a las máquinas. Las cuatro planchas de cobre fijadas al suelo tienen la función de impedir que la energía se disipe. El cuenco ancho y bajo, las varitas variadas, los bastoncitos y los tubitos de metal hacen falta para el mantenimiento de las máquinas. En las paredes hay dibujos de ingenios mecánicos, fórmulas alquímicas y nombres de metales subrayados en rojo: ¡son apuntes importantísimos!

Las tres máquinas forman un triángulo equilátero y están unidas entre sí mediante tubos de acero e hilos eléctricos. En el centro de este triángulo hay un timón que gira automáticamente hacia la izquierda.

He construido las máquinas con los Numeromágicos y la Mecageometría: los códigos para bloquear los Arcanos están en mi ordenador, en el laboratorio K.

1 – Estufa de carbón que emite un silbido ensordecedor: Aquí guardo el Arcano de la Tierra, cuyo código es 6065512.

2 – Horno que tiene junto a él montones de hojas gigantes (de Hierba Medicalis); algunas arden en el fuego. Aquí guardo el Arcano del Fuego, cuyo código es 6065513.

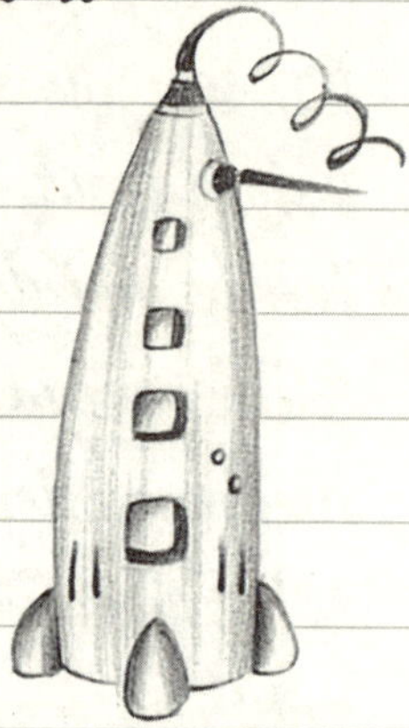

3 – Misil con ventanillas luminosas. Aquí guardo el Arcano del Aire, código 6065514.

Para el cuarto Arcano, el Agua, he buscado un lugar secretísimo y muy apartado, donde nadie podrá encontrarlo jamás. El Cuarto Arcano es el más potente y el más importante, ¡pero todavía no sé cómo usarlo! Debo estudiar, debo entender.

¡Después, Xórax será mío!

¡HE MATADO AL PROFESOR MISHA!

Quinto Año Karkoniano -1:02 horas del 3 de junio-. Nebulosa de Andrómeda a la vista, Luna menguante, Marte visible.

¡Lo he matado! Sí, el profesor Misha está muerto. Hace un par de horas he conseguido entrar en Villa Espasia y he luchado con él. Le he disparado con el Pandemon Mortalis y él me ha respondido lanzándome lenguas de fuego con su Taldom Lux, se ha llevado la peor parte: le he mandado una descarga potentísima que le ha golpeado y le ha hecho caer por tierra y... de improviso su cuerpo se ha transformado en luz y ha desaparecido. Sobre el suelo no ha quedado ni rastro. ¡También el Taldom se ha desvanecido en la nada!

¡Mi próxima víctima será Nina!

¡Ahora es ella la que tiene el Taldom Lux! ¡No sé cómo ha podido hacerse con él! El profesor Misha desapareció, pero la pequeña bruja ha conseguido que el cetro que se había llevado con él reapareciera. ¡¡Otra pérfida magia que no había previsto!!

EL SECRETO DE MIS ANDROIDES

Quinto Año Karkoniano -21:19 horas del 28 de junio-. Saturno en oposición, Luna llena, Sol estable, Plutón atravesado por meteoros.

Para derrotar a Nina debo afinar las técnicas de construcción de mis androides. ¡Me serán muy útiles! Por el momento dispongo de una decena de niños androides muy capaces, pero su corazón durará poco. Hasta los once años viven gracias a los corazones de gato que les he implantado en el pecho, pero después se extinguen. Mueren. Debo encontrar el modo de hacerlos durar más y buscar gatos sanos y con corazones fuertes. Por lo que concierne a mis androides adultos, estoy tranquilo. ¡No tienen corazón! Viven cien años gracias al fluido mágico que corre por sus venas artificiales: ¡el MAGMA SULFATO es excepcional! Tienen una estructura compleja y su sistema eléctrico cerebral sigue funcio-

nando incluso en condiciones dificilísimas. Cuentan con microchips multifuncionales y adaptables a las distintas circunstancias. Andora es mi mejor androide, el último modelo que he creado, y se las arreglará estupendamente aunque sea prisionera de Nina. ¡Estoy seguro! Los otros tres androides adultos están todavía en estado durmiente y por ahora se van a quedar donde los he mandado. ¡Los activaré cuando sea necesario!

Índice